Classiques Larousse

Collection fondée par Félix Guirand, agrégé des lettres

Voltaire

Candide
ou
l'optimisme

texte intégral

Édition présentée, annotée et commentée
par
JEAN GOLDZINK
ancien élève de l'ENS de Saint-Cloud
agrégé de lettres modernes

LAROUSSE

Sommaire

DOCUMENTATION THÉMATIQUE

Voltaire et la destinée

21 novembre 1694.
Sous le règne de Louis XIV, naissance à Paris de François
Marie Arouet, qui se prétendra à plusieurs reprises le fils
non pas de François Arouet, notaire, mais de M. de
Rochebrune, ancien officier et poète. Il avancera également
sa date de naissance au 20 février 1694.
François Arouet achètera la charge lucrative de receveur des
épices à la Chambre des comptes. Voltaire appartient à la
bourgeoisie de robe, mais refusera la destinée qu'elle lui trace.

1704-1711.
Brillantes études au collège jésuite Louis-le-Grand, fréquenté
par la meilleure aristocratie (il se lie avec les d'Argenson,
futurs ministres de Louis XV).

1710.
Leibniz *(Essais de théodicée)* intervient
dans le débat sur le mal, la Providence,
Dieu et la liberté de l'homme, débat
avivé par le *Dictionnaire historique et
critique* de Bayle (1697, article
« Manichéisme »).
Les jésuites publient un poème pieux
du jeune Arouet.

Leibniz

1712-1715.
Arouet fréquente les salons littéraires
et la bonne société ; entame des études de droit, accompagne
une mission diplomatique à La Haye, mais est renvoyé à
Paris pour cause d'incartade amoureuse (1713).
Son père menace de l'envoyer à Saint-Domingue (1713).
Écrit une ode (1713), puis une satire en vers (1714).

1715.

La mort de Louis XIV installe au pouvoir le Régent (Philippe d'Orléans), qui s'appuie sur le parlement de Paris et la grande aristocratie, et amorce une politique « libérale ». Mais Voltaire est exilé à Sully-sur-Loire (mai-oct. 1716) pour des vers satiriques sur le Régent.

Mai 1717-avril 1718.

À la Bastille pour la même raison. Grand succès de sa première tragédie (*Œdipe,* nov. 1718). Prend le surnom de VOLTAIRE.

1719-1724.

Mondanités dans les châteaux de l'aristocratie. Mais il travaille d'arrache-pied pour devenir le grand poète de son temps. *La Ligue ou Henri le Grand* (1723), première version de *la Henriade* (épopée).

1725.

Travaille pour la Cour. Création d'une tragédie et d'une comédie lors des fêtes du mariage royal.

1726-1728.

Bastonné par les gens du chevalier de Rohan, il cherche à se battre en duel ; on l'embastille et on l'autorise à partir pour l'Angleterre (1726). Il y reste de mai 1726 à nov. 1728, y apprend l'anglais, écrit directement en anglais, édite *la Henriade* à Londres. Elle fera de Voltaire, pour près de cent ans, le plus grand poète épique français ! Il découvre Shakespeare sur scène. Retour discret en France.

1729.

À partir de cette date, Voltaire s'enrichit dans des opérations financières et commerciales qui assurent son indépendance d'écrivain : il ne dépendra jamais ni des mécènes ni des éditeurs.

1730.

Ode sur la mort de M^lle Lecouvreur, actrice amie dont le corps est resté sans sépulture chrétienne. Grand succès de *Brutus,* tragédie dont le sujet doit à Shakespeare.

1731.

Histoire de Charles XII, un grand classique voltairien.

1732.

Triomphe de *Zaïre* (tragédie), dédiée à... un marchand anglais.

1733.

Début d'une liaison de 16 ans avec M^me du Châtelet : une grande aventure intellectuelle et sentimentale.

1734.

Lettres philosophiques, d'abord publiées à Londres, en anglais (1733). Elles l'obligent à s'enfuir chez M^me du Châtelet, au château de Cirey (Lorraine), qui restera un refuge pour lui.

1736.

Début de sa correspondance avec le futur roi de Prusse Frédéric II. Le poème *le Mondain* entraîne de nouvelles menaces d'arrestation. Il fuit en Hollande.

1738-1739.

Discours en vers sur l'homme. L'édition des premiers chapitres du futur *Siècle de Louis XIV* est saisie : l'Histoire est un genre explosif.

1740-1743.

Rencontre Frédéric II, devenu roi de Prusse. Grand succès de *Mahomet* (tragédie) à Lille, mais les dévots interdisent la pièce à Paris (1742).

Mission diplomatique auprès de Frédéric II, dans le cadre de la guerre de la Succession d'Autriche (1740-1748).

Frédéric II

Mort du cardinal de Fleury, Premier ministre tout-puissant de 1727 à 1743, qui n'aimait pas Voltaire. Louis XV manifeste le désir de gouverner personnellement. Les frères d'Argenson, anciens condisciples de Voltaire, deviennent ministres (1743-1744).

Mérope, 1743 : cette tragédie fut un des grands succès de Voltaire au théâtre.

1743-1747.
Voltaire a la faveur de la Cour, pour qui il écrit. Historiographe de France en 1745 ; élection à l'Académie française (1746) ; brevet de gentilhomme (1746). En 1744 ou 1745, sa jeune nièce, M^me Denis, devient sa maîtresse. Sa disgrâce à la Cour commence (1747).
Première publication d'un conte, *Memnon, histoire orientale* (1747), première version de *Zadig* (1748).
Séjours à la cour du roi Stanislas, à Lunéville.

1749.
Mort de M^me du Châtelet, après un accouchement, à la suite de sa liaison avec le poète Saint-Lambert.

1750-1753.
Séjour tumultueux à Berlin.
Frédéric II fait brûler un pamphlet (anonyme) de Voltaire contre Maupertuis, directeur de l'Académie de Berlin, et le fait emprisonner arbitrairement à Francfort (1753). Publication du *Siècle de Louis XIV,* un de ses grands livres, puis de *Micromégas* (1752).

M^me du Châtelet

1753-1755.

Interdit de séjour à Paris, il erre en Alsace, puis s'installe en Suisse, aux Délices, avec M^{me} Denis (1755). Le tremblement de terre de Lisbonne (1^{er} novembre 1755, 25 000 morts ?) provoque le *Poème sur le désastre de Lisbonne ou Examen de cet axiome : « Tout est bien »* (publié en 1756).

1756.

Début de la guerre de Sept Ans (1756-1763) ; expédition espagnole au Paraguay contre les jésuites ; Voltaire ne parvient pas à sauver l'amiral anglais Byng, exécuté en 1757. Publication de l'*Essai sur les mœurs*. Rousseau critique le *Poème sur le désastre de Lisbonne*.

1757.

L'article « Genève » de l'*Encyclopédie* (t. VII), rédigé par d'Alembert, fait scandale à Genève. Voltaire essaie de négocier une paix séparée entre la France et la Prusse. L'attentat de Damiens contre Louis XV (janvier) sert de prétexte aux antiphilosophes.

1758.

Rédaction de *Candide*. Achat de Ferney, d'où Voltaire exercera une sorte de royauté intellectuelle.

1759-1761.

Énorme succès de *Candide* ; poursuites officielles à Genève et Paris. L'*Encyclopédie* interdite de publication (1759). Suite apocryphe de *Candide* (1760) ; édition augmentée de *Candide* (1761).

1762.

Voltaire se lance dans la réhabilitation de Calas, protestant toulousain injustement exécuté. Expulsion des jésuites hors de France. Le slogan « Écrasez l'infâme » fait son apparition.

1763.
Traité sur la tolérance (à lire !). Paix d'Aix-la-Chapelle, ou le triomphe anglo-prussien.

1764.
Dictionnaire philosophique portatif : sans doute le chef-d'œuvre voltairien, avec *Candide.*

1765.
Réhabilitation de Calas.

1766.
Exécution du chevalier de La Barre, pour blasphème (mutilation d'un crucifix). On brûle le *Dictionnaire philosophique* sur son corps.

1767.
L'Ingénu, un des meilleurs récits voltairiens.

1768.
L'Homme aux quarante écus, la Princesse de Babylone (contes).

1770-1772.
Questions sur l'Encyclopédie (9 vol.) : énorme compilation où Voltaire fait une dernière fois le point de ses connaissances et de ses interrogations, avant la crise de strangurie (trouble de la miction), qui diminue beaucoup sa force de travail (1773) et dont il mourra.

1774.
Le Taureau blanc (conte). Mort de Louis XV.

1775.
Grâce à Turgot, ministre de Louis XVI, Voltaire obtient la suppression de la gabelle en pays de Gex (Ferney).

1776.
La Bible enfin expliquée. Renvoi de Turgot.

1778.
Voyage triomphal à Paris (interdit depuis 1750) : c'est le premier sacre d'un écrivain. Il y meurt le 30 mai, à 84 ans. Son inhumation en terre chrétienne pose problème.

1785-1789.
Grande édition des œuvres complètes (70 vol.) sous la direction de Beaumarchais, à Kehl, en Allemagne.
Le privilège officiel excluait *la Pucelle* (satire en vers de Jeanne d'Arc, l'œuvre préférée de Frédéric II), *Candide*, et la traduction du *Cantique des cantiques* : Beaumarchais passera outre.

1791.
La Révolution lui offre le Panthéon, où ses cendres sont transférées.

Le lever du philosophe de Ferney. Gravure anonyme du XVIIIᵉ siècle, Bibliothèque nationale, Paris.

Voltaire

achat de Ferney

1694 1758 1778

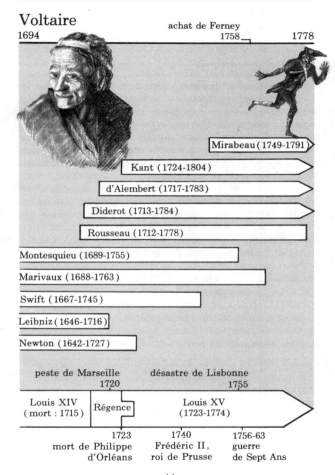

Mirabeau (1749-1791)

Kant (1724-1804)

d'Alembert (1717-1783)

Diderot (1713-1784)

Rousseau (1712-1778)

Montesquieu (1689-1755)

Marivaux (1688-1763)

Swift (1667-1745)

Leibniz (1646-1716)

Newton (1642-1727)

peste de Marseille désastre de Lisbonne
1720 1755

Louis XIV (mort : 1715)	Régence	Louis XV (1723-1774)

1723 1740 1756-63
mort de Philippe Frédéric II, guerre
d'Orléans roi de Prusse de Sept Ans

Candide avant *Candide*

« Cette coïonnerie... »

On sait peu de choses sur la genèse de *Candide,* sinon que le conte (Voltaire l'appelle « un petit roman », « une espèce de petit roman », « une plaisanterie », et les éditeurs se sont résignés à intituler *Contes et romans* une liste de textes incertaine jamais avalisée par Voltaire) fut sans doute commencé en janvier 1758, achevé à la fin de cette année et diffusé en février 1759. En 1761 parut une édition augmentée (amplification du titre, révision du chapitre 22 sur Paris, qui avait déçu).

Le succès fut énorme, européen, les réimpressions nombreuses dès la première année, la réprobation officielle aussi énergique que les désaveux de Voltaire dans sa *Correspondance :* « Il faut avoir perdu le sens pour m'attribuer cette coïonnerie. » C'est qu'il n'était pas habituel au XVIIIe siècle de signer les livres, et notamment les romans, genre frivole, « choses indignes d'être lues par les esprits solides » (*le Siècle de Louis XIV,* 1751). Il ne se risqua à publier son premier conte qu'en 1747, à cinquante-trois ans ! Il avait soigneusement construit sa réputation de grand écrivain sur les genres nobles : tragédie, épopée, histoire, prose philosophique.

La rage à distance

Candide met en contraste, brutal et gai, la noirceur du monde et la candeur d'une métaphysique. Mais l'écrivain, immensément riche, enfin indépendant et propriétaire, est confortablement installé, depuis quelques années (1755), au bord du lac de Genève. Il achève *Candide* au moment où il négocie l'achat de Ferney, qu'il va faire entrer dans la légende de l'humanité et d'où il exercera pendant vingt ans une royauté intellectuelle sans équivalent dans l'Histoire.

Candide n'est donc pas le fruit immédiat d'une crise person-nelle, mais la réaction, nerveuse, rageuse et distanciée, d'un intellectuel concerné par le sort des hommes et la marche des idées. Le temps n'est pas loin où il lancera ses croisades contre l'Infâme et pour la défense des innocents (Calas, La Barre, etc.) ; dès 1756, il tente d'ailleurs de sauver l'amiral anglais Byng, qu'il évoquera dans *Candide* (chapitre 23).

Or, il faut bien le dire, tout ne va pas pour le mieux dans l'Europe des Lumières. La guerre dite de Sept Ans (1756-1763) fait rage et tue plus d'hommes, dans ses boucheries héroïques, que le tremblement de terre de Lisbonne (1er novembre 1755) qui avait suscité, en réaction spontanée et violente, le fameux *Poème sur le désastre de Lisbonne ou Examen de cet axiome : « Tout est bien »*, à l'origine d'un débat européen sur le mal et la Providence.

La terre saigne

Candide est saturé par une violence qui serait insoutenable sans la stylisation comique : c'est que la terre saigne autour du jardin voltairien. La *Correspondance* en porte les stigmates douloureux. La guerre retourne le couteau dans la plaie ouverte par Lisbonne, les malheurs publics mettent en jeu et à mal un des dogmes du XVIIIe siècle : le providentialisme (Dieu s'occupe de notre bonheur, tout sert à quelque chose, à toutes fins utiles malheur est bon...).

Non pas que Voltaire doute de l'existence d'un Dieu créateur et parfait, et donc d'une Providence divine, d'un ordre des choses. Mais cet ordre nous échappe par définition ; Dieu ne s'intéresse pas spécialement aux hommes, pas plus que le capitaine du sultan de Constantinople aux souris dans sa cale (chapitre 30) : « Le nombre des souffrants est infini ; la nature se moque des individus. Pourvu que la grande machine de l'univers aille son train, les cirons qui l'habitent ne lui importent pas. » Monde ordonné, du point de vue

de Dieu, mais chaos incompréhensible, cruel, révoltant, pour le regard humain.

La placidité résignée ou béate des optimistes l'enrage, car elle dissout le mal, usurpe absurdement la place de Dieu, égale – enfin – cet insecte, cette vermine – l'homme – à l'Être incommensurable. En retour, les hommes se font évidemment un Dieu à leur image, intolérant, cruel et tyrannique.

L'arme imparable

Mais *Candide* n'est pas le *Poème sur le désastre de Lisbonne :* le temps n'est plus à la discussion et à l'entrechoquement des thèses en débat. L'interrogation pathétique fait place aux coups de boutoir, à la satire virulente et rageuse, à la transposition bouffonne. À ce régime, Leibniz et ses disciples sont forcément perdants, et qui se souvient qu'en 1775, dans l'*Histoire de Jenni,* Voltaire reprendra gravement, contre les athées, les arguments optimistes sur la relativité du mal ?

L'arme comique est une arme imparable. Elle nous donne la jubilation d'écraser (comme en rêve) les philosophes en robe et les philosophies en *-isme* perdues dans le ciel des idées, au nom du bon sens, qui a les pieds sur terre (Aristophane traîne Socrate dans la boue) ; elle nous donne bonne conscience et capte notre adhésion, puisque la démarche voltairienne (à l'inverse exact des philosophies de l'optimisme qui tentent de relativiser le mal à l'échelle du cosmos et dans la chaîne des temps) consiste à tout envisager du seul point de vue immédiat de la sensibilité humaine, meurtrie et agressée, ici et maintenant : effet de loupe contre le panoramique.

Du concept à la représentation littéraire (comique ou pathétique), le mal change de statut. La mort est un concept, dont on peut parler, un homme mourant est un bouleversement du cœur. Mais ce passage de la philosophie à la littérature, des idées (même versifiées) au roman, suppose une sensibilité écorchée, une conscience révoltée. Et le démon du rire.

14

Vous avez dit « crise » ?

Catastrophes naturelles qui mettent en cause la bonté des choses ; guerres qui mettent en relief l'inhumanité des hommes et la fragilité de la civilisation : *Candide* a pour contexte une crise de la vision du monde. Une crise sans doute accentuée par les attaques qui, depuis l'attentat de Damiens (1757) contre Louis XV, visaient les philosophes : interdiction de l'*Encyclopédie* en 1759 ; condamnation et rétractation publique d'Helvétius pour son livre *De l'esprit* (1758) qui, précisément, inspire à Voltaire l'admirable épisode, rajouté, du Noir de Surinam au chapitre 19 ; divisions internes du parti philosophique : défection de d'Alembert qui quitte la codirection de l'*Encyclopédie*, dissidence publique et spectaculaire de Rousseau, etc.

La version révisée (1761) du chapitre 22 sur Paris porte les traces, par ses attaques contre les antiphilosophes, de ce reflux passager, mais inquiétant, où une fraction de l'appareil d'État pactisait avec l'Église et le parlement jansénisant pour étouffer le « parti » des Lumières.

Louis XV n'était décidément pas aussi philosophe que le roi des Bulgares (en fait, Frédéric II), qui gracie Candide (chapitre 2) quand l'Église, elle, ne songe qu'à le brûler (chapitre 6) ou le contrôler (chapitre 22).

On se gardera de croire naïvement que ce contexte (reconstitué pour et à partir de *Candide* – Pangloss n'est pas le seul à pratiquer les causes finales...) explique grand-chose. Il ne rend compte ni de la structure formelle du récit, ni de ce mélange unique et inimitable de violence et de bouffonnerie, de gaieté et de rage, ni de l'incroyable condensation, dans le texte, des allusions historiques, philosophiques, politiques, littéraires, personnelles, polémiques, etc., qui font de « cette espèce de petit roman » un miroir grimaçant du premier demi-siècle des Lumières réfléchi, polarisé et stylisé par un artiste au mieux de sa forme.

Vous avez dit crise ? Le vieux singe est plus agile que jamais et nous gratte sans pudeur...

Lire *Candide* aujourd'hui

Une œuvre hors normes

Candide est devenu, au terme d'une longue histoire qui met en jeu l'institution scolaire (programmes, examens, découpage et accessibilité des textes, etc.) et le destin calamiteux du corpus voltairien, un best-seller de la lecture obligée et contrôlée.

Pèse sur lui (Voltaire en serait abasourdi) la responsabilité d'incarner à peu près toute l'œuvre, continent englouti avec armes et bagages, du plus espiègle des philosophes, voire l'esprit des Lumières. Cette « coïonnerie » (le mot est de Voltaire) fut d'abord un cri de rage, un défi provocant, un jet de verve comique : œuvre libre, hors normes, anti-académique, chargée maintenant de tester les capacités bachelières des jeunes Français, et donc surchargée de gloses, d'enjeux codés et d'angoisses.

Il faudrait pourtant la lire d'abord comme un des rares joyaux de la prose comique, s'en délecter, dans sa continuité, dans sa virulence, attentif au tempo, aux saillies, aux gags que les horreurs du monde et les tristesses banales de la vie inspirent à un illustre jeune vieillard de soixante-cinq ans réfugié, mais non assagi, au bord d'un lac clément.

L'acharnement des candeurs

Il ne s'agit pas de tout admirer (le chapitre parisien, même rafistolé, n'est pas parfait ; Pococuranté s'ennuie trop pour ne pas nous ennuyer un peu ; l'Eldorado n'excite que les critiques...) ; mais ces quelques relâchements de la verve font mieux mesurer la prodigieuse réussite des chapitres inspirés (presque tous) : le plaisir, en art comme en sport, suppose la conscience des difficultés. Or rien n'est plus difficile que l'écriture comique, rien n'égale l'art du rythme.

Il s'agit de lire et de savourer ce conte, ou ce roman, disons ce récit, dans son mouvement, saccadé, ressassant et inventif. Il ne se goûte et ne se comprend qu'à cette condition. Il faut la traversée du monde, sur vingt-neuf chapitres qui miment une vie et l'histoire des hommes, pour que la « Conclusion » délivre tout son effet ; il faut la répétition des tics, le piétinement des enjeux, l'acharnement inusable des candeurs...

Cette « Conclusion » doit se lire dans l'enfilade de ses maigres oracles, et l'on n'approchera du fameux jardin (arche de Noé pour rescapés hagards) qu'à travers le château inaugural puis l'Eldorado découvert et quitté au mitan du parcours : ces trois jardins font miroir le long d'un chemin qui ne mène pas au Paradis.

Rien, en effet, n'a été plus dommageable à l'apprentissage de la lecture littéraire que la confusion systématique entre une méthode (l'explication détaillée d'un court passage) et la lecture : le moyen (un parmi d'autres) est devenu une fin. Si le succès pédagogique de *Candide* tient peut-être en partie à la commodité de son emploi, on tiendra pour avérée l'impossibilité de cerner exactement ses enjeux et ses jeux par la pratique du morceau choisi. Texte de verve et d'humeur, le chef-d'œuvre du conte voltairien appelle impérativement une mise à jour de ses structures ou, plus modestement, de ses figures (voir « Organisations du récit », p. 246).

Quelques personnages de *Candide*

Dans la liste qui suit, les chiffres renvoient aux numéros des chapitres. Mais on n'oubliera pas qu'il est souvent question, par exemple, de Cunégonde et Pangloss en leur absence. On n'a retenu ici que les chapitres où les personnages sont censés figurer dans l'action. Ce parti élimine les personnages des récits (chapitres 4, 8, 11, 12, 15, 24, 27, 28), mais fait apparaître le savant ballet des protagonistes reparaissants. Les chiffres entre crochets désignent les chapitres où tel ou tel personnage est présent, sans intervenir activement.

L'abbé périgourdin : 22.
Le baron et la baronne : 1.
Cacambo : 14, 15, 16, 17, 18, 19, 26, 27, [28], 29, 30.
Candide : actif dans tous les chapitres, sauf 11 et 12.
Cunégonde : 1, 7, 8, 9, 10, [11], 12, 13, 29, 30.
Le derviche : 30.
Don Fernando d'Ibaraa : 13.
Le fils du baron : 14, 15, 27, 28, 29, 30.
Giroflée : 24, 30.
L'inquisiteur : 8, 9.
Issacar : 8, 9.
Jacques : 3, 4, 5.
Martin : 19, 20, 21, 22, 23, 24, 25, 26, 27, 28, 29, 30.
Le Noir de Surinam : 19.
Les Oreillons : 16.
Pangloss : 1, 3, 4, 5, 6, 27, 28, 29, 30.
Paquette : 24, 30.
Pococuranté : 25.
Le roi d'Eldorado : 18.
Les six rois : 26.
Vanderdendur : 19, [20].
La vieille : 6, 7, 8, 9, 10, 11, 12, 13, 29, 30.
Le vieillard d'Eldorado : 18.

Comment Candide voyagea de Thunder-ten-tronckh à Constantinople et comment Cunégonde et la Vieille arrivèrent en Turquie.

OCÉAN ATLANTIQUE

(20-21)

(11-12)

(19) SURINAM

(17-18) EL DORADO

(16)
PAYS DES OREILLONS

(14-15)
PARAGUAY

(13) Buenos Aires

Riga
Moscou
(3-4)
HOLLANDE
(23) Portsmouth
(2) chez les Bulgares
(1) Thunder-ten-tronckh
Azov
Paris
(22)
Bordeaux
(24-25-26) Venise
Lisbonne
(5-6-7-8-9)
(10)
Cadix
Gaète
(29-30) Constantinople
Alger Tunis
(27-28)
MAROC
Tripoli
Alexandrie

équateur

→ itinéraire de Candide

••••••→ voyages de la Vieille

----→ voyages de Cunégonde

(1,2,3...) numéro du chapitre correspondant

échelle :

0 1000 2000 3000 km

21

Trente-trois croquis d'après nature
de la figure de Voltaire, vieux,
par Jean Huber (1721-1786),
Bibliothèque des Arts décoratifs, Paris.

VOLTAIRE

Candide
ou
l'optimisme[1]

Traduit de l'allemand
de M. le Docteur Ralph[2]

Avec les additions qu'on a trouvées
dans la poche du Docteur,
lorsqu'il mourut à Minden[3]
l'An de Grâce 1759

Notes de la page précédente.

1. *Optimisme :* le mot « optimisme », devenu si banal (en partie grâce au *Candide* de Voltaire), a été employé pour la première fois en 1737, dans les *Mémoires de Trévoux*, à propos des *Essais de théodicée* (1710) du philosophe allemand Leibniz. Il entre dans le *Dictionnaire de Trévoux* en 1752, dans celui de l'Académie française en 1762. Il s'agit donc, en 1759, d'un néologisme technique, relevant du vocabulaire spécialisé de la philosophie. Équivalent possible : « Candide ou l'existentialisme », etc. « C'est le nom qu'on donne au système de ceux qui prétendent que tout est bien, que le monde est le meilleur que Dieu ait pu créer... » (*Dictionnaire de Trévoux,* édition de 1771). « Optimisme », « optimiste » ne renvoient pas au caractère, au tempérament, mais à une vision du monde, à une idéologie.
2. *Ralph :* nom plus anglais qu'allemand. Voltaire se souvient peut-être du poète anglais James Ralph, qu'il aurait pu lire lors de son séjour en Angleterre, trente ans plus tôt.
3. *Minden :* l'armée française fut battue à Minden, ville de Westphalie, le 1er août 1759. Le sous-titre a été ajouté en 1761 et souligne l'importance de la guerre de Sept Ans (1756-1763) dans la genèse de *Candide.*

Chapitre premier

Comment Candide fut élevé dans un beau château, et comment il fut chassé d'icelui[1].

Il y avait en Westphalie, dans le château de monsieur le baron de Thunder-ten-tronckh[2], un jeune garçon à qui la nature avait donné les mœurs les plus douces. Sa physionomie annonçait son âme. Il avait le jugement assez droit, avec
5 l'esprit le plus simple ; c'est, je crois, pour cette raison qu'on le nommait Candide. Les anciens domestiques de la maison soupçonnaient qu'il était fils de la sœur de M. le baron et d'un bon et honnête gentilhomme du voisinage, que cette demoiselle ne voulut jamais épouser parce qu'il n'avait pu
10 prouver que soixante et onze quartiers[3] et que le reste de son arbre généalogique avait été perdu par l'injure du temps.

M. le baron était un des plus puissants seigneurs de la Westphalie, car son château avait une porte et des fenêtres. Sa grande salle même était ornée d'une tapisserie. Tous les
15 chiens de ses basses-cours composaient une meute dans le

1. *Icelui :* terme volontairement désuet (= de celui-ci).
2. *Thunder-ten-tronckh :* composition fantaisiste qui parodie sans doute la rudesse supposée de la langue allemande. Voltaire parlait fort bien l'anglais, mais ne fit jamais l'effort d'apprendre l'allemand, qui n'était pas encore une grande langue de culture.
3. *Quartiers :* un aristocrate peut se prévaloir d'autant de quartiers de noblesse qu'il a d'ascendants nobles authentifiés. L'exagération burlesque fait allusion à l'intransigeance de la noblesse germanique, beaucoup plus stricte que la noblesse française sur les mésalliances. Mais le titre de baron est devenu, pour Voltaire, « ridicule ».

besoin[1] ; ses palefreniers étaient ses piqueurs ; le vicaire du village était son grand aumônier. Ils l'appelaient tous Monseigneur[2], et ils riaient quand il faisait des contes[3].

20 Mme la baronne, qui pesait environ trois cent cinquante livres, s'attirait par là une très grande considération, et faisait les honneurs de la maison avec une dignité qui la rendait encore plus respectable. Sa fille Cunégonde[4], âgée de dix-sept ans, était haute en couleur, fraîche, grasse, appétissante. Le fils du baron paraissait en tout digne de son père. Le

25 précepteur Pangloss[5] était l'oracle de la maison, et le petit Candide écoutait ses leçons avec toute la bonne foi de son âge et de son caractère.

Pangloss enseignait la métaphysico-théologo-cosmolonigo-logie[6]. Il prouvait admirablement qu'il n'y a point d'effet

30 sans cause, et que, dans ce meilleur des mondes possibles, le château de monseigneur le baron était le plus beau des châteaux et madame la meilleure des baronnes possibles.

« Il est démontré, disait-il, que les choses ne peuvent être autrement : car, tout étant fait pour une fin, tout est

1. *Dans le besoin* : en cas de besoin.
2. *Monseigneur* : titre réservé non pas aux barons, mais aux princes, aux ducs et pairs, aux gouverneurs de province...
3. *Faire des contes* : médire, railler.
4. *Cunégonde* : une princesse du même nom fut canonisée en l'an 1012, pour avoir démontré sa chasteté à l'épreuve du feu ! Le nom de Cunégonde la prédestine à un destin moins noble.
5. *Pangloss* : littéralement, en grec : « Tout-langue », sans doute sur le modèle de Panurge (Rabelais). On pense que Voltaire relit Rabelais pendant la rédaction de *Candide*.
6. *Métaphysico-théologo-cosmolonigologie* : le terme de cosmologie vient du philosophe allemand Wolff (1679-1754), célèbre disciple de Leibniz. Il désigne la science du monde en général. Mais, pour le lecteur, cette définition railleuse se moque avant tout de la *Théodicée* (1710) de Leibniz. Voltaire renchérit sur le père Castel qui, dans les *Mémoires de Trévoux* (organe des jésuites), avait défini la philosophie de Leibniz comme une « doctrine physico-géométrico-théologique ».

35 nécessairement pour la meilleure fin[1]. Remarquez bien que les nez ont été faits pour porter des lunettes, aussi avons-nous des lunettes. Les jambes sont visiblement instituées pour être chaussées, et nous avons des chausses[2]. Les pierres ont été formées pour être taillées, et pour en faire des châteaux, aussi
40 monseigneur a un très beau château ; le plus grand baron de la province doit être le mieux logé ; et, les cochons étant faits pour être mangés, nous mangeons du porc toute l'année : par conséquent, ceux qui ont avancé que tout est bien[3] ont dit une sottise ; il fallait dire que tout est au
45 mieux. »

Candide écoutait attentivement, et croyait innocemment ; car il trouvait Mlle Cunégonde extrêmement belle, quoiqu'il ne prît jamais la hardiesse de le lui dire. Il concluait qu'après le bonheur d'être né baron de Thunder-ten-tronckh, le second
50 degré de bonheur était d'être Mlle Cunégonde ; le troisième, de la voir tous les jours ; et le quatrième, d'entendre maître Pangloss, le plus grand philosophe de la province, et par conséquent de toute la terre.

Un jour, Cunégonde, en se promenant auprès du château,
55 dans le petit bois qu'on appelait *parc,* vit entre des broussailles le docteur Pangloss qui donnait une leçon de physique expérimentale[4] à la femme de chambre de sa mère, petite brune très jolie et très docile. Comme Mlle Cunégonde avait beaucoup de disposition pour les sciences, elle observa, sans

1. *Fin :* but.
2. *Chausses :* culottes.
3. *Tout est bien :* allusion à la célèbre formule du poète anglais Pope (*Essai sur l'homme,* 1733) : *« Whatever is, is right ».*
4. *Physique expérimentale :* cette périphrase discrète mais précise parodie un titre célèbre au XVIIIe siècle : *Leçons de physique expérimentale* de l'abbé Nollet. « Toute la *Théodicée* de Leibniz ne vaut pas une expérience de Nollet », s'exclame Voltaire en 1739.

60 souffler, les expériences réitérées dont elle fut témoin ; elle
vit clairement la raison suffisante[1] du docteur, les effets et
les causes, et s'en retourna tout agitée, toute pensive, toute
remplie du désir d'être savante, songeant qu'elle pourrait bien
être la raison suffisante du jeune Candide, qui pouvait aussi
65 être la sienne.

Elle rencontra Candide en revenant au château, et rougit ;
Candide rougit aussi ; elle lui dit bonjour d'une voix
entrecoupée, et Candide lui parla sans savoir ce qu'il disait.
Le lendemain après le dîner, comme on sortait de table,
70 Cunégonde et Candide se trouvèrent derrière un paravent ;
Cunégonde laissa tomber son mouchoir, Candide le ramassa,
elle lui prit innocemment la main, le jeune homme baisa
innocemment la main de la jeune demoiselle avec une
vivacité, une sensibilité, une grâce toute particulière ; leurs
75 bouches se rencontrèrent, leurs yeux s'enflammèrent, leurs
genoux tremblèrent, leurs mains s'égarèrent. M. le baron de
Thunder-ten-tronckh passa auprès du paravent, et, voyant
cette cause et cet effet, chassa Candide du château à grands
coups de pied dans le derrière ; Cunégonde s'évanouit ; elle
80 fut souffletée par Mme la baronne dès qu'elle fut revenue
à elle-même ; et tout fut consterné dans le plus beau et le
plus agréable des châteaux possibles.

1. *Raison suffisante :* principe leibnizien : « ... jamais rien n'arrive sans
qu'il y ait une cause ou du moins une raison déterminante... »
(Théodicée). La raison suffisante du docteur relève plus de la physique
que de la métaphysique.

Chapitre premier

TITRES

1. Analysez les trois niveaux du titre de l'œuvre, tel que le fixe l'édition de 1761. Cherchez des titres d'œuvres d'avant 1789 juxtaposant un nom propre et un nom commun : quelle est la spécificité du couple Candide/optimisme ? Ces deux mots sont devenus si banals que le titre a perdu son effet de choc originel : inventez des équivalents actuels des trois niveaux du titre complet.

2. Trente chapitres, trente titres qui s'ajoutent au titre de l'œuvre et scandent le récit : fonction d'annonce, fonction rythmique. Sur quoi le titre du chapitre premier attire-t-il l'attention du lecteur ? Passe-t-il sous silence un élément décisif ? Est-il conforme au ton du récit qui va suivre et du titre qui précède ? Cherchez les titres conformes au contenu du chapitre premier et tentez un classement des différents types de titres. Peut-on déceler une évolution ?

STRUCTURE

1. Le chapitre s'organise en deux séquences nettement diffé-rentes : qu'est-ce qui les distingue ? (formules introductives ; temps verbaux ; structure des phrases ; etc.).

2. Les premiers paragraphes de l'Ingénu (1767) jouent sur une opposition de la Fable et de l'Histoire : quelles réflexions vous suggère la succession, ici, de « Il y avait... » et de « Un jour » ? À quels types de récits renvoie-t-elle ? (contes ? Bible ?). Quelle est sa relation avec l'optimisme ?

ORDRE ET DÉSORDRE

1. Y a-t-il un ordre de présentation des personnages ? À quel(s) principe(s) obéit-il ? (hiérarchie sociale, importance romanesque, etc.). En quoi cette présentation juxtapose-t-elle à la fois un ordre des choses qui se veut immuable et un principe dynamique de désordre, de déstabilisation ?

2. De quoi le monde de Thunder-ten-Tronckh est-il la figure ? (enfance, féodalisme, etc.). Quel rapport y a-t-il entre le baron et Pangloss, et donc entre l'optimisme et l'autorité ? À quoi tient le comique de la tirade de Pangloss, et pourquoi est-il le premier personnage (et le seul) à parler ?

Candide « écoutait... croyait... concluait... » : en quoi consiste précisément la candeur de Candide ? peut-on montrer que le bonheur selon Candide (paragr. 6) va définir les enjeux de la quête du héros et de l'enquête romanesque ?

3. Comment Voltaire réécrit-il, en le parodiant, le mythe biblique de la Chute ? Quel en est le procédé stylistique le plus drôle et le plus voyant ? Définissez la différence entre une parodie et un pastiche.

Chapitre 2

Ce que devint Candide parmi les Bulgares.

CANDIDE, chassé du paradis terrestre, marcha longtemps sans savoir où, pleurant, levant les yeux au ciel, les tournant souvent vers le plus beau des châteaux, qui renfermait la plus belle des baronnettes ; il se coucha sans souper au milieu
5 des champs entre deux sillons ; la neige tombait à gros flocons. Candide, tout transi, se traîna le lendemain vers la ville voisine, qui s'appelle Valdberghoff-trarbk-dikdorff[1], n'ayant point d'argent, mourant de faim et de lassitude. Il s'arrêta tristement à la porte d'un cabaret. Deux hommes
10 habillés de bleu[2] le remarquèrent : « Camarade, dit l'un, voilà un jeune homme très bien fait, et qui a la taille requise. » Ils s'avancèrent vers Candide et le prièrent à dîner très civilement. « Messieurs, leur dit Candide avec une modestie charmante, vous me faites beaucoup d'honneur, mais je n'ai
15 pas de quoi payer mon écot[3]. – Ah ! Monsieur, lui dit un des bleus, les personnes de votre figure et de votre mérite ne paient jamais rien : n'avez-vous pas cinq pieds cinq pouces[4] de haut ? – Oui, Messieurs, c'est ma taille, dit-il en

1. *Valdberghoff-trarbk-dikdorff* : nom composé et surenchère de consonnes pour parodier la langue allemande. On peut cependant reconnaître certains éléments : *vald* (forêt), *berg* (montagne), *hoff* (cour), *dorff* (village). *Trarbk* semble une invention de Voltaire.
2. *Bleu* : couleur de l'uniforme prussien. La Prusse manquait d'hommes pour ses armées.
3. *Écot* : quote-part d'un convive pour un repas à frais partagés.
4. *Cinq pieds cinq pouces* : environ 1,80 m. On recherchait les soldats de haute taille.

faisant la révérence. – Ah ! Monsieur, mettez-vous à table ;
20 non seulement nous vous défraierons, mais nous ne
souffrirons jamais qu'un homme comme vous manque
d'argent ; les hommes ne sont faits que pour se secourir les
uns les autres. – Vous avez raison, dit Candide, c'est ce que
M. Pangloss m'a toujours dit, et je vois bien que tout est
25 au mieux. » On le prie d'accepter quelques écus, il les prend
et veut faire son billet[1], on n'en veut point, on se met à
table : « N'aimez-vous pas tendrement... ? – Oh ! oui,
répondit-il, j'aime tendrement Mlle Cunégonde. – Non, dit
l'un de ces messieurs, nous vous demandons si vous n'aimez
30 pas tendrement le roi des Bulgares[2]. – Point du tout, dit-il,
car je ne l'ai jamais vu. – Comment ! c'est le plus charmant
des rois, et il faut boire à sa santé. – Oh ! très volontiers,
Messieurs » ; et il boit. « C'en est assez, lui dit-on, vous voilà
l'appui, le soutien, le défenseur, le héros des Bulgares, votre
35 fortune est faite, et votre gloire est assurée. » On lui met
sur-le-champ les fers aux pieds, et on le mène au régiment.
On le fait tourner à droite, à gauche, hausser la baguette[3],
remettre la baguette, coucher en joue, tirer, doubler le pas,
et on lui donne trente coups de bâton ; le lendemain il fait
40 l'exercice un peu moins mal, et il ne reçoit que vingt coups ;
le surlendemain on ne lui en donne que dix, et il est regardé
par ses camarades comme un prodige.

Candide, tout stupéfait, ne démêlait pas encore trop bien
comment il était un héros. Il s'avisa un beau jour de

1. *Billet :* billet de reconnaissance de dette.
2. *Bulgare :* l'État bulgare ne se constituera qu'au xixᵉ siècle, en se
libérant du joug turc. Mais le lecteur du xviiiᵉ siècle reconnaît sans
difficulté le roi de Prusse Frédéric II.
3. *Baguette :* la baguette de fer servait à enfoncer la charge dans
le canon du fusil. La vitesse des coups dépendait donc de la vitesse
du chargement. Le fusil à culasse date du xixᵉ siècle.

45 printemps de s'aller promener[1], marchant tout droit devant
lui, croyant que c'était un privilège de l'espèce humaine
comme de l'espèce animale, de se servir de ses jambes à son
plaisir. Il n'eut pas fait deux lieues que voilà quatre autres
héros de six pieds, qui l'atteignent, qui le lient, qui le mènent
50 dans un cachot. On lui demanda juridiquement ce qu'il
aimait le mieux d'être fustigé trente-six[2] fois par tout le
régiment, ou de recevoir à la fois douze balles de plomb
dans la cervelle. Il eut beau dire que les volontés sont libres,
et qu'il ne voulait ni l'un ni l'autre, il fallut faire un choix ;
55 il se détermina, en vertu du don de Dieu qu'on nomme *liberté,*
à passer trente-six fois par les baguettes ; il essuya deux
promenades. Le régiment était composé de deux mille
hommes ; cela lui composa quatre mille coups de baguette,
qui, depuis la nuque du cou jusqu'au cul, lui découvrirent
60 les muscles et les nerfs. Comme on allait procéder à la
troisième course, Candide, n'en pouvant plus, demanda en
grâce qu'on voulût bien avoir la bonté de lui casser la tête ;
il obtint cette faveur ; on lui bande les yeux, on le fait mettre
à genoux. Le roi des Bulgares passe dans ce moment,
65 s'informe du crime du patient[3] ; et, comme ce roi avait un
grand génie, il comprit, par tout ce qu'il apprit de Candide,
que c'était un jeune métaphysicien, fort ignorant des choses
de ce monde, et il lui accorda sa grâce avec une clémence
qui sera louée dans tous les journaux et dans tous les siècles.

1. *S'aller promener* : allusion aux nombreuses désertions qui
touchaient toutes les armées, et qu'on tentait d'enrayer par des
sanctions très brutales.
2. *Trente-six* : il s'agirait, selon Voltaire, qui le cite plusieurs fois dans
ses œuvres, d'un chiffre réglementaire.
3. *Patient* : le patient est ici le condamné à mort qu'on va exécuter.

70 Un brave chirurgien guérit Candide en trois semaines avec les émollients enseignés par Dioscoride[1]. Il avait déjà un peu de peau, et pouvait marcher, quand le roi des Bulgares livra bataille au roi des Abares[2].

1. *Dioscoride :* médecin grec du I[er] siècle apr. J.-C., cité par Rabelais.
2. *Abares :* les Abares sont, selon Voltaire, une nation de Scythes (comme les Bulgares), qui envahirent l'Europe orientale du VI[e] au IX[e] siècle. Les Français (Abares) et les Prussiens (Bulgares) ravagent l'Europe comme au temps de la barbarie médiévale. Mais si l'on se souvient que « bougre », dérivé de « bulgare », désignait originellement un hérétique, un sodomite, on aperçoit une allusion perfide à l'homosexualité de Frédéric II.

Chapitre 2

RYTHME

1. Les quatre premières expériences auxquelles le monde réel soumet Candide (racolage, entraînement, discipline, combat) sont-elles traitées de la même manière?
2. La vitesse du récit correspond-elle à la durée relative des événements racontés ? Étudiez ces variations du temps et l'effet du découpage de la séquence « armée » en deux chapitres.

RÉÉCRIRE LA BIBLE

Chassés du Paradis terrestre, Adam et Ève sont condamnés par Dieu à travailler à la sueur de leur front et à enfanter dans la douleur. Candide, lui, est aussitôt jeté dans la guerre, forme la plus horrible du mal, aux yeux de Voltaire, et « fléau inévitable » (*Dictionnaire philosophique*, art. « Guerre »).
Quelles réflexions vous suggère cette réécriture de la Bible ? N'est-il pas possible de retrouver, à deux reprises, dans la suite du conte, une parodie de la guerre entre Abel et Caïn ? (voir, par exemple, chap. 15).

SATIRE ET PHILOSOPHIE

Le difficile n'est pas d'opposer la réalité du mal à la béatitude (évidemment caricaturée) de la doctrine optimiste, ici figurée par la candeur de Candide : c'est de rendre comiques, vives, piquantes les horreurs militaires. Voltaire y réussit ici sans conteste : comment ?
On pourra étudier notamment les différents modes sous lesquels la métaphysique panglossienne s'entrelace au récit.
On se souviendra par exemple du titre de Leibniz – *Essais de théodicée sur la bonté de Dieu, la liberté de l'homme et l'origine du mal* (1710) – et de la discussion entre Voltaire et Frédéric II sur la liberté : jusque vers 1748-1749, Voltaire défend la liberté de l'homme (par rapport à la causalité divine) contre le fatalisme de Frédéric II, qui se dit leibnizien ; puis il finit par admettre que la liberté consiste à pouvoir faire ce qu'on est obligé de vouloir (car il n'y a pas d'effet sans cause).
Candide est donc bien « un jeune métaphysicien ignorant » dont le roi des Bulgares peut sourire.

Candide s'enfuit au plus vite dans un autre village.

Illustration de Moreau le Jeune (1741-1814)
pour *Candide* (chap. 3), gravée par Coiny. B.N., Paris.

Chapitre 3

Comment Candide se sauva d'entre les Bulgares, et ce qu'il devint.

RIEN n'était si beau, si leste[1], si brillant, si bien ordonné que les deux armées. Les trompettes, les fifres, les hautbois, les tambours, les canons, formaient une harmonie telle qu'il n'y en eut jamais en enfer. Les canons renversèrent d'abord à
5 peu près six mille hommes de chaque côté ; ensuite la mousqueterie ôta du meilleur des mondes environ neuf à dix mille coquins qui en infectaient la surface. La baïonnette fut aussi la raison suffisante de la mort de quelques milliers d'hommes. Le tout pouvait bien se monter à une trentaine de
10 mille âmes. Candide, qui tremblait comme un philosophe, se cacha du mieux qu'il put pendant cette boucherie héroïque.

Enfin, tandis que les deux rois faisaient chanter des *Te Deum* chacun dans son camp[2], il prit le parti d'aller raisonner ailleurs des effets et des causes. Il passa par-dessus des tas
15 de morts et de mourants, et gagna d'abord un village voisin ; il était en cendres : c'était un village abare que les Bulgares avaient brûlé, selon les lois du droit public[3]. Ici des vieillards criblés de coups regardaient mourir leurs femmes égorgées, qui tenaient leurs enfants à leurs mamelles sanglantes ; là

1. *Leste :* élégant (sens premier).
2. *Te Deum :* action de grâces. Chaque camp s'attribue la victoire, comme les Prussiens et les Autrichiens à la bataille de Zorndorf, en août 1758.
3. *Droit public :* droit international ; on disait aussi : « droit des gens ».

20 des filles éventrées après avoir assouvi les besoins naturels
de quelques héros rendaient les derniers soupirs ; d'autres,
à demi brûlées, criaient qu'on achevât de leur donner la mort.
Des cervelles étaient répandues sur la terre à côté de bras
et de jambes coupés.

25 Candide s'enfuit au plus vite dans un autre village : il
appartenait à des Bulgares, et les héros abares l'avaient traité
de même. Candide, toujours marchant sur des membres
palpitants ou à travers des ruines, arriva enfin hors du théâtre
de la guerre, portant quelques petites provisions dans son
30 bissac, et n'oubliant jamais Mlle Cunégonde. Ses provisions
lui manquèrent quand il fut en Hollande ; mais, ayant
entendu dire que tout le monde était riche dans ce pays-là,
et qu'on y était chrétien, il ne douta pas qu'on ne le traitât
aussi bien[1] qu'il l'avait été dans le château de monsieur le
35 baron avant qu'il en eût été chassé pour les beaux yeux de
Mlle Cunégonde.

 Il demanda l'aumône à plusieurs graves personnages, qui
lui répondirent tous que, s'il continuait à faire ce métier,
on l'enfermerait dans une maison de correction pour lui
40 apprendre à vivre[2].

 Il s'adressa ensuite à un homme qui venait de parler tout
seul une heure de suite sur la charité dans une grande
assemblée. Cet orateur, le regardant de travers, lui dit : « Que
venez-vous faire ici ? y êtes-vous pour la bonne cause ? – Il
45 n'y a point d'effet sans cause, répondit modestement
Candide, tout est enchaîné nécessairement et arrangé pour

1. *Traiter aussi bien :* l'illusion de Candide s'explique par l'extra-
ordinaire prospérité de la Hollande au XVIIᵉ siècle, qui irrita Louis XIV.
Voltaire y fit plusieurs voyages. La Hollande servit aussi de refuge aux
protestants français et aux libres penseurs.
2. *Apprendre à vivre :* depuis le XVIIᵉ siècle, certains pays européens,
dont la France, s'efforcent d'enfermer mendiants et vagabonds.

le mieux. Il a fallu que je fusse chassé d'auprès Mlle Cuné-
gonde, que j'aie passé par les baguettes, et il faut que je
demande mon pain jusqu'à ce que je puisse en gagner ; tout
50 cela ne pouvait être autrement. – Mon ami, lui dit l'orateur,
croyez-vous que le pape soit l'Antéchrist[1] ? – Je ne l'avais
pas encore entendu dire, répondit Candide, mais, qu'il le
soit ou qu'il ne le soit pas, je manque de pain. – Tu ne mérites
pas d'en manger, dit l'autre ; va, coquin, va, misérable, ne
55 m'approche de ta vie. » La femme de l'orateur, ayant mis
la tête à la fenêtre et avisant un homme qui doutait que
le pape fût antéchrist, lui répandit sur le chef un plein... ô
Ciel ! à quel excès se porte le zèle de la religion chez les
dames !
60 Un homme qui n'avait point été baptisé, un bon
anabaptiste[2], nommé Jacques, vit la manière cruelle et
ignominieuse dont on traitait ainsi un de ses frères, un être
à deux pieds, sans plumes, qui avait une âme[3] ; il l'amena
chez lui, le nettoya, lui donna du pain et de la bière, lui
65 fit présent de deux florins, et voulut même lui apprendre
à travailler dans ses manufactures aux étoffes de Perse qu'on
fabrique en Hollande[4]. Candide, se prosternant presque
devant lui, s'écriait : « Maître Pangloss me l'avait bien dit

1. *Antéchrist : anti :* contre, et *Christus*. Ennemi du Christ et faux
prophète qui, venant avant la fin des temps, tentera d'établir une
religion opposée à celle de Jésus-Christ.
2. *Anabaptiste :* membre d'une secte protestante surtout répandue
en Westphalie et aux Pays-Bas.
3. *Âme :* allusion à cette anecdote sur Diogène rapportée par Diogène
Laërce : « Platon ayant défini l'homme un animal à deux pieds sans
plumes, et l'auditoire l'ayant approuvé, Diogène apporta dans son
école un coq plumé, et dit : "Voilà l'homme selon Platon". Aussi Platon
ajouta-t-il à sa définition : "et qui a des ongles plats et larges". »
4. *Hollande :* comme d'autres pays, la Hollande fabrique des étoffes
longtemps importées d'Orient.

que tout est au mieux dans ce monde, car je suis infiniment
70 plus touché de votre extrême générosité que de la dureté
de ce monsieur à manteau noir[1] et de madame son épouse. »

Le lendemain, en se promenant, il rencontra un gueux tout
couvert de pustules, les yeux morts, le bout du nez rongé,
la bouche de travers, les dents noires, et parlant de la gorge,
75 tourmenté d'une toux violente et crachant une dent à chaque
effort.

1. *Monsieur à manteau noir :* le prédicateur protestant.

Chapitre 3

DÉCOUPES

1. Étudiez les effets obtenus par le découpage savant du chapitre (rejet de la bataille, qui devrait appartenir au chapitre 2, et contre-rejet de la description du gueux pustuleux, qui devrait figurer en tête du chapitre 4 ; changement de pays et de thématique ; alternance des personnages...).

2. En quoi cette composition est-elle en rapport avec la problématique de l'optimisme ? S'agit-il d'un rapport à sens unique ?

RELIGIONS

1. Les religions modernes (issues du judaïsme) sont aux yeux de Voltaire une des sources essentielles des malheurs humains. Sur quoi porte exactement la satire de la religion ?

2. Cette satire ne passe pas par un commentaire du narrateur (comme une voix *off*) mais s'identifie à la substance même du récit. Qu'est-ce qui empêche le lecteur de se tromper sur les intentions du narrateur ?

OÙ LA FIN POINTE SON NEZ

1. Une fois lu l'ensemble du conte, et notamment le dernier chapitre, quelle est l'importance de l'anabaptiste Jacques ? À ce point du récit, cette fonction d'anticipation est-elle déchiffrable ?

2. Candide interprète la rencontre de Jacques (nouveau personnage réduit à son prénom !) comme une preuve du providentialisme panglossien : est-ce absurde ? Est-ce le premier personnage qui remplit cette fonction d'adjuvant ? Que peut-on en conclure sur la marche du récit dans sa mise à mal de l'optimisme (voir « Organisations du récit », p. 246) ?

41

IRONIE

1. Étudiez dans le paragraphe 5 quelques mécanismes de l'ironie. De quel autre passage d'un chapitre précédent peut-on rapprocher ce dialogue ? Pourquoi sont-ils tous deux fondés sur un quiproquo ?

2. La verve voltairienne ne recule nullement devant les allusions scatologiques : c'est aussi le cas chez Aristophane, Rabelais, Molière, Swift, Diderot. Le corps s'inscrit avec force dès ces trois premiers chapitres : pour quels effets et pour quelles raisons ?

Chapitre 4

Comment Candide rencontra
son ancien maître de philosophie,
le docteur Pangloss, et ce qui en advint.

Candide, plus ému encore de compassion que d'horreur,
donna à cet épouvantable gueux les deux florins qu'il avait
reçus de son honnête anabaptiste Jacques. Le fantôme le
regarda fixement, versa des larmes, et sauta à son cou.
5 Candide, effrayé, recule. « Hélas ! dit le misérable à l'autre
misérable, ne reconnaissez-vous plus votre cher Pangloss ? –
Qu'entends-je ? Vous, mon cher maître, vous, dans cet état
horrible ! Quel malheur vous est-il donc arrivé ? Pourquoi
n'êtes-vous plus dans le plus beau des châteaux ? Qu'est
10 devenue Mlle Cunégonde, la perle des filles, le chef-d'œuvre
de la nature ? – Je n'en peux plus », dit Pangloss. Aussitôt
Candide le mena dans l'étable[1] de l'anabaptiste, où il lui fit
manger un peu de pain ; et quand Pangloss fut refait : « Eh
bien, lui dit-il, Cunégonde ? – Elle est morte », reprit l'autre.
15 Candide s'évanouit à ce mot ; son ami rappela ses sens avec
un peu de mauvais vinaigre qui se trouva par hasard dans
l'étable. Candide rouvre les yeux. « Cunégonde est morte !
Ah ! meilleur des mondes, où êtes-vous ? Mais de quelle

1. *Étable :* au XVI[e] siècle encore, « étable » pouvait désigner l'écurie.
Mais Voltaire joue aussi sur le sens courant, puisque, dans une
première rédaction, Pangloss ranime Candide avec « un gobelet d'urine
de vache ».

maladie est-elle morte ? ne serait-ce point de m'avoir vu
20 chasser du beau château de monsieur son père à grands coups
de pied ? – Non, dit Pangloss, elle a été éventrée par des
soldats bulgares, après avoir été violée autant qu'on peut
l'être ; ils ont cassé la tête à M. le baron, qui voulait la
défendre ; Mme la baronne a été coupée en morceaux ; mon
25 pauvre pupille, traité précisément comme sa sœur ; et quant
au château, il n'est pas resté pierre sur pierre, pas une grange,
pas un mouton, pas un canard, pas un arbre ; mais nous
avons été bien vengés, car les Abares en ont fait autant dans
une baronnie voisine qui appartenait à un seigneur bulgare. »
30 À ce discours, Candide s'évanouit encore ; mais, revenu
à soi, et ayant dit tout ce qu'il devait dire, il s'enquit de
la cause et de l'effet, et de la raison suffisante qui avait mis
Pangloss dans un si piteux état. « Hélas ! dit l'autre, c'est
l'amour ; l'amour, le consolateur du genre humain, le
35 conservateur de l'univers, l'âme de tous les êtres sensibles,
le tendre amour. – Hélas ! dit Candide, je l'ai connu, cet
amour, ce souverain des cœurs, cette âme de notre âme ;
il ne m'a jamais valu qu'un baiser et vingt coups de pied
au cul. Comment cette belle cause a-t-elle pu produire en
40 vous un effet si abominable ? » Pangloss répondit en ces
termes : « Ô mon cher Candide ! vous avez connu Paquette,
cette jolie suivante de notre auguste baronne ; j'ai goûté dans
ses bras les délices du paradis, qui ont produit ces tourments
d'enfer dont vous me voyez dévoré ; elle en était infectée,
45 elle en est peut-être morte. Paquette tenait ce présent d'un
cordelier[1] très savant qui avait remonté à la source ; car il
l'avait eue d'une vieille comtesse, qui l'avait reçue d'un

1. *Cordelier* : la paillardise et l'ignorance des cordeliers (ou
franciscains) étant proverbiales, « très savant » est évidemment une
antiphrase. Voltaire, par impartialité, rappelle aussitôt l'homosexualité
des jésuites !

capitaine de cavalerie, qui la devait à une marquise, qui la tenait d'un page, qui l'avait reçue d'un jésuite, qui, étant
50 novice[1], l'avait eue en droite ligne d'un des compagnons de Christophe Colomb. Pour moi, je ne la[2] donnerai à personne, car je me meurs.

– Ô Pangloss ! s'écria Candide, voilà une étrange généalogie ! n'est-ce pas le diable qui en fut la souche[3] ? – Point
55 du tout, répliqua ce grand homme ; c'était une chose indispensable dans le meilleur des mondes, un ingrédient nécessaire ; car, si Colomb n'avait pas attrapé dans une île de l'Amérique cette maladie qui empoisonne la source de la génération, qui souvent même empêche la génération[4] et
60 qui est évidemment l'opposé du grand but de la nature, nous n'aurions ni le chocolat[5] ni la cochenille ; il faut encore observer que jusqu'aujourd'hui, dans notre continent, cette maladie nous est particulière, comme la controverse[6]. Les Turcs, les Indiens, les Persans, les Chinois, les Siamois, les
65 Japonais, ne la connaissent pas encore ; mais il y a une raison suffisante pour qu'ils la connaissent à leur tour dans quelques siècles. En attendant, elle a fait un merveilleux progrès parmi nous, et surtout dans ces grandes armées composées d'honnêtes stipendiaires[7], bien élevés, qui décident du destin

1. *Novice :* celui ou celle qui, désirant entrer dans les ordres, n'a pas encore prononcé les vœux définitifs.
2. La maladie vénérienne (syphilis).
3. *Généalogie :* suite d'ancêtres qui établit une filiation. *Souche :* au figuré, personne qui est à l'origine d'une famille, d'une suite de descendants.
4. *Génération :* action d'engendrer.
5. *Chocolat :* les Espagnols importaient le cacao d'Amérique du Sud depuis le XVI^e siècle. *Cochenille :* c'est au Mexique que les Européens apprirent à fabriquer du carmin (teinture écarlate) à partir de la cochenille, insecte qui fut ensuite introduit en Europe.
6. *Controverse :* dispute théologique.
7. *Stipendiaires :* soldats mercenaires, payés.

70 des États ; on peut assurer que, quand trente mille hommes
combattent en bataille rangée contre des troupes égales en
nombre, il y a environ vingt mille vérolés de chaque côté.
 – Voilà qui est admirable, dit Candide, mais il faut vous
faire guérir. – Et comment le puis-je ? dit Pangloss ; je n'ai
75 pas le sou, mon ami ; et, dans toute l'étendue de ce globe,
on ne peut ni se faire saigner ni prendre un lavement¹, sans
payer, ou sans qu'il y ait quelqu'un qui paie pour nous. »
 Ce dernier discours détermina² Candide ; il alla se jeter
aux pieds de son charitable anabaptiste Jacques, et lui fit une
80 peinture si touchante de l'état où son ami était réduit que
le bonhomme³ n'hésita pas à recueillir le docteur Pangloss ;
il le fit guérir à ses dépens. Pangloss, dans la cure, ne perdit
qu'un œil et une oreille. Il écrivait bien et savait parfaitement
l'arithmétique. L'anabaptiste Jacques en fit son teneur de
85 livres⁴. Au bout de deux mois, étant obligé d'aller à Lisbonne
pour les affaires de son commerce, il mena dans son vaisseau
ses deux philosophes. Pangloss lui expliqua comment tout
était on ne peut mieux. Jacques n'était pas de cet avis. « Il
faut bien, disait-il, que les hommes aient un peu corrompu
90 la nature, car ils ne sont point nés loups, et ils sont devenus
loups. Dieu ne leur a donné ni canons de vingt-quatre ni
baïonnettes⁵, et ils se sont fait des baïonnettes et des canons
pour se détruire. Je pourrais mettre en ligne de compte les
banqueroutes, et la justice qui s'empare des biens des
95 banqueroutiers pour en frustrer les créanciers. – Tout cela

1. *Saignées et lavements :* traitements classiques de l'ancienne médecine.
2. *Détermina :* décida Candide à agir.
3. *Bonhomme :* homme plein de bonté.
4. *Livres :* les livres de comptes.
5. *Baïonnette :* le plus gros canon français tirait des boulets de 24 livres. La baïonnette, inventée en 1670, se répandit surtout au XVIIIᵉ siècle.

était indispensable, répliquait le docteur borgne, et les malheurs particuliers font le bien général, de sorte que plus il y a de malheurs particuliers, et plus tout est bien. » Tandis qu'il raisonnait, l'air s'obscurcit, les vents soufflèrent des 100 quatre coins du monde, et le vaisseau fut assailli de la plus horrible tempête à la vue du port de Lisbonne.

Chapitre 4

TOUT SE COMPLIQUE

1. Chapitre nettement plus long (d'au moins un quart) que les précédents : pourquoi ? Quelle est sa spécificité par rapport aux trois premiers, quelles techniques du récit met-il en place, que la suite du conte fera proliférer ?

2. Voltaire n'aurait-il pas pu faire débuter le chapitre 5 un peu plus tôt ? Quels en auraient été les effets ?

APOCALYPSE COMIQUE

1. La guerre, la vérole (dans d'autres textes voltairiens, la peste) : deux formes violentes du mal. On ne sait comment Pangloss a échappé au massacre (où était-il encore fourré ?), ni comment il a pu voir tout ce qu'il a vu, mais il nous explique complaisamment pourquoi il prend place à son tour dans la longue histoire providentielle de la vérole (gag à retardement du chapitre premier). En quoi cette histoire est-elle une parodie de la logique optimiste, et comment finit-elle par tourner à l'éloge bouffon d'un mal que le discours optimiste se proposait, au départ, de relativiser ?

2. D'après ce chapitre, qu'est-ce qu'un traitement comique de l'horreur ?
On pourra comparer avec Rabelais, avec Céline (début de *Guignol's Band*), et tenir compte des effets obtenus par la mécanisation des personnages, par l'emploi du discours direct, par les tics de langage, les figures de style, etc.
Tout se passe comme si la réalité n'avait aucune prise (mécanisme fondamental du comique) sur des personnages définis une fois pour toutes par quelques caractères aussi simples qu'immuables. Quels sont les deux traits dont la juxtaposition cocasse fait le comique inoubliable de Pangloss ?

MALHEUR AUX PÉDAGOGUES

1. Un des romans les plus célèbres de l'Ancien Régime, *les Aventures de Télémaque* (1699) de Fénelon, met en scène les voyages du jeune Télémaque (à la recherche de son père Ulysse) et de son précepteur, le sage Mentor. En quoi Pangloss est-il une parodie du pédagogue, en quoi cette scène de retrouvailles (présente chez Fénelon) inverse-t-elle les rapports maître-élève et les tourne-t-elle en dérision ?

2. Pour la première fois, le discours panglossien rencontre un contradicteur : quelle est l'interprétation du mal, selon Jacques, et comment Pangloss y répond-il ?

La cathédrale de Lisbonne après le tremblement de terre de 1755 (gravure de Philippe Le Bas, détail). B.N., Paris.

Chapitre 5

Tempête, naufrage, tremblement de terre, et ce qui advint du docteur Pangloss, de Candide, et de l'anabaptiste Jacques.

L A MOITIÉ des passagers, affaiblis, expirants de ces angoisses inconcevables que le roulis d'un vaisseau porte dans les nerfs et dans toutes les humeurs[1] du corps agitées en sens contraires, n'avait pas même la force de s'inquiéter
5 du danger. L'autre moitié jetait des cris et faisait des prières ; les voiles étaient déchirées, les mâts brisés, le vaisseau entrouvert. Travaillait qui pouvait, personne ne s'entendait, personne ne commandait. L'anabaptiste aidait un peu à la manœuvre ; il était sur le tillac[2] ; un matelot furieux le frappe
10 rudement et l'étend sur les planches ; mais du coup qu'il lui donna il eut lui-même une si violente secousse qu'il tomba hors du vaisseau la tête la première. Il restait suspendu et accroché à une partie du mât rompue. Le bon Jacques court à son secours, l'aide à remonter, et de l'effort qu'il fit il est
15 précipité dans la mer à la vue du matelot, qui le laissa périr sans daigner seulement le regarder. Candide approche, voit son bienfaiteur qui reparaît un moment et qui est englouti pour jamais. Il veut se jeter après lui dans la mer ; le philosophe Pangloss l'en empêche, en lui prouvant que la

1. *Humeur :* tout liquide présent dans un corps organisé. La santé dépendait de l'équilibre des quatre humeurs fondamentales (médecine antique).
2. *Tillac :* le pont du navire.

51

20 rade de Lisbonne avait été formée exprès pour que cet anabaptiste s'y noyât. Tandis qu'il le prouvait *a priori*[1], le vaisseau s'entrouvre, tout périt à la réserve de Pangloss, de Candide, et de ce brutal[2] de matelot qui avait noyé le vertueux anabaptiste ; le coquin nagea heureusement[3]

25 jusqu'au rivage, où Pangloss et Candide furent portés sur une planche.

Quand ils furent revenus un peu à eux, ils marchèrent vers Lisbonne ; il leur restait quelque argent, avec lequel ils espéraient se sauver de la faim après avoir échappé à la

30 tempête.

À peine ont-ils mis le pied dans la ville en pleurant la mort de leur bienfaiteur, qu'ils sentent la terre trembler sous leurs pas ; la mer s'élève en bouillonnant dans le port, et brise les vaisseaux qui sont à l'ancre. Des tourbillons de flammes

35 et de cendres couvrent les rues et les places publiques ; les maisons s'écroulent, les toits sont renversés sur les fondements, et les fondements se dispersent ; trente mille habitants de tout âge et de tout sexe sont écrasés sous des ruines[4]. Le matelot disait en sifflant et en jurant : « Il y aura quelque

40 chose à gagner ici. — Quelle peut être la raison suffisante de ce phénomène ? disait Pangloss. — Voici le dernier jour du monde ! » s'écriait Candide. Le matelot court incontinent[5] au milieu des débris, affronte la mort pour trouver de l'argent, en trouve, s'en empare, s'enivre, et, ayant cuvé son vin,

1. *A priori* : un raisonnement est dit *a priori* quand il se fonde non sur des faits, mais sur des arguments d'ordre logique.
2. *Brutal* : cette brute de matelot.
3. *Heureusement* : avec succès.
4. *Ruines* : le tremblement de terre de Lisbonne eut lieu le 1er novembre 1755 et déclencha un énorme incendie. (Selon les témoins, 25 000 à 30 000 morts.)
5. *Incontinent* (adv.) : aussitôt. Mais Voltaire joue peut-être sur l'autre sens du mot (adj. : débauché).

45 achète les faveurs de la première fille de bonne volonté qu'il
 rencontre sur les ruines des maisons détruites et au milieu
 des mourants et des morts. Pangloss le tirait cependant par
 la manche. « Mon ami, lui disait-il, cela n'est pas bien, vous
 manquez à[1] la raison universelle, vous prenez mal votre
50 temps. – Tête et sang[2] ! répondit l'autre, je suis matelot et
 né à Batavia[3] ; j'ai marché quatre fois sur le crucifix dans
 quatre voyages au Japon[4] ; tu as bien trouvé ton homme
 avec ta raison universelle ! »
 Quelques éclats de pierre avaient blessé Candide ; il était
55 étendu dans la rue et couvert de débris. Il disait à Pangloss :
 « Hélas ! procure-moi un peu de vin et d'huile[5] ; je me meurs.
 – Ce tremblement de terre n'est pas une chose nouvelle,
 répondit Pangloss ; la ville de Lima éprouva les mêmes
 secousses en Amérique l'année passée ; mêmes causes, mêmes
60 effets : il y a certainement une traînée de soufre sous terre
 depuis Lima jusqu'à Lisbonne. – Rien n'est plus probable, dit
 Candide ; mais, pour Dieu, un peu d'huile et de vin. –
 Comment, probable ? répliqua le philosophe ; je soutiens que
 la chose est démontrée. » Candide perdit connaissance, et
65 Pangloss lui apporta un peu d'eau d'une fontaine voisine.
 Le lendemain, ayant trouvé quelques provisions de bouche
 en se glissant à travers des décombres, ils réparèrent un peu

1. *Manquez à :* vous ne vous conformez pas à...
2. *Tête et sang :* jurons abrégés : par la tête (de Dieu), par le sang
(de Dieu).
3. *Batavia :* capitale de Java, colonie hollandaise fondée en 1619
(aujourd'hui : Jakarta).
4. *Japon :* depuis le XVIIe siècle, les étrangers étaient interdits au
Japon. Seuls les Hollandais avaient obtenu le droit de commercer à
Nagasaki. À condition, prétendent les récits de voyages utilisés par
Voltaire, de renoncer aux marques du christianisme, et notamment
en marchant sur un crucifix.
5. *Vin et huile :* allusion aux mystères chrétiens.

leurs forces. Ensuite ils travaillèrent comme les autres à soulager les habitants échappés à la mort. Quelques citoyens
70 secourus par eux leur donnèrent un aussi bon dîner qu'on le pouvait dans un tel désastre. Il est vrai que le repas était triste ; les convives arrosaient leur pain de leurs larmes ; mais Pangloss les consola en les assurant que les choses ne pouvaient être autrement : « Car, dit-il, tout ceci est ce qu'il
75 y a de mieux. Car, s'il y a un volcan[1] à Lisbonne, il ne pouvait être ailleurs. Car il est impossible que les choses ne soient pas où elles sont. Car tout est bien. »

Un petit homme noir, familier[2] de l'Inquisition, lequel était à côté de lui, prit poliment la parole et dit : « Apparemment
80 que monsieur ne croit pas au péché originel[3] ; car, si tout est au mieux, il n'y a donc eu ni chute ni punition.

— Je demande très humblement pardon à Votre Excellence, répondit Pangloss encore plus poliment, car la chute de l'homme et la malédiction entraient nécessairement dans le
85 meilleur des mondes possibles. — Monsieur ne croit donc pas à la liberté ? dit le familier. — Votre Excellence m'excusera, dit Pangloss ; la liberté peut subsister avec la nécessité absolue ; car il était nécessaire que nous fussions libres ; car enfin la volonté déterminée... » Pangloss était au milieu de
90 sa phrase, quand le familier fit un signe de tête à son estafier[4] qui lui servait à boire du vin de Porto ou d'Oporto[5].

1. *Volcan :* allusion à une théorie contemporaine sur l'origine des séismes.
2. *Familier :* officier subalterne de l'Inquisition.
3. *Péché originel :* dogme central du christianisme, qui heurte profondément la philosophie des Lumières.
4. *Estafier :* domestique armé. Ce n'est pas un titre officiel de l'Inquisition.
5. *Porto* ou *Oporto :* ville du Portugal.

Chapitre 5

SAVOIR CONTER

1. Après les ravages de la guerre et de la maladie, les convulsions de la nature (en référence à une catastrophe toute récente : l'Histoire s'inscrit dans l'histoire).
Les trois séquences de ce chapitre obéissent à un principe de continuité et à un art de la variété : peut-on le montrer en analysant les rapports du récit et du dialogue, la présence des personnages, le retour des situations et des thèmes, le jeu des temps verbaux, etc. ?
Quelle est la fonction dynamique particulière du dernier dialogue ?

2. Comme le chapitre précédent, celui-ci joue sur l'alliance d'un sujet dramatique et d'une narration comique ; mais la description du naufrage et du tremblement de terre est-elle exactement comparable au récit de la destruction du château ?
D'où viennent, ici, les éléments comiques ? Est-ce de la description elle-même ?

LE MAL, ENCORE ET TOUJOURS

1. Chargé à ras bord de péripéties dramatiques, le chapitre n'oublie pas un instant la thématique philosophique qui sert de leitmotiv au récit. Montrez qu'elle oriente constamment l'invention romanesque et analysez les différentes facettes du mal (physique et moral) que l'épisode met au jour.
Celui-ci est-il cependant entièrement abandonné au Diable ?

2. En quoi la philosophie leibnizo-panglossienne peut-elle heurter l'orthodoxie chatouilleuse des théologiens catholiques ?
Qu'est-ce qui, d'après ce chapitre, choque particulièrement Voltaire dans le providentialisme panglossien ?
Est-ce la notion de libre arbitre qui le mobilise ?

Homme condamné au feu mais qui l'a évité par sa confession.
Détail d'une gravure de C. Vermeulin (1709). B.N. Paris.

Chapitre 6

Comment on fit un bel auto-da-fé pour empêcher les tremblements de terre, et comment Candide fut fessé.

Après le tremblement de terre qui avait détruit les trois quarts de Lisbonne, les sages du pays n'avaient pas trouvé un moyen plus efficace pour prévenir une ruine totale que de donner au peuple un bel auto-da-fé[1] ; il était décidé par
5 l'université de Coïmbre[2] que le spectacle de quelques personnes brûlées à petit feu, en grande cérémonie, est un secret infaillible pour empêcher la terre de trembler.

On avait en conséquence saisi un Biscayen convaincu d'avoir épousé sa commère[3], et deux Portugais qui en
10 mangeant un poulet en avaient arraché le lard[4] : on vint lier après le dîner le docteur Pangloss et son disciple Candide, l'un pour avoir parlé, et l'autre pour avoir écouté avec un

1. *Auto-da-fé* (orthographe du XVIII[e] siècle) : cérémonie au cours de laquelle les hérétiques condamnés par l'Inquisition étaient invités à faire acte de foi *(auto-da-fé)*. Voltaire prétend, dans le *Précis du siècle de Louis XV,* que cet autodafé eut lieu le 20 juin 1756. Il semble, d'après les historiens, que les trois autodafés du 8 octobre 1756, 28 septembre 1757 et 27 août 1758, furent sans rapport avec le tremblement de terre et que les accusés n'y subirent pas la peine capitale.
2. *Coïmbre* : il y avait quatre inquisitions : celles de Lisbonne, Coïmbra, Devora, Goa.
3. *Commère* : le parrain d'un enfant n'a pas le droit, chez les catholiques, d'épouser la marraine de cet enfant (sa commère), même s'il n'a aucun lien de parenté avec elle.
4. *Lard* : la religion juive interdit de manger du porc.

air d'approbation : tous deux furent menés séparément dans
des appartements d'une extrême fraîcheur, dans lesquels on
15 n'était jamais incommodé du soleil ; huit jours après, ils
furent tous deux revêtus d'un *san-benito*[1], et on orna leurs
têtes de mitres de papier : la mitre et le san-benito de Candide
étaient peints de flammes renversées et de diables qui
n'avaient ni queues ni griffes ; mais les diables de Pangloss
20 portaient griffes et queues, et les flammes étaient droites[2].
Ils marchèrent en procession ainsi vêtus, et entendirent un
sermon très pathétique, suivi d'une belle musique en
faux-bourdon[3]. Candide fut fessé en cadence, pendant qu'on
chantait ; le Biscayen et les deux hommes qui n'avaient point
25 voulu manger de lard furent brûlés, et Pangloss fut pendu,
quoique ce ne soit pas la coutume. Le même jour la terre
trembla de nouveau avec un fracas épouvantable.

Candide, épouvanté, interdit[4], éperdu, tout sanglant, tout
palpitant, se disait à lui-même : « Si c'est ici le meilleur des
30 mondes possibles, que sont donc les autres ? Passe encore
si je n'étais que fessé, je l'ai été chez les Bulgares. Mais, ô
mon cher Pangloss ! le plus grand des philosophes, faut-il
vous avoir vu pendre sans que je sache pourquoi ! Ô mon
cher anabaptiste ! le meilleur des hommes, faut-il que vous
35 ayez été noyé dans le port ! Ô Mlle Cunégonde ! la perle
des filles, faut-il qu'on vous ait fendu le ventre ! »

Il s'en retournait se soutenant à peine, prêché, fessé, absous
et béni, lorsqu'une vieille l'aborda et lui dit : « Mon fils,
prenez courage, suivez-moi. »

1. *San-benito* : casaque jaune, dont les inquisiteurs revêtaient les
hérétiques ou les Juifs qu'on allait brûler.
2. La flamme droite annonçait la peine de mort.
3. *Faux-bourdon* : plain-chant où la basse, transportée à la portée
supérieure, forme le chant principal. Il s'agit ici du *Miserere* (voir
chapitre 8).
4. *Interdit* : stupéfait ; qui ne sait ce qu'il dit, ce qu'il fait.

Chapitre 6

TOURS ET DÉTOURS DE L'IRONIE

Pour apprécier à son juste prix ce court chapitre (l'art était de faire court), il serait bon de le comparer à l'article « Inquisition » du *Dictionnaire philosophique,* et surtout au chapitre 6 de l'*Histoire des voyages de Scarmentado, écrite par lui-même* (1756), brouillon assez gauche de ce bel autodafé.

On songera aussi à la « remontrance » de Montesquieu aux inquisiteurs d'Espagne et du Portugal (*Esprit des lois,* 1748, livre XXV, chap. 13).

Cette page est un modèle classique de l'ironie (qu'on ne confondra pas avec l'humour). L'ironie est une manière de se moquer en disant le contraire de ce qu'on veut faire entendre (« Oh ! le beau travail ! »). Elle suppose donc l'usage du procédé stylistique de l'antiphrase.

Mais, s'il y a une ironie verbale (contradiction entre deux niveaux sémantiques, entre ce qu'on dit et ce qu'on veut faire comprendre – c'est l'ironie au sens strict et classique), il y a aussi une ironie non verbale (contradiction entre deux faits rapprochés : « la grève de la faim au milieu d'un monde de « bouffeurs », quelle ironie ! »). En ce sens, on pourra parler de l'ironie de telle situation dans *Candide* : par exemple, Pangloss tirant la manche du matelot dans les ruines de Lisbonne (chap. 5), de l'ironie du rapport entre tel et tel chapitre, etc.

Les indices de l'ironie sont nombreux, mais pas toujours faciles à déceler : intonation, guillemets, point d'exclamation, points de suspension, contexte linguistique, contexte extralinguistique (ce que le lecteur sait ou croit savoir de la réalité, de l'auteur, etc.).

On trouve souvent dans les textes ironiques des modalisateurs intensifs (**bien sûr, évidemment, en effet, certes, bien entendu...**) : c'est que l'hyperbole est volontiers un signal de l'ironie. Faut-il ranger sous la rubrique « ironie » la litote, l'hyperbole, l'imitation (pastiche), la parodie, le calembour, la fausse naïveté, etc. ?

En fait, il y a deux définitions de l'ironie :
– l'une, étroite, la ramène depuis l'Antiquité à l'antiphrase ;

– l'autre, plus large et plus efficace pour la description des textes, l'identifie à la moquerie et inclut une large gamme, extrêmement complexe, de procédés.

Faites un relevé précis des procédés que ce chapitre met en œuvre, en n'oubliant pas qu'une même expression peut combiner plusieurs figures (ex. : « Rien n'était si beau, si leste, si brillant, si bien ordonné que les deux armées », chap. 3 : hyperbole, accumulation, antiphrase).

On prendra garde aux articulations logiques, soulignées ou escamotées, aux parallélismes, et l'on se demandera si le monologue de Candide relève ou non de l'ironie ainsi entendue.

Chapitre 7

Comment une vieille prit soin de Candide et comment il retrouva ce qu'il aimait.

Candide ne prit point courage, mais il suivit la vieille dans une masure : elle lui donna un pot de pommade pour se frotter, lui laissa à manger et à boire ; elle lui montra un petit lit assez propre ; il y avait auprès du lit un habit complet.
5 « Mangez, buvez, dormez, lui dit-elle, et que Notre-Dame d'Atocha, monseigneur saint Antoine de Padoue[1] et monseigneur saint Jacques de Compostelle prennent soin de vous : je reviendrai demain. » Candide, toujours étonné[2] de tout ce qu'il avait vu, de tout ce qu'il avait souffert, et encore
10 plus de la charité de la vieille, voulut lui baiser la main. « Ce n'est pas ma main qu'il faut baiser, dit la vieille ; je reviendrai demain. Frottez-vous de pommade, mangez et dormez. »
 Candide, malgré tant de malheurs, mangea et dormit. Le lendemain la vieille lui apporte à déjeuner, visite son dos,
15 le frotte elle-même d'une autre pommade ; elle lui apporte ensuite à dîner ; elle revient sur le soir, et apporte à souper. Le surlendemain elle fit encore les mêmes cérémonies. « Qui êtes-vous ? lui disait toujours Candide ; qui vous a inspiré tant de bonté ? quelles grâces puis-je vous rendre ? » La

1. *Notre-Dame d'Atocha :* Atocha n'est pas une ville, mais la Vierge enceinte. Padoue est une ville d'Italie du Nord, mais le saint qu'on invoque pour retrouver (voir le titre du chapitre) ce qu'on a perdu était né à Lisbonne.
2. *Étonné :* (sens fort) abasourdi, violemment troublé.

Otez ce voile, dit la vieille à Candide.

Ch.VII.

Illustration de Moreau le Jeune pour *Candide* (chap. 7). B.N. Paris.

20 bonne femme ne répondait jamais rien ; elle revint sur le
 soir et n'apporta point à souper. « Venez avec moi, dit-elle,
 et ne dites mot. » Elle le prend sous le bras, et marche avec
 lui dans la campagne environ un quart de mille : ils arrivent
 à une maison isolée, entourée de jardins et de canaux[1]. La
25 vieille frappe à une porte. On ouvre ; elle mène Candide,
 par un escalier dérobé, dans un cabinet doré, le laisse sur
 un canapé de brocart[2], referme la porte, et s'en va. Candide
 croyait rêver, et regardait toute sa vie comme un songe
 funeste, et le moment présent comme un songe agréable.
30 La vieille reparut bientôt ; elle soutenait avec peine une
 femme tremblante, d'une taille majestueuse, brillante de
 pierreries et couverte d'un voile. « Ôtez ce voile », dit la
 vieille à Candide. Le jeune homme approche ; il lève le voile
 d'une main timide. Quel moment ! quelle surprise ! il croit
35 voir Mlle Cunégonde ; il la voyait en effet, c'était elle-même.
 La force lui manque, il ne peut proférer une parole, il tombe
 à ses pieds. Cunégonde tombe sur le canapé. La vieille les
 accable d'eaux spiritueuses[3] ; ils reprennent leurs sens, ils
 se parlent : ce sont d'abord des mots entrecoupés, des
40 demandes et des réponses qui se croisent, des soupirs, des
 larmes, des cris. La vieille leur recommande de faire moins
 de bruit, et les laisse en liberté. « Quoi ! c'est vous, lui dit
 Candide, vous vivez ! Je vous retrouve en Portugal ! On ne
 vous a donc pas violée ? On ne vous a point fendu le ventre,
45 comme le philosophe Pangloss me l'avait assuré ? — Si fait,
 dit la belle Cunégonde ; mais on ne meurt pas toujours de
 ces deux accidents. – Mais votre père et votre mère ont-ils

1. *Canaux :* désigne ici des pièces d'eau étroites et longues pour
l'ornement des jardins et des parcs.
2. *Brocart :* riche tissu de soie rehaussé de dessins brochés en fils
d'or et d'argent.
3. *Eaux spiritueuses :* riches en alcool.

été tués ? – Il n'est que trop vrai, dit Cunégonde en pleurant.
– Et votre frère ? – Mon frère a été tué aussi. – Et pourquoi
50 êtes-vous en Portugal ? et comment avez-vous su que j'y
étais ? et par quelle étrange aventure[1] m'avez-vous fait
conduire dans cette maison ? — Je vous dirai tout cela,
répliqua la dame ; mais il faut auparavant que vous
m'appreniez tout ce qui vous est arrivé depuis le baiser
55 innocent que vous me donnâtes et les coups de pied que
vous reçûtes. »

Candide lui obéit avec un profond respect, et quoiqu'il
fût interdit, quoique sa voix fût faible et tremblante, quoique
l'échine lui fît encore un peu mal, il lui raconta de la manière
60 la plus naïve tout ce qu'il avait éprouvé depuis le moment
de leur séparation. Cunégonde levait les yeux au ciel ; elle
donna des larmes à la mort du bon anabaptiste et de
Pangloss ; après quoi elle parla en ces termes à Candide, qui
ne perdait pas une parole, et qui la dévorait des yeux.

1. *Aventure :* hasard, événement inopiné.

Chapitre 8

Histoire de Cunégonde.

« J'ÉTAIS dans mon lit et je dormais profondément, quand il plut au Ciel d'envoyer les Bulgares dans notre beau château de Thunder-ten-tronckh ; ils égorgèrent mon père et mon frère, et coupèrent ma mère par morceaux. Un grand Bulgare,
5 haut de six pieds, voyant qu'à ce spectacle j'avais perdu connaissance, se mit à me violer ; cela me fit revenir, je repris mes sens, je criai, je me débattis, je mordis, j'égratignai, je voulais arracher les yeux à ce grand Bulgare, ne sachant pas que tout ce qui arrivait dans le château de mon père était
10 une chose d'usage : le brutal[1] me donna un coup de couteau dans le flanc gauche dont je porte encore la marque. – Hélas ! j'espère bien la voir, dit le naïf Candide. – Vous la verrez, dit Cunégonde ; mais continuons. – Continuez », dit Candide.
15 Elle reprit ainsi le fil de son histoire : « Un capitaine bulgare entra, il me vit toute sanglante, et le soldat ne se dérangeait pas. Le capitaine se mit en colère du peu de respect que lui témoignait ce brutal, et le tua sur mon corps. Ensuite il me fit panser, et m'emmena prisonnière de guerre dans
20 son quartier[2]. Je blanchissais le peu de chemises qu'il avait, je faisais sa cuisine ; il me trouvait fort jolie, il faut l'avouer ; et je ne nierai pas qu'il ne fût très bien fait, et qu'il n'eût

1. *Brutal :* qui tient de la brute.
2. *Quartier :* cantonnement.

la peau blanche et douce ; d'ailleurs peu d'esprit, peu de
philosophie, on voyait bien qu'il n'avait pas été élevé par
25 le docteur Pangloss. Au bout de trois mois, ayant perdu tout
son argent et s'étant dégoûté de moi, il me vendit à un Juif
nommé don Issacar[1], qui trafiquait en Hollande et en
Portugal, et qui aimait passionnément les femmes. Ce Juif
s'attacha beaucoup à ma personne, mais il ne pouvait en
30 triompher, je lui ai mieux résisté qu'au soldat bulgare. Une
personne d'honneur peut être violée une fois, mais sa vertu
s'en affermit.

« Le Juif, pour m'apprivoiser, me mena dans cette maison
de campagne que vous voyez. J'avais cru jusque-là qu'il n'y
35 avait rien sur la terre de si beau que le château de
Thunder-ten-tronckh ; j'ai été détrompée.

« Le grand inquisiteur[2] m'aperçut un jour à la messe ; il
me lorgna beaucoup, et me fit dire qu'il avait à me parler
pour des affaires secrètes. Je fus conduite à son palais ; je
40 lui appris ma naissance ; il me représenta combien il était
au-dessous de mon rang d'appartenir à un Israélite. On
proposa de sa part à don Issacar de me céder à Monseigneur.
Don Issacar, qui est le banquier de la cour et homme de
crédit, n'en voulut rien faire. L'inquisiteur le menaça d'un
45 auto-da-fé. Enfin mon Juif, intimidé, conclut un marché, par
lequel la maison et moi leur appartiendraient à tous deux
en commun ; que le Juif aurait pour lui les lundis, mercredis
et le jour du sabbat[3], et que l'inquisiteur aurait les autres
jours de la semaine. Il y a six mois que cette convention
50 subsiste. Ce n'a pas été sans querelles ; car souvent il a été

1. Nom biblique. « Don » indique l'anoblissement de ce Juif, banquier
de la cour du Portugal.
2. *Inquisiteur* : il s'agit d'un prêtre séculier.
3. *Sabbat* : samedi, jour de repos consacré au culte divin dans la
religion juive.

indécis si la nuit du samedi au dimanche appartenait à l'ancienne loi ou à la nouvelle[1]. Pour moi, j'ai résisté jusqu'à présent à toutes les deux, et je crois que c'est pour cette raison que j'ai toujours été aimée.

55 « Enfin, pour détourner le fléau des tremblements de terre, et pour intimider don Issacar, il plut à monseigneur l'inquisiteur de célébrer un auto-da-fé. Il me fit l'honneur de m'y inviter. Je fus très bien placée ; on servit aux dames des rafraîchissements entre la messe et l'exécution. Je fus, à la

60 vérité, saisie d'horreur en voyant brûler ces deux Juifs et cet honnête Biscayen qui avait épousé sa commère ; mais quelle fut ma surprise, mon effroi, mon trouble, quand je vis, dans un san-benito et sous une mitre, une figure qui ressemblait à celle de Pangloss ! Je me frottai les yeux, je regardai

65 attentivement, je le vis pendre ; je tombai en faiblesse. À peine reprenais-je mes sens que je vous vis dépouillé tout nu : ce fut là le comble de l'horreur, de la consternation, de la douleur, du désespoir. Je vous dirai, avec vérité, que votre peau est encore plus blanche et d'un incarnat plus

70 parfait que celle de mon capitaine des Bulgares. Cette vue redoubla tous les sentiments qui m'accablaient, qui me dévoraient. Je m'écriai, je voulus dire : « Arrêtez, barbares ! » mais la voix me manqua, et mes cris auraient été inutiles. Quand vous eûtes été bien fessé : « Comment se peut-il faire,

75 disais-je, que l'aimable[2] Candide et le sage Pangloss se trouvent à Lisbonne, l'un pour recevoir cent coups de fouet, et l'autre pour être pendu par l'ordre de monseigneur l'inquisiteur dont je suis la bien-aimée ? Pangloss m'a donc bien cruellement trompée quand il me disait que tout va le mieux du monde.

1. *Loi :* celle de l'Ancien Testament. La loi nouvelle : celle du Nouveau Testament. Il s'agit de savoir si la nuit litigieuse appartient au samedi (juif) ou au dimanche (chrétien) !
2. *Aimable :* digne d'être aimé.

80 « Agitée, éperdue, tantôt hors de moi-même, et tantôt
prête[1] de mourir de faiblesse, j'avais la tête remplie du
massacre de mon père, de ma mère, de mon frère, de
l'insolence de mon vilain soldat bulgare, du coup de couteau
qu'il me donna, de ma servitude, de mon métier de cuisinière,
85 de mon capitaine bulgare, de mon vilain don Issacar, de mon
abominable inquisiteur, de la pendaison du docteur Pangloss,
de ce grand *miserere* en faux-bourdon pendant lequel on vous
fessait, et surtout du baiser que je vous ai donné derrière
un paravent, le jour que je vous avais vu pour la dernière
90 fois. Je louai Dieu qui vous ramenait à moi par tant
d'épreuves. Je recommandai à ma vieille d'avoir soin de vous,
et de vous amener ici dès qu'elle le pourrait. Elle a très bien
exécuté ma commission ; j'ai goûté le plaisir inexprimable
de vous revoir, de vous entendre, de vous parler. Vous devez
95 avoir une faim dévorante ; j'ai grand appétit ; commençons
par souper. »
 Les voilà qui se mettent tous deux à table ; et, après le
souper, ils se replacent sur ce beau canapé dont on a déjà
parlé ; ils y étaient quand le signor don Issacar, l'un des
100 maîtres de la maison, arriva. C'était le jour du sabbat. Il venait
jouir de ses droits, et expliquer son tendre amour.

1. *Prête de :* près de...

Chapitres 7 et 8

SÉDUCTION ET DÉCONSTRUCTION DU ROMANESQUE

L'illusion philosophique, chez Candide, s'accompagne d'une illusion sentimentale qui mobilise les schémas et stéréotypes les plus inusables de la tradition romanesque depuis l'époque hellénistique (amour contrarié, séparation, quête de l'objet aimé, aventures et voyages, rencontres, récits intercalés, etc.). Le personnage de la vieille entremetteuse, l'entrevue galante et mystérieuse, la scène de reconnaissance, l'échange de récits explicatifs (développés ou escamotés) sont des canons romanesques archiclassiques sous l'Ancien Régime.

Montrez comment, dans le chapitre 7, Voltaire s'en joue autant qu'il s'en sert :
– par le temps et la mécanisation du récit ;
– par la candeur du héros ;
– par les sous-entendus libertins ;
– par la présence perturbatrice du corps dans un code sentimental...
L'horizon philosophique est-il oublié ?
Comment s'inscrit-il dans le cadre sentimental et romanesque ?

« JE » PEUT-IL ÊTRE GAI ?

Alors que les romans à la première personne (pseudo-Mémoires, romans épistolaires) donnent au siècle ses plus incontestables réussites (Marivaux, Prévost, Rousseau, Laclos, Richardson, Goethe...), Voltaire reste presque exclusivement un tenant du récit à la troisième personne.

Le problème essentiel du chapitre 8 (et des chapitres 11 et 12) peut donc se formuler ainsi : comment allier forme en « je » et gaieté ? Comment rendre comique la confession des violences et des outrages subis par l'héroïne et narratrice ? (étant entendu que le plaisir de la parodie des stéréotypes romanesques du XVIIIᵉ siècle a pour nous à peu près disparu).

On tiendra compte des procédés de surenchère ; d'accélération du récit ; de la cocasserie des détails et des situations ; de la placidité du ton lorsqu'il s'agit de soi ; des sous-entendus et des

litotes ; de l'incongruité d'un tel récit devant Candide ; de la saveur des références panglossiennes, etc.

DESTIN DE FEMME

En couplant cette « Histoire » de Cunégonde avec celle, encore plus longue, de la vieille (11-12), on pourra méditer sur la noirceur de cette représentation de la destinée féminine.

Destinée qui hante l'imaginaire romanesque du siècle. La femme fascine le roman européen des Lumières, parce que sa fragilité, sa « vertu » (morale et sexuelle) doivent y affronter les pièges du monde : fourberie ou inconstance du séducteur, périls du viol, diktats de l'argent, ravages de l'âge...

Le comique parvient-il à dissoudre l'incroyable aigreur de cette figuration de la féminité ?

Chapitre 9

Ce qui advint de Cunégonde, de Candide, du grand inquisiteur et d'un Juif.

Cet Issacar était le plus colérique Hébreu qu'on eût vu dans Israël depuis la captivité en Babylone[1]. « Quoi ! dit-il, chienne de Galiléenne[2], ce n'est pas assez de M. l'inquisiteur ? Il faut que ce coquin partage aussi avec moi ? » En
5 disant cela, il tira un long poignard dont il était toujours pourvu, et, ne croyant pas que son adverse partie eût des armes, il se jette sur Candide ; mais notre bon Westphalien avait reçu une belle épée de la vieille avec l'habit complet. Il tire son épée, quoiqu'il eût les mœurs fort douces, et vous
10 étend l'Israélite roide mort sur le carreau, aux pieds de la belle Cunégonde.

« Sainte Vierge ! s'écria-t-elle, qu'allons-nous devenir ? Un homme tué chez moi ! si la justice vient, nous sommes perdus. – Si Pangloss n'avait pas été pendu, dit Candide,
15 il nous donnerait un bon conseil dans cette extrémité, car c'était un grand philosophe. À son défaut consultons la vieille. » Elle était fort prudente, et commençait à dire son avis, quand une autre petite porte s'ouvrit. Il était une heure après minuit, c'était le commencement du dimanche. Ce jour

1. *Babylone :* la déportation des Juifs à Babylone sur l'ordre de Nabuchodonosor eut lieu en 587 avant J.-C.
2. *Chienne de Galiléenne :* Jésus, au retour d'Égypte, avait résidé à Nazareth, en Galilée.

20 appartenait à monsieur l'inquisiteur. Il entre et voit le fessé
Candide l'épée à la main, un mort étendu par terre,
Cunégonde effarée, et la vieille donnant des conseils.

Voici dans ce moment ce qui se passa dans l'âme de
Candide, et comment il raisonna : « Si ce saint homme
25 appelle du secours, il me fera infailliblement brûler ; il pourra
en faire autant de Cunégonde ; il m'a fait fouetter
impitoyablement ; il est mon rival ; je suis en train de tuer,
il n'y a pas à balancer. » Ce raisonnement fut net et rapide ;
et, sans donner le temps à l'inquisiteur de revenir de sa
30 surprise, il le perce d'outre en outre, et le jette à côté du
Juif. « En voici bien d'une autre[1], dit Cunégonde ; il n'y a
plus de rémission[2] ; nous sommes excommuniés, notre
dernière heure est venue. Comment avez-vous fait, vous qui
êtes né si doux, pour tuer en deux minutes un Juif et un
35 prélat ? – Ma belle demoiselle, répondit Candide, quand on
est amoureux, jaloux et fouetté par l'Inquisition, on ne se
connaît plus. »

La vieille prit alors la parole et dit : « Il y a trois chevaux
andalous dans l'écurie, avec leurs selles et leurs brides : que
40 le brave Candide les prépare ; madame a des moyadors[3] et
des diamants : montons vite à cheval, quoique je ne puisse
me tenir que sur une fesse, et allons à Cadix[4] ; il fait le plus
beau temps du monde, et c'est un grand plaisir de voyager
pendant la fraîcheur de la nuit. »

45 Aussitôt Candide selle les trois chevaux. Cunégonde, la
vieille et lui font trente milles d'une traite. Pendant qu'ils
s'éloignaient, la Sainte-Hermandad[5] arrive dans la maison ;

1. *En voici bien d'une autre :* voilà du nouveau.
2. *Rémission :* action de remettre, de pardonner.
3. *Moyadors :* ancienne monnaie d'or du Portugal.
4. *Cadix :* port espagnol sur l'Atlantique.
5. *Sainte-Hermandad :* confrérie chargée de l'ordre public.

on enterre monseigneur dans une belle église, et on jette
Issacar à la voirie[1].

50 Candide, Cunégonde et la vieille étaient déjà dans la petite
ville d'Avacéna, au milieu des montagnes de la Sierra
Morena[2] ; et ils parlaient ainsi dans un cabaret.

Sainte Vierge, s'écria-t-elle...
Détail de l'illustration de Moreau le Jeune
pour *Candide* (chap. 9). B.N., Paris.

1. *Voirie :* lieu où sont déposés ordures et immondices. Le Juif Issacar
ne peut être enterré dans un cimetière.
2. *Avacéna :* ville non identifiée. La sierra Morena est un massif
montagneux, au sud de l'Espagne.

73

Chapitre 9

ROMANCIER AU TRAVAIL

1. Parvenu au chapitre 9, le lecteur sait bien que la logique du récit est fondée sur la vitesse, la surprise, l'alternance incessante du malheur et du réconfort. Il ne s'étonne plus de rien, mais il exige qu'on l'amuse. On doit donc ici examiner le travail du romancier traitant à sa manière une péripétie classique du roman libertin (la rencontre de l'amant de cœur et de l'amant de poche – celui qui entretient).

Voltaire se moque-t-il, sous prétexte qu'il écrit un roman comique, de l'enchaînement des épisodes, de la motivation des actions, de la justification des détails ?

2. Le roman anglais à la Richardson avait révélé la force des détails (Crébillon s'en moque au nom de la tradition psychologique française, Diderot s'en émerveille dans son *Éloge de Richardson*, 1761) pour produire un effet de réel : Voltaire s'en désintéresse-t-il, ici, autant qu'on l'a dit ? On pourra montrer combien cette page révèle une véritable virtuosité de romancier, un plaisir de conter.

L'AUTEUR S'AMUSE, ET N'EN PENSE PAS MOINS

1. Le comique ne s'obtient pas aux dépens de la précision : il la récompense. D'où vient-il ? On tiendra compte d'abord de la duplication (minutée) de l'obstacle, et du mimétisme de la solution ; mais à condition d'étudier aussitôt le jeu savoureux des variations. Par exemple : pourquoi Voltaire commence-t-il par le Juif ? Pourquoi le meurtre de l'inquisiteur est-il, lui, précédé d'un monologue délibératif à la manière (très syncopée !) des tragédies ?

Tirés de la même main, de la même façon, pour les mêmes raisons, le Juif et l'inquisiteur ne finissent pas de la même manière : cette inégalité ultime n'est-elle pas inscrite dans le titre ? (clin d'œil du narrateur ou antijudaïsme inconscient ?).

Quelle est la signification symbolique de ce double meurtre, qui donne un autre sens à l'antériorité du Juif sur l'inquisiteur ?

2. Que penser des réactions de Cunégonde aux deux meurtres, qui supposent une gradation : « *nous sommes perdus* » – « *nous sommes excommuniés* », et de la mention deux fois répétée de la douceur native de Candide ?

Chapitre 10

Dans quelle détresse Candide,
Cunégonde et la vieille arrivent à Cadix,
et de leur embarquement.

« Qui a donc pu me voler mes pistoles[1] et mes diamants ?
disait en pleurant Cunégonde ; de quoi vivrons-nous ?
comment ferons-nous ? où trouver des inquisiteurs et des
Juifs qui m'en donnent d'autres ? – Hélas ! dit la vieille, je
5 soupçonne fort un révérend père cordelier qui coucha hier
dans la même auberge que nous à Badajoz[2] ; Dieu me garde
de faire un jugement téméraire ! mais il entra deux fois dans
notre chambre, et il partit longtemps avant nous. – Hélas !
dit Candide, le bon Pangloss m'avait souvent prouvé que
10 les biens de la terre sont communs à tous les hommes, que
chacun y a un droit égal. Ce cordelier devait bien, suivant
ces principes, nous laisser de quoi achever notre voyage. Il
ne vous reste donc rien du tout, ma belle Cunégonde ? – Pas
un maravédis[3], dit-elle. – Quel parti prendre ? dit Candide. –
15 Vendons un des chevaux, dit la vieille ; je monterai en croupe
derrière mademoiselle, quoique je ne puisse me tenir que
sur une fesse, et nous arriverons à Cadix. »
 Il y avait dans la même hôtellerie un prieur de bénédictins ;
il acheta le cheval bon marché. Candide, Cunégonde et la

1. *Pistole :* nom de l'écu espagnol.
2. *Badajoz :* ville espagnole à la frontière du Portugal.
3. *Maravédis :* monnaie de cuivre espagnole, de peu de valeur.

20 vieille passèrent par Lucena, par Chillas, par Lebrixa[1], et
arrivèrent enfin à Cadix. On y équipait une flotte, et on y
assemblait des troupes pour mettre à la raison les révérends
pères jésuites du Paraguay, qu'on accusait d'avoir fait révolter
une de leurs hordes contre les rois d'Espagne et de Portugal,
25 auprès de la ville du Saint-Sacrement[2]. Candide, ayant servi
chez les Bulgares, fit l'exercice bulgarien devant le général
de la petite armée avec tant de grâce, de célérité, d'adresse,
de fierté, d'agilité, qu'on lui donna une compagnie d'infante-
rie à commander. Le voilà capitaine[3] ; il s'embarque avec
30 Mlle Cunégonde, la vieille, deux valets, et les deux chevaux
andalous qui avaient appartenu à M. le grand inquisiteur
de Portugal.
 Pendant toute la traversée ils raisonnèrent beaucoup sur
la philosophie du pauvre Pangloss. « Nous allons dans un
35 autre univers, disait Candide ; c'est dans celui-là sans doute
que tout est bien. Car il faut avouer qu'on pourrait gémir
un peu de ce qui se passe dans le nôtre en physique et en
morale. – Je vous aime de tout mon cœur, disait Cunégonde ;
mais j'ai encore l'âme tout effarouchée de ce que j'ai vu,
40 de ce que j'ai éprouvé. – Tout ira bien, répliquait Candide ;
la mer de ce nouveau monde vaut déjà mieux que les
mers de notre Europe ; elle est plus calme, les vents plus
constants[4]. C'est certainement le nouveau monde qui est le
meilleur des univers possibles. – Dieu le veuille ! disait

1. *Lucena... :* noms réels, mais qui ne tracent pas un itinéraire vraisemblable.
2. Le roi d'Espagne avait promis par traité de céder aux Portugais cette ville, située dans les missions jésuites du Paraguay. On soupçonna les jésuites d'avoir poussé les Indiens à se révolter. Une expédition (1755-1756) partit de Cadix.
3. *Capitaine :* un capitaine commandait environ 100 hommes.
4. *Vents constants :* les vents alizés, qui soufflent toute l'année avec régularité d'est en ouest, entre les tropiques.

45 Cunégonde ; mais j'ai été si horriblement malheureuse dans
le mien que mon cœur est presque fermé à l'espérance.
– Vous vous plaignez, leur dit la vieille ; hélas ! vous n'avez
pas éprouvé des infortunes telles que les miennes. »
Cunégonde se mit presque à rire, et trouva cette bonne
50 femme fort plaisante de prétendre être plus malheureuse
qu'elle. « Hélas ! lui dit-elle, ma bonne, à moins que vous
n'ayez été violée par deux Bulgares, que vous n'ayez reçu
deux coups de couteau dans le ventre, qu'on n'ait démoli
deux de vos châteaux, qu'on n'ait égorgé à vos yeux deux
55 mères et deux pères, et que vous n'ayez vu deux de vos
amants fouettés dans un auto-da-fé, je ne vois pas que vous
puissiez l'emporter sur moi ; ajoutez que je suis née baronne
avec soixante et douze quartiers, et que j'ai été cuisinière.
– Mademoiselle, répondit la vieille, vous ne savez pas quelle
60 est ma naissance ; et, si je vous montrais mon derrière, vous
ne parleriez pas comme vous faites, et vous suspendriez votre
jugement. » Ce discours fit naître une extrême curiosité dans
l'esprit de Cunégonde et de Candide. La vieille leur parla
en ces termes.

Chapitre 10

L'ART D'ACCOMMODER LES RESTES...

1. Chapitre de pause et de liaison, au moment où le voyage amorce un infléchissement décisif vers l'Amérique.
De quoi est-il composé ?
Comment Voltaire tresse-t-il l'intrigue, la satire (n'est-elle pas un peu plaquée artificiellement ?), l'histoire, la philosophie ?
Montrez comment le narrateur récupère des motifs antérieurs et en installe d'autres, qu'il développera par la suite.
Il n'est peut-être pas inutile de suivre, depuis le chapitre premier, le fil d'un motif qui court en sourdine : l'argent.

2. Comme tout bon philosophe, Pangloss a des idées sur l'économie politique (paragraphe 1) : que valent-elles, selon vous, aux yeux de Voltaire ?
Est-il possible de songer à Rousseau qui, dans les *Confessions*, fera de *Candide* une réponse à sa *Lettre sur la providence* ? Si *Candide* n'a pas été fait pour répondre à Rousseau, Rousseau est bien fait pour recevoir au passage quelques coups de patte (voir chapitre 15), qui, ici, viseraient alors l'auteur du *Discours sur l'origine de l'inégalité* (1755).

... ET CELUI DE MENER LA PHILOSOPHIE EN BATEAU

1. À quelle scène antérieure fait songer cette discussion « sur la philosophie du pauvre Pangloss » ?
En quoi diffère-t-elle ?
Quelles réflexions vous suggère l'accumulation du chiffre « deux » dans la tirade de Cunégonde, si vous embrassez l'ensemble du roman ?

2. Le cœur de Cunégonde « est presque fermé à l'espérance » et pourtant le demi-derrière de la vieille excite en elle, comme chez Candide, « une extrême curiosité » : n'y a-t-il pas là matière à de « profondes réflexions » (chapitre 30) sur l'image de l'homme et de la vie dans *Candide* – et sur les pouvoirs de la parole ?
Quel célèbre conte oriental, bien connu au XVIIIe siècle, joue sur ce mécanisme ?

Chapitre 11

Histoire de la vieille.

« Je n'ai pas eu toujours les yeux éraillés[1] et bordés d'écarlate ; mon nez n'a pas toujours touché à mon menton et je n'ai pas toujours été servante. Je suis la fille du pape Urbain X et de la princesse de Palestrine[2]. On m'éleva jusqu'à
5 quatorze ans dans un palais auquel tous les châteaux de vos barons allemands n'auraient pas servi d'écurie ; et une de mes robes valait mieux que toutes les magnificences de la Westphalie. Je croissais en beauté, en grâces, en talents, au milieu des plaisirs, des respects et des espérances. J'inspirai
10 déjà de l'amour, ma gorge[3] se formait ; et quelle gorge ! blanche, ferme, taillée comme celle de la Vénus de Médicis[4] ; et quels yeux ! quelles paupières ! quels sourcils noirs ! quelles flammes brûlaient dans mes deux prunelles, et effaçaient la scintillation des étoiles, comme me disaient les poètes du
15 quartier. Les femmes qui m'habillaient et qui me déshabillaient tombaient en extase en me regardant par-devant et par-derrière, et tous les hommes auraient voulu être à leur place.

« Je fus fiancée à un prince souverain de Massa-Carrara[5].

1. *Yeux éraillés* (expression vieillie) : striés de filets rouges ou dont la paupière inférieure est retournée.
2. *Palestrine* : le pape Urbain X n'existe pas. Palestrina, ville proche de Rome, appartenait à la famille Barberini, qui donna un pape nommé... Urbain VIII (1623-1644).
3. *Gorge* : la poitrine, les seins.
4. *Vénus de Médicis* : célèbre statue grecque, achetée par les Médicis, qui régnèrent sur Florence.
5. *Massa-Carrara* : petit duché italien, en Toscane.

Quel prince ! aussi beau que moi, pétri de douceur et
20 d'agréments, brillant d'esprit et brûlant d'amour. Je l'aimais
comme on aime pour la première fois, avec idolâtrie, avec
emportement. Les noces furent préparées. C'était une pompe,
une magnificence inouïe ; c'étaient des fêtes, des carrousels,
des opera-buffa[1] continuels et toute l'Italie fit pour moi des
25 sonnets dont il n'y eut pas un seul de passable. Je touchais
au moment de mon bonheur, quand une vieille marquise
qui avait été maîtresse de mon prince l'invita à prendre du
chocolat chez elle. Il mourut en moins de deux heures avec
des convulsions épouvantables. Mais ce n'est qu'une
30 bagatelle. Ma mère, au désespoir, et bien moins affligée que
moi, voulut s'arracher pour quelque temps à un séjour si
funeste. Elle avait une très belle terre auprès de Gaète[2]. Nous
nous embarquâmes sur une galère du pays, dorée comme
l'autel de Saint-Pierre de Rome. Voilà qu'un corsaire de Salé[3]
35 fond sur nous et nous aborde. Nos soldats se défendirent
comme des soldats du pape : ils se mirent tous à genoux
en jetant leurs armes, et en demandant au corsaire une
absolution *in articulo mortis*[4].

« Aussitôt on les dépouilla nus comme des singes, et ma
40 mère aussi, nos filles d'honneur aussi, et moi aussi. C'est
une chose admirable que la diligence avec laquelle ces
messieurs déshabillent le monde. Mais ce qui me surprit
davantage, c'est qu'ils nous mirent à tous le doigt dans un
endroit où nous autres femmes nous ne nous laissons mettre

1. *Carrousels :* mot d'origine italienne ; parades à cheval, où des
cavaliers divisés en quadrilles se livrent à des jeux, à des évolutions.
Opera-buffa : forme d'opéra-comique italien, dont les représentations
en France, à partir de 1752, suscitèrent une querelle musicale fameuse.
2. *Gaète :* port situé au sud de Rome.
3. *Salé :* port marocain, repaire de pirates.
4. *In articulo mortis :* « à l'article de la mort » ; ils demandent (à un
corsaire musulman !) l'absolution aux mourants.

45 d'ordinaire que des canules[1]. Cette cérémonie me paraissait
bien étrange : voilà comme on juge de tout quand on n'est
pas sorti de son pays. J'appris bientôt que c'était pour voir
si nous n'avions pas caché là quelques diamants : c'est un
usage établi de temps immémorial parmi les nations policées
50 qui courent sur mer[2]. J'ai su que messieurs les religieux
chevaliers de Malte[3] n'y manquent jamais quand ils prennent
des Turcs et des Turques ; c'est une loi du droit des gens
à laquelle on n'a jamais dérogé.

 « Je ne vous dirai point combien il est dur pour une jeune
55 princesse d'être menée esclave à Maroc[4] avec sa mère. Vous
concevez assez tout ce que nous eûmes à souffrir dans le
vaisseau corsaire. Ma mère était encore très belle ; nos filles
d'honneur, nos simples femmes de chambre avaient plus de
charmes qu'on n'en peut trouver dans toute l'Afrique. Pour
60 moi, j'étais ravissante, j'étais la beauté, la grâce même et
j'étais pucelle ; je ne le fus pas longtemps : cette fleur qui
avait été réservée pour le beau prince de Massa-Carrara me
fut ravie par le capitaine corsaire ; c'était un nègre
abominable, qui croyait encore me faire beaucoup d'honneur.
65 Certes il fallait que Mme la princesse de Palestrine et moi
fussions bien fortes pour résister à tout ce que nous
éprouvâmes jusqu'à notre arrivée à Maroc. Mais passons !
ce sont des choses si communes qu'elles ne valent pas la
peine qu'on en parle.

1. *Canule :* petit tuyau que l'on adapte au bout d'une poire à lavement.
2. *Nations policées :* si les nations étaient policées (civilisées), elles
ne se livreraient pas à la course sur mer, c'est-à-dire à la piraterie.
3. *Chevaliers de Malte :* ordre religieux et militaire, établi à Malte
de 1530 à 1798. Composé de nobles de bonne souche, il luttait contre
les musulmans.
4. *Menée esclave à Maroc :* forme normale au XVIIIe siècle, pour « au
Maroc ».

70 « Maroc nageait dans le sang quand nous arrivâmes. Cinquante fils de l'empereur Muley-Ismaël[1] avaient chacun leur parti : ce qui produisait en effet cinquante guerres civiles, de noirs contre noirs, de noirs contre basanés, de basanés contre basanés, de mulâtres contre mulâtres. C'était un

75 carnage continuel dans toute l'étendue de l'empire.

« À peine fûmes-nous débarqués que des noirs d'une faction ennemie de celle de mon corsaire se présentèrent pour lui enlever son butin. Nous étions, après les diamants et l'or, ce qu'il avait de plus précieux. Je fus témoin d'un combat

80 tel que vous n'en voyez jamais dans vos climats d'Europe. Les peuples septentrionaux n'ont pas le sang assez ardent. Ils n'ont pas la rage des femmes[2] au point où elle est commune en Afrique. Il semble que vos Européens aient du lait dans les veines ; c'est du vitriol, c'est du feu qui coule

85 dans celles des habitants du mont Atlas[3] et des pays voisins. On combattit avec la fureur des lions, des tigres et des serpents de la contrée, pour savoir à qui nous aurait. Un Maure saisit ma mère par le bras droit, le lieutenant de mon capitaine la retint par le bras gauche ; un soldat maure la

90 prit par une jambe, un de nos pirates la tenait par l'autre. Nos filles se trouvèrent presque toutes en ce moment tirées ainsi à quatre soldats. Mon capitaine me tenait cachée derrière lui. Il avait le cimeterre au poing, et tuait tout ce qui s'opposait à sa rage. Enfin, je vis toutes nos Italiennes

95 et ma mère déchirées, coupées, massacrées par les monstres qui se les disputaient. Les captifs mes compagnons, ceux qui

1. *Muley-Ismaël* : il régna de 1672 à 1727. Le chiffre de cinquante fils relève de la fantaisie de Voltaire. Mais il n'invente pas les guerres civiles.
2. *Rage des femmes* : allusion à la théorie des climats : les climats chauds excitent la sensualité (voir Montesquieu, *De l'esprit des lois,* 1748).
3. *Atlas* : chaînes montagneuses à cheval sur le Maroc et l'Algérie.

les avaient pris, soldats, matelots, noirs, basanés, blancs, mulâtres, et enfin mon capitaine, tout fut tué, et je demeurai mourante sur un tas de morts. Des scènes pareilles se
100 passaient comme on sait, dans l'étendue de plus de trois cents lieues, sans qu'on manquât aux cinq prières par jour ordonnées par Mahomet.

« Je me débarrassai avec beaucoup de peine de la foule de tant de cadavres sanglants entassés, et je me traînai sous
105 un grand oranger au bord d'un ruisseau voisin ; j'y tombai d'effroi, de lassitude, d'horreur, de désespoir et de faim. Bientôt après, mes sens accablés se livrèrent à un sommeil qui tenait plus de l'évanouissement que du repos. J'étais dans cet état de faiblesse et d'insensibilité, entre la mort et la vie,
110 quand je me sentis pressée de quelque chose qui s'agitait sur mon corps. J'ouvris les yeux, je vis un homme blanc et de bonne mine qui soupirait, et qui disait entre ses dents : *O che sciagura d'essere senza c...*[1]!

1. *Coglioni :* Voltaire n'avait pas coupé le mot dans les premières éditions : *senza coglioni!* (« Oh! quel malheur d'être sans c...! »).

Détail d'une illustration de Moreau le Jeune (gravée par Lefèvre)
pour *Candide*, chapitre 11.

Chapitre 12

Suite des malheurs de la vieille.

« Étonnée et ravie d'entendre la langue de ma patrie, et non moins surprise des paroles que proférait cet homme, je lui répondis qu'il y avait de plus grands malheurs que celui dont il se plaignait. Je l'instruisis en peu de mots des
5 horreurs que j'avais essuyées, et je retombai en faiblesse. Il m'emporta dans une maison voisine, me fit mettre au lit, me fit donner à manger, me servit, me consola, me flatta, me dit qu'il n'avait rien vu de si beau que moi, et que jamais il n'avait tant regretté ce que personne ne pouvait lui rendre.
10 – Je suis né à Naples, me dit-il ; on y chaponne[1] deux ou trois mille enfants tous les ans ; les uns en meurent, les autres acquièrent une voix plus belle que celle des femmes, les autres vont gouverner des États. On me fit cette opération avec un très grand succès, et j'ai été musicien[2] de la chapelle
15 de Mme la princesse de Palestrine. – De ma mère ! m'écriai-je. – De votre mère ! s'écria-t-il en pleurant. Quoi ! vous seriez cette jeune princesse que j'ai élevée jusqu'à l'âge de six ans, et qui promettait déjà d'être aussi belle que vous êtes ? – C'est moi-même ; ma mère est à quatre cents pas d'ici, coupée
20 en quartiers sous un tas de morts...

1. *Chaponner :* châtrer un jeune coq pour en faire un chapon. Les castrats (chanteurs qu'on châtrait encore enfants pour les empêcher de muer et ainsi leur conserver une voix de soprano) étaient recherchés dans toute l'Europe. Le chiffre cité est évidemment exagéré.
2. *Musicien :* chanteur.

« Je lui contai tout ce qui m'était arrivé ; il me conta aussi ses aventures, et m'apprit comment il avait été envoyé chez le roi de Maroc par une puissance chrétienne, pour conclure avec ce monarque un traité, par lequel on lui fournirait de
25 la poudre, des canons et des vaisseaux, pour l'aider à exterminer le commerce des autres chrétiens. – Ma mission est faite, dit cet honnête eunuque ; je vais m'embarquer à Ceuta[1], et je vous ramènerai en Italie. *Ma che sciagura d'essere senza c... !*

30 « Je le remerciai avec des larmes d'attendrissement ; et, au lieu de me mener en Italie, il me conduisit à Alger et me vendit au dey de cette province[2]. À peine fus-je vendue que cette peste qui a fait le tour de l'Afrique, de l'Asie et de l'Europe, se déclara dans Alger avec fureur. Vous avez
35 vu des tremblements de terre ; mais, Mademoiselle, avez-vous jamais eu la peste ? – Jamais, répondit la baronne.

– Si vous l'aviez eue, reprit la vieille, vous avoueriez qu'elle est bien au-dessus d'un tremblement de terre. Elle est fort commune en Afrique ; j'en fus attaquée. Figurez-vous
40 quelle situation pour la fille d'un pape, âgée de quinze ans, qui en trois mois de temps avait éprouvé la pauvreté, l'esclavage, avait été violée presque tous les jours, avait vu couper sa mère en quatre, avait essuyé la faim et la guerre, et mourait pestiférée dans Alger. Je n'en mourus pourtant
45 pas. Mais mon eunuque et le dey, et presque tout le sérail d'Alger, périrent.

« Quand les premiers ravages de cette épouvantable peste furent passés, on vendit les esclaves du dey. Un marchand m'acheta et me mena à Tunis ; il me vendit à un autre
50 marchand, qui me revendit à Tripoli ; de Tripoli je fus

1. *Ceuta :* port espagnol, en face de Gibraltar.
2. *Cette province :* le dey d'Alger dépendait en principe du sultan de Constantinople.

revendue à Alexandrie, d'Alexandrie revendue à Smyrne, de Smyrne à Constantinople. J'appartins enfin à un aga[1] des janissaires, qui fut bientôt commandé pour aller défendre Azof[2] contre les Russes qui l'assiégeaient.

55 « L'aga, qui était un très galant homme, mena avec lui tout son sérail, et nous logea dans un petit fort sur les Palus-Méotides[3], gardé par deux eunuques noirs et vingt soldats. On tua prodigieusement de Russes, mais ils nous le rendirent bien. Azof fut mis à feu et à sang, et on ne
60 pardonna ni au sexe ni à l'âge ; il ne resta que notre petit fort ; les ennemis voulurent nous prendre par famine. Les vingt janissaires avaient juré de ne se jamais rendre. Les extrémités de la faim où ils furent réduits les contraignirent à manger nos deux eunuques, de peur de violer leur serment.
65 Au bout de quelques jours, ils résolurent de manger les femmes.

« Nous avions un iman[4] très pieux et très compatissant, qui leur fit un beau sermon par lequel il leur persuada de ne pas nous tuer tout à fait. – Coupez, dit-il, seulement une
70 fesse à chacune de ces dames, vous ferez très bonne chère ; s'il faut y revenir, vous en aurez encore autant dans quelques jours ; le Ciel vous saura gré d'une action si charitable, et vous serez secourus.

« Il avait beaucoup d'éloquence ; il les persuada. On nous
75 fit cette horrible opération. L'iman nous appliqua le même baume qu'on met aux enfants qu'on vient de circoncire. Nous étions toutes à la mort.

1. *Aga* : général des janissaires, corps d'élite de l'armée turque, recruté à l'origine parmi les prisonniers chrétiens.
2. *Azof* : port de la mer Noire, conquis sur les Turcs, en 1695-1696, par Pierre le Grand.
3. *Sur les Palus-Méotides* : sur les bords de la mer d'Azov, qui porte encore, au XVIIIe siècle, son nom antique.
4. *Iman* : ministre du culte musulman.

« À peine les janissaires eurent-ils fait le repas que nous leur avions fourni que les Russes arrivent sur des bateaux plats ; il ne réchappa pas un janissaire. Les Russes ne firent aucune attention à l'état où nous étions. Il y a partout des chirurgiens français : un d'eux, qui était fort adroit, prit soin de nous ; il nous guérit, et je me souviendrai toute ma vie que, quand mes plaies furent bien fermées, il me fit des propositions. Au reste, il nous dit à toutes de nous consoler ; il nous assura que dans plusieurs sièges pareille chose était arrivée, et que c'était la loi de la guerre[1].

« Dès que mes compagnes purent marcher, on les fit aller à Moscou. J'échus en partage à un boyard qui me fit sa jardinière, et qui me donnait vingt coups de fouet par jour. Mais ce seigneur ayant été roué au bout de deux ans avec une trentaine de boyards pour quelque tracasserie de cour[2], je profitai de cette aventure ; je m'enfuis ; je traversai toute la Russie ; je fus longtemps servante de cabaret à Riga, puis à Rostock, à Vismar, à Leipsick, à Cassel, à Utrecht, à Leyde, à La Haye, à Rotterdam[3] : j'ai vieilli dans la misère et dans l'opprobre, n'ayant que la moitié d'un derrière, me souvenant toujours que j'étais fille d'un pape ; je voulus cent fois me tuer, mais j'aimais encore la vie. Cette faiblesse ridicule est peut-être un de nos penchants les plus funestes : car y a-t-il rien de plus sot que de vouloir porter continuellement un

1. *Loi de la guerre :* Voltaire n'invente pas ce détail d'anthropophagie fessière ; il est emprunté à... saint Jérôme !
2. *Cour :* une révolte de boyards (seigneurs de la vieille noblesse russe décimée par Ivan le Terrible et Pierre le Grand) éclata effectivement deux ans après la prise d'Azov, et certains chefs subirent le supplice de la roue (1698). Voltaire s'occupe d'histoire russe en 1757-1758.
3. Au cours de son voyage, la vieille traverse la Russie de Moscou à Riga (sur la Baltique), atteint les ports allemands de Rostock et Wismar, descend sur Leipzig (Saxe), oblique à l'ouest vers Cassel (Hesse) et remonte vers la Hollande (Utrecht, Leyde, La Haye, Rotterdam). Voir carte, p. 20.

fardeau qu'on peut toujours jeter par terre ? d'avoir son être
en horreur, et de tenir à son être ? enfin de caresser le serpent
qui nous dévore, jusqu'à ce qu'il nous ait mangé le cœur ?

105 « J'ai vu dans les pays que le sort m'a fait parcourir, et
dans les cabarets où j'ai servi, un nombre prodigieux de
personnes qui avaient leur existence en exécration ; mais je
n'en ai vu que douze qui aient mis volontairement fin à leur
misère : trois nègres, quatre Anglais, quatre Genevois et un
110 professeur allemand nommé Robeck[1]. J'ai fini par être
servante chez le Juif don Issacar ; il me mit auprès de vous,
ma belle demoiselle ; je me suis attachée à votre destinée,
et j'ai été plus occupée de vos aventures que des miennes.
Je ne vous aurais même jamais parlé de mes malheurs, si
115 vous ne m'aviez pas un peu piquée[2], et s'il n'était d'usage
dans un vaisseau de conter des histoires pour se désennuyer.
Enfin, Mademoiselle, j'ai de l'expérience, je connais le
monde ; donnez-vous un plaisir, engagez chaque passager
à vous conter son histoire ; et s'il s'en trouve un seul qui
120 n'ait souvent maudit sa vie, qui ne se soit souvent dit à
lui-même qu'il était le plus malheureux des hommes,
jetez-moi dans la mer la tête la première. »

1. *Trois nègres :* à cause de la traite des Noirs. *Quatre Anglais :* à
cause du « spleen » anglais. Il y avait aussi beaucoup de suicides à
Genève, et Rousseau venait de publier dans *la Nouvelle Héloïse* deux
lettres sur le suicide (lettres 21-22), Voltaire rajoute les Genevois en
1761. Le professeur Robeck, né en 1672, se noya volontairement en
1739 après avoir théorisé sur le suicide.
2. *Piquée :* en colère, vexée.

Chapitres 11 et 12

MIROIRS

Après l'« histoire » de Cunégonde, celle de la vieille, développée sur deux chapitres, joue à fond sur un effet de surenchère : concours de la femme la plus malheureuse (quel chapitre est ainsi préparé ?).

Montrez en quoi la technique de l'histoire emboîtée (technique courante du roman d'Ancien Régime, voir Marivaux, *la Vie de Marianne* ; Prévost, *Mémoires d'un homme de qualité* ; Diderot, *Jacques le Fataliste*, etc.) sert ici à multiplier les effets de miroir entre l'histoire de la vieille et celle des autres personnages, et tend ainsi à devenir l'emblème, burlesque et affreux, de la destinée humaine, et donc à programmer d'avance le parcours romanesque de Cunégonde.

Pourquoi Voltaire ne l'appelle-t-il que « la vieille » ? Et cherche-t-il à masquer la portée emblématique de cette « histoire » ?

L'INVENTIVITÉ

Reste à soutenir l'intérêt du lecteur tout au long de ce qu'on peut considérer comme une gageure, un morceau de bravoure où le romancier, avec une « gaieté infernale », soumet la jeune princesse à un véritable déluge de catastrophes (ce que Sade appelle « les infortunes de la vertu »).

Le point de vue de la narratrice change-t-il selon la nature de ses aventures ?
Analysez ce point de vue et ses effets.
De quel autre personnage du conte faut-il rapprocher la vieille ? Pourquoi ?

Chapitre 13

Comment Candide fut obligé de se séparer de la belle Cunégonde et de la vieille.

L A BELLE Cunégonde, ayant entendu l'histoire de la vieille, lui fit toutes les politesses qu'on devait à une personne de son rang et de son mérite. Elle accepta la proposition ; elle engagea tous les passagers l'un après l'autre à lui conter leurs
5 aventures. Candide et elle avouèrent que la vieille avait raison. « C'est bien dommage, disait Candide, que le sage Pangloss ait été pendu contre la coutume dans un auto-da-fé ; il nous dirait des choses admirables sur le mal physique et sur le mal moral qui couvrent la terre et la mer, et je me
10 sentirais assez de force pour oser lui faire respectueusement quelques objections. »

À mesure que chacun racontait son histoire, le vaisseau avançait. On aborda dans Buenos Aires[1]. Cunégonde, le capitaine Candide et la vieille allèrent chez le gouverneur
15 Don Fernando d'Ibaraa, y Figueora, y Mascarenes, y Lampourdos, y Souza[2]. Ce seigneur avait une fierté convenable à un homme qui portait tant de noms. Il parlait aux hommes avec le dédain le plus noble, portant le nez si haut, élevant si impitoyablement la voix, prenant un ton
20 si imposant, affectant une démarche si altière, que tous ceux

1. *Buenos Aires :* capitale du gouvernement de Rio de la Plata, colonie espagnole.
2. Nom inventé pour parodier l'orgueil espagnol, lieu commun satirique.

qui le saluaient étaient tentés de le battre. Il aimait les femmes
à la fureur. Cunégonde lui parut ce qu'il avait jamais vu de
plus beau. La première chose qu'il fit fut de demander si
elle n'était point la femme du capitaine. L'air dont il fit cette
25 question alarma Candide : il n'osa pas dire qu'elle était sa
femme, parce qu'en effet elle ne l'était point ; il n'osait pas
dire que c'était sa sœur, parce qu'elle ne l'était pas non plus ;
et quoique ce mensonge officieux eût été autrefois très à la
mode chez les anciens[1], et qu'il pût être utile aux modernes,
30 son âme était trop pure pour trahir la vérité. « Mlle Cuné-
gonde, dit-il, doit me faire l'honneur de m'épouser, et nous
supplions Votre Excellence de daigner faire notre noce. »
 Don Fernando d'Ibaraa, y Figueora, y Mascarenes, y
Lampourdos, y Souza, relevant sa moustache, sourit
35 amèrement, et ordonna au capitaine Candide d'aller faire la
revue de sa compagnie. Candide obéit ; le gouverneur
demeura avec Mlle Cunégonde. Il lui déclara sa passion, lui
proposa que le lendemain il l'épouserait à la face de l'Église,
ou autrement, ainsi qu'il plairait à ses charmes. Cunégonde
40 demanda un quart d'heure pour se recueillir, pour consulter
la vieille et pour se déterminer.
 La vieille dit à Cunégonde : « Mademoiselle, vous avez
soixante et douze quartiers, et pas une obole ; il ne tient
qu'à vous d'être la femme du plus grand seigneur de
45 l'Amérique méridionale, qui a une très belle moustache ;
est-ce à vous de vous piquer d'une fidélité à toute épreuve ?
Vous avez été violée par les Bulgares ; un Juif et un inquisiteur
ont eu vos bonnes grâces : les malheurs donnent des droits.
J'avoue que, si j'étais à votre place, je ne ferais aucun scrupule

1. Dans la Bible, Abraham fit passer sa femme pour sa sœur, elle
devint concubine du pharaon, puis du roi Abimelech. Son fils Isaac
fit de même avec Rébecca. Candide est donc plus scrupuleux qu'eux,
et que Des Grieux dans *Manon Lescaut*.

50 d'épouser M. le gouverneur et de faire la fortune de M. le
capitaine Candide. » Tandis que la vieille parlait avec toute
la prudence que l'âge et l'expérience donnent, on vit entrer
dans le port un petit vaisseau ; il portait un alcade et des
alguazils[1], et voici ce qui était arrivé.

55 La vieille avait très bien deviné que ce fut un cordelier
à la grande manche[2] qui vola l'argent et les bijoux de
Cunégonde dans la ville de Badajoz, lorsqu'elle fuyait en hâte
avec Candide. Ce moine voulut vendre quelques-unes des
pierreries à un joaillier. Le marchand les reconnut pour celles

60 du grand inquisiteur. Le cordelier, avant d'être pendu, avoua
qu'il les avait volées ; il indiqua les personnes et la route
qu'elles prenaient. La fuite de Cunégonde et de Candide était
déjà connue. On les suivit à Cadix ; on envoya sans perdre
de temps un vaisseau à leur poursuite. Le vaisseau était déjà

65 dans le port de Buenos Aires. Le bruit se répandit qu'un
alcade allait débarquer, et qu'on poursuivait les meurtriers
de monseigneur le grand inquisiteur. La prudente vieille vit
dans l'instant tout ce qui était à faire. « Vous ne pouvez
fuir, dit-elle à Cunégonde, et vous n'avez rien à craindre ;

70 ce n'est pas vous qui avez tué monseigneur ; et d'ailleurs
le gouverneur, qui vous aime, ne souffrira pas qu'on vous
maltraite ; demeurez. » Elle court sur-le-champ à Candide :
« Fuyez, dit-elle, ou dans une heure vous allez être brûlé[3]. »
Il n'y a pas un moment à perdre ; mais comment se séparer

75 de Cunégonde, et où se réfugier ?

1. *Alguazils :* policiers chargés d'exécuter les ordres d'un magistrat.
L'*alcade* est un magistrat municipal ou judiciaire.
2. *À la grande manche :* manche de l'habit franciscain. Mais on
mettait autrefois l'argent dans les manches, comme dans une poche.
3. Brûlé pour crime contre l'Inquisition.

Chapitre 13

CONTRAINTES EXQUISES

1. La logique du récit, le lecteur le sait bien, exige que l'idylle de C. et C. (sur laquelle Voltaire garde le silence le plus complet : pourquoi ?) ne dure pas. Cette séparation pouvait se faire à Lisbonne ou à Cadix, dans les mêmes conditions, ou sous un autre prétexte (qu'il n'est pas interdit d'imaginer). Il s'agit donc d'un exercice obligé, que Voltaire peut régler à sa guise, en quelques lignes, plusieurs paragraphes ou un chapitre. Le traite-t-il avec soin ou avec désinvolture ? On analysera par exemple l'enchaînement et la motivation des actions, la distribution des gestes, des discours, du silence, la prise en compte ou au contraire le masquage de l'intériorité, le partage du discours (direct ou rapporté) et du récit, etc.

2. À quel moment précis le narrateur fait-il intervenir le vaisseau de l'alcade : est-ce le mieux choisi ? Pourquoi la principale intéressée est-elle réduite à un rôle si passif ?

LA CARICATURE ET LE PATHOS

1. Excellente occasion que ce chapitre 13 pour examiner de plus près le travail du romancier comique sur les personnages. Le gouverneur est constitué par le croisement de deux stéréotypes : lesquels, et d'où viennent-ils ? Ont-ils la même fonction dans l'économie du récit ? Montrez que toute la saveur du rôle de Cunégonde est fondée sur la figure de l'ellipse : ignore-t-on pour autant ce qu'elle pense ? pourquoi ?

2. Les interventions du narrateur portent-elles un jugement sur la candeur de Candide et la prudence (vertu théologale !) de la vieille ? Si parodie (discrète) de *Manon Lescaut* il y a (fin du roman, épisode américain), de quoi se moque-t-elle d'abord ?

3. Ce chapitre nous propose, en un raccourci piquant et imagé, différentes facettes de ce qu'il est convenu d'appeler l'amour : tentez de les caractériser. On sera alors conduit à se demander si la schématisation appelée par le comique exclut la profondeur...

Si le refus du pathos et du sublime, rejet inhérent à la vision comique, n'est pas une des grandes philosophies de l'homme. Et l'on pourra alors comparer l'ironie voltairienne et l'ironie romantique, pour mesurer tout ce qui les sépare. (Musset ne supporte pas le « hideux sourire » du sarcastique vieillard, pas plus que Mme de Staël. Ne serait-ce pas leur passion de la passion qui s'y écorche ?)

4. Voltaire campe une anti-Cunégonde dans *l'Ingénu* : Mlle de Saint-Yves, qui meurt d'avoir dû être infidèle à l'Ingénu (pour le sauver). Faut-il expliquer cette opposition par la psychologie ou par la logique propre à chacun des contes ?

Manière de brûler ceux qui ont été condamnés par l'Inquisition
(détail d'une gravure anonyme), B.N., Paris.

Chapitre 14

Comment Candide et Cacambo furent reçus chez les jésuites du Paraguay.

CANDIDE avait amené de Cadix un valet tel qu'on en trouve beaucoup sur les côtes d'Espagne et dans les colonies. C'était un quart d'Espagnol[1] né d'un métis dans le Tucuman[2] ; il avait été enfant de chœur, sacristain, matelot, moine,
5 facteur[3], soldat, laquais. Il s'appelait Cacambo, et aimait fort son maître, parce que son maître était un fort bon homme. Il sella au plus vite les deux chevaux andalous. « Allons, mon maître, suivons le conseil de la vieille ; partons, et courons sans regarder derrière nous. » Candide versa des
10 larmes : « Ô ma chère Cunégonde ! faut-il vous abandonner dans le temps que M. le gouverneur va faire vos noces ! Cunégonde amenée de si loin, que deviendrez-vous ? — Elle deviendra ce qu'elle pourra, dit Cacambo ; les femmes ne sont jamais embarrassées d'elles ; Dieu y pourvoit ; courons.
15 — Où me mènes-tu ? où allons-nous ? que ferons-nous sans Cunégonde ? disait Candide. — Par saint Jacques de Compostelle, dit Cacambo, vous alliez faire la guerre aux jésuites ; allons la faire pour eux : je sais assez les chemins,

1. *Un quart d'Espagnol* (ou quarteron) : l'enfant d'un Blanc et d'une mulâtresse, ou d'un mulâtre et d'une Blanche.
2. Tucuman est actuellement une ville ; au XVIII^e siècle, c'était une province.
3. *Facteur :* personne qui faisait du commerce pour le compte d'une autre.

je vous mènerai dans leur royaume[1], ils seront charmés
20 d'avoir un capitaine qui fasse l'exercice à la bulgare ; vous
ferez une fortune prodigieuse ; quand on n'a pas son compte
dans un monde, on le trouve dans un autre. C'est un très
grand plaisir de voir et de faire des choses nouvelles.

— Tu as donc été déjà dans le Paraguay ? dit Candide.
25 — Eh vraiment, oui ! dit Cacambo ; j'ai été cuistre[2] dans
le collège de l'Assomption[3], et je connais le gouvernement
de Los Padres[4] comme je connais les rues de Cadix. C'est
une chose admirable que ce gouvernement. Le royaume a
déjà plus de trois cents lieues de diamètre ; il est divisé en
30 trente provinces. Los Padres y ont tout, et les peuples rien.
C'est le chef-d'œuvre de la raison et de la justice. Pour moi,
je ne vois rien de si divin que Los Padres, qui font ici la
guerre au roi d'Espagne et au roi du Portugal, et qui en Europe
confessent ces rois ; qui tuent ici des Espagnols, et qui à
35 Madrid les envoient au ciel : cela me ravit ; avançons ; vous
allez être le plus heureux de tous les hommes. Quel plaisir
auront Los Padres quand ils sauront qu'il leur vient un
capitaine qui sait l'exercice bulgare[5] ! »

Dès qu'ils furent arrivés à la première barrière, Cacambo
40 dit à la garde avancée[6] qu'un capitaine demandait à parler
à monseigneur le commandant. On alla avertir la grande
garde. Un officier paraguain courut aux pieds du comman-
dant lui donner part de la nouvelle. Candide et Cacambo

1. *Royaume des jésuites :* on crut en 1755-1756 qu'un jésuite s'était
fait élire roi du Paraguay.
2. *Cuistre :* valet.
3. *Assomption :* Asunción, capitale de l'État jésuite du Paraguay.
4. *Le gouvernement de Los Padres :* l'État gouverné par les pères
jésuites.
5. L'exercice à la prussienne était réputé.
6. *La garde avancée :* les avant-postes. *La grande garde :* le corps
de garde principal.

furent d'abord désarmés ; on se saisit de leurs deux chevaux
45 andalous. Les deux étrangers sont introduits au milieu de
deux files de soldats ; le commandant était au bout, le bonnet
à trois cornes[1] en tête, la robe retroussée, l'épée au côté,
l'esponton à la main. Il fit un signe ; aussitôt vingt-quatre
soldats entourent les deux nouveaux venus. Un sergent leur
50 dit qu'il faut attendre, que le commandant ne peut leur parler,
que le révérend père provincial[2] ne permet pas qu'aucun
Espagnol ouvre la bouche qu'en sa présence, et demeure plus
de trois heures dans le pays[3]. « Et où est le révérend père
provincial ? dit Cacambo. — Il est à la parade après avoir
55 dit sa messe, répondit le sergent ; et vous ne pourrez baiser
ses éperons que dans trois heures. — Mais, dit Cacambo,
M. le capitaine, qui meurt de faim comme moi, n'est point
Espagnol, il est Allemand ; ne pourrions-nous point déjeuner
en attendant Sa Révérence ? »
60 Le sergent alla sur-le-champ rendre compte de ce discours
au commandant. « Dieu soit béni ! dit ce seigneur ; puisqu'il
est Allemand, je peux lui parler ; qu'on le mène dans ma
feuillée[4]. » Aussitôt on conduit Candide dans un cabinet de
verdure orné d'une très jolie colonnade de marbre vert et
65 or, et de treillages qui renfermaient des perroquets, des
colibris, des oiseaux-mouches, des pintades, et tous les
oiseaux les plus rares. Un excellent déjeuner était préparé
dans des vases[5] d'or ; et tandis que les Paraguains mangèrent

1. *Bonnet à trois cornes* : coiffure des jésuites. *L'esponton* est une
demi-pique.
2. *Père provincial :* le père supérieur de chacune des trente provinces
dont parlait Cacambo.
3. Exagération (il était interdit par les jésuites de séjourner plus de
trois jours, semble-t-il).
4. *Feuillée* : abri fait de feuillages. *Cabinet de verdure :* petit pavillon
aménagé dans un jardin ou un parc.
5. *Vase* : tout récipient, quel qu'en soit l'usage.

du maïs dans des écuelles de bois, en plein champ, à l'ardeur
70 du soleil, le révérend père commandant entra dans la feuillée.
 C'était un très beau jeune homme, le visage plein, assez
blanc, haut en couleur, le sourcil relevé, l'œil vif, l'oreille
rouge, les lèvres vermeilles, l'air fier, mais d'une fierté qui
n'était ni celle d'un Espagnol, ni celle d'un jésuite. On rendit
75 à Candide et à Cacambo leurs armes, qu'on leur avait saisies,
ainsi que les deux chevaux andalous ; Cacambo leur fit
manger de l'avoine auprès de la feuillée, ayant toujours l'œil
sur eux, crainte de surprise[1].
 Candide baisa d'abord le bas de la robe du commandant,
80 ensuite ils se mirent à table. « Vous êtes donc Allemand ?
lui dit le jésuite en cette langue. – Oui, mon révérend père »,
dit Candide. L'un et l'autre, en prononçant ces paroles, se
regardaient avec une extrême surprise et une émotion dont
ils n'étaient pas les maîtres. « Et de quel pays d'Allemagne
85 êtes-vous ? dit le jésuite. – De la sale province de Westphalie,
dit Candide : je suis né dans le château de Thunder-ten-
tronckh. – Ô Ciel ! est-il possible ? s'écria le commandant.
– Quel miracle ! s'écria Candide. – Serait-ce vous ? dit le
commandant. – Cela n'est pas possible », dit Candide. Ils
90 se laissent tomber tous deux à la renverse, ils s'embrassent,
ils versent des ruisseaux de larmes. « Quoi ! serait-ce vous,
mon révérend père ? vous, le frère de la belle Cunégonde !
vous, qui fûtes tué par les Bulgares ! vous, le fils de M. le
baron ! vous, jésuite au Paraguay ! Il faut avouer que ce
95 monde est une étrange chose. Ô Pangloss ! Pangloss ! que
vous seriez aise si vous n'aviez pas été pendu ! »
 Le commandant fit retirer les esclaves[2] nègres et les
Paraguains qui servaient à boire dans des gobelets de cristal

1. *Crainte de surprise :* par crainte d'une attaque soudaine.
2. *Esclaves nègres :* en Amérique du Sud, les religieux avaient le droit
de posséder des esclaves.

100

de roche. Il remercia Dieu et saint Ignace[1] mille fois ; il serrait
100 Candide entre ses bras ; leurs visages étaient baignés de
pleurs. « Vous seriez bien plus étonné, plus attendri, plus
hors de vous-même, dit Candide, si je vous disais que
Mlle Cunégonde, votre sœur, que vous avez crue éventrée,
est pleine de santé. – Où ? – Dans votre voisinage, chez M. le
105 gouverneur de Buenos Aires ; et je venais pour vous faire
la guerre. » Chaque mot qu'ils prononcèrent dans cette
longue conversation accumulait prodige sur prodige. Leur
âme tout entière volait sur leur langue, était attentive dans
leurs oreilles et étincelante dans leurs yeux. Comme ils
110 étaient Allemands, ils tinrent table longtemps, en attendant
le révérend père provincial ; et le commandant parla ainsi
à son cher Candide.

1. *Saint Ignace :* saint Ignace de Loyola (1491-1556), fondateur de
l'ordre des Jésuites en 1534.

Chapitre 14

ATOUT CŒUR ET VALET TOUCHE-À-TOUT

1. Inépuisables vertus du valet – au théâtre, dans le roman, miroirs déformants d'une réalité historique bien plus banale. On pourra se demander comment le cinéma, maintenant que ce type social est à peu près disparu, retravaille le couple canonique maître/valet, illustré par tant de chefs-d'œuvre, de Cervantès à Beaumarchais, et même Hugo.

2. Dans quel chapitre Voltaire a-t-il préparé son entrée en scène ? Pourquoi n'intervient-elle que maintenant ? Cacambo (est-il bien utile de décomposer son nom ?) a droit à une présentation soignée : selon quelles modalités narratives ?

3. Sphère du maître, sphère du valet : est-ce ou non, ici, un partage classique ? Recoupe-t-il exactement la distribution des fonctions entre Cunégonde et la vieille ? La vieille et Cacambo ont-ils, malgré leur riche expérience, la même philosophie de l'existence ?

4. Pangloss, Jacques, la vieille, Cacambo : on cherchera le bénéfice esthétique de cette succession de mentors, et si elle n'est pas liée à la conception du personnage de Candide.

LA CITÉ THÉOCRATIQUE

1. Nouvelle inscription dans la fiction d'une actualité historique contemporaine – qui a attiré des capitaux flottants voltairiens : il a prêté de l'argent au roi d'Espagne pour sa guerre contre les jésuites ! Il se rattrape impartialement dans le roman, en leur envoyant un capitaine.

2. Le chapitre CLIV de l'*Essai sur les mœurs*, consacré aux jésuites du Paraguay, décrit leur cité théocratique comme « le triomphe de l'humanité [...] ». Ils ont été à la fois « fondateurs, législateurs, pontifes et souverains ». Ils ont ôté aux indigènes leur liberté primitive, mais pour les policer (civiliser) et les initier au travail, etc. Que devient, dans la fiction, ce jugement équilibré de l'historien ? Et comment la description satirique se coule-t-elle dans l'habit romanesque ?

TROISIÈME RENCONTRE D'UN ANCIEN TYPE

1. Après Pangloss, Cunégonde. Après Cunégonde, le fils de monsieur le baron. Le comique tient à la répétition du gag (voir le pirate gaulois dans *Astérix*). Mais aussi et surtout à la capacité d'invention comique sur un schéma répété : comparez avec les deux précédentes retrouvailles et donnez une note (motivée).

2. Pangloss fut retrouvé, mais pendu. Cunégonde perdue pour cause de noces. La logique du gag excite la verve du lecteur : comment se débarrasser du baron, personnage dont on ne sait rien, sinon qu'il est commandant, jésuite et baron ? Trois scénarios possibles... Lequel est le plus vraisemblable, si l'on se reporte au chapitre premier ?

Mes mains ont un poignard avec un chapelet.
 L'un est pour tromper le vulgaire,
L'autre, pour le plonger dans le cœur téméraire
 De tout tyran qui nous déplaît.

Gravure anonyme. B.N., Paris.
Remontrance au parlement contre les jésuites du Paraguay.

Chapitre 15

Comment Candide tua le frère
de sa chère Cunégonde.

« J'AURAI toute ma vie présent à la mémoire le jour horrible
où je vis tuer mon père et ma mère, et violer ma sœur. Quand
les Bulgares furent retirés, on ne trouva point cette sœur
adorable, et on mit dans une charrette ma mère, mon père
5 et moi, deux servantes et trois petits garçons égorgés, pour
nous aller enterrer dans une chapelle de jésuites, à deux lieues
du château de mes pères. Un jésuite nous jeta de l'eau bénite.
Elle était horriblement salée ; il en entra quelques gouttes
dans mes yeux ; le père s'aperçut que ma paupière faisait
10 un petit mouvement : il mit la main sur mon cœur et le
sentit palpiter ; je fus secouru, et, au bout de trois semaines,
il n'y paraissait pas. Vous savez, mon cher Candide, que
j'étais fort joli, je le devins encore davantage ; aussi le
révérend père Croust[1], supérieur de la maison, prit pour moi
15 la plus tendre amitié[2] ; il me donna l'habit de novice ;
quelque temps après je fus envoyé à Rome. Le père général[3]
avait besoin d'une recrue de jeunes jésuites allemands. Les
souverains du Paraguay reçoivent le moins qu'ils peuvent

1. Le père Croust n'apparaît dans le texte qu'en 1761. Voltaire l'avait
rencontré à Colmar en 1754 et lui gardait rancune d'avoir cherché
à lui nuire.
2. *Tendre amitié :* allusion claire à l'homosexualité.
3. *Père général :* le général des jésuites. *Recrue* (terme militaire) :
recrutement.

de jésuites espagnols ; ils aiment mieux les étrangers, dont
20 ils se croient plus maîtres. Je fus jugé propre par le révérend
père général pour aller travailler dans cette vigne[1]. Nous
partîmes, un Polonais, un Tyrolien et moi. Je fus honoré,
en arrivant, du sous-diaconat[2] et d'une lieutenance ; je suis
aujourd'hui colonel et prêtre. Nous recevons vigoureusement
25 les troupes du roi d'Espagne ; je vous réponds qu'elles seront
excommuniées et battues. La Providence vous envoie ici pour
nous seconder. Mais est-il bien vrai que ma chère sœur
Cunégonde soit dans le voisinage, chez le gouverneur de
Buenos Aires ? » Candide l'assura par serment que rien n'était
30 plus vrai. Leurs larmes recommencèrent à couler.

Le baron ne pouvait se lasser d'embrasser Candide ; il
l'appelait son frère, son sauveur. « Ah ! peut-être, lui dit-il,
nous pourrons ensemble, mon cher Candide, entrer en
vainqueurs dans la ville, et reprendre ma sœur Cunégonde.
35 — C'est ce que je souhaite, dit Candide ; car je comptais
l'épouser, et je l'espère encore. — Vous, insolent ! répondit
le baron, vous auriez l'impudence d'épouser ma sœur qui
a soixante et douze quartiers ! Je vous trouve bien effronté
d'oser me parler d'un dessein si téméraire ! » Candide, pétrifié
40 d'un tel discours, lui répondit : « Mon révérend père, tous
les quartiers du monde n'y font rien ; j'ai tiré votre sœur
des bras d'un Juif et d'un inquisiteur ; elle m'a assez
d'obligations, elle veut m'épouser. Maître Pangloss m'a
toujours dit que les hommes sont égaux, et assurément je
45 l'épouserai. — C'est ce que nous verrons, coquin ! » dit le
jésuite baron de Thunder-ten-tronckh, et en même temps il
lui donna un grand coup du plat de son épée sur le visage.
Candide dans l'instant tire la sienne et l'enfonce jusqu'à la
garde dans le ventre du baron jésuite ; mais, en la retirant

1. *Vigne :* métaphore biblique.
2. *Sous-diaconat :* ordre inférieur à la prêtrise (aujourd'hui supprimé).

106

50 toute fumante, il se mit à pleurer : « Hélas ! mon Dieu, dit-il,
j'ai tué mon ancien maître, mon ami, mon beau-frère ; je
suis le meilleur homme du monde, et voilà déjà trois hommes
que je tue ; et dans ces trois il y a deux prêtres. »

Cacambo, qui faisait sentinelle à la porte de la feuillée,
55 accourut. « Il ne nous reste qu'à vendre cher notre vie, lui
dit son maître : on va sans doute entrer dans la feuillée, il
faut mourir les armes à la main. » Cacambo, qui en avait
vu bien d'autres, ne perdit point la tête ; il prit la robe de
jésuite que portait le baron, la mit sur le corps de Candide,
60 lui donna le bonnet carré du mort, et le fit monter à cheval.
Tout cela se fit en un clin d'œil. « Galopons, mon maître ;
tout le monde vous prendra pour un jésuite qui va donner
des ordres ; et nous aurons passé les frontières avant qu'on
puisse courir après nous. » Il volait déjà en prononçant ces
65 paroles, et en criant en espagnol : « Place, place pour le
révérend père colonel. »

107

Chapitre 15

L'HISTOIRE EN MIETTES

1. Troisième récit du sac de la ville de Troie, ou plutôt du château de Thunder-ten-tronckh, troisième version : quel est le sens philosophique de cette variation des témoignages ?
Faut-il en limiter les conséquences au domaine de l'histoire (fondée sur des témoignages), ou peut-on, et pourquoi, les appliquer aussi à la religion, et notamment au christianisme ?
2. L'art de l'insinuation (qui suppose la complicité perverse du lecteur) offre ici quelques perles de prix. On pourra s'amuser à les récolter...

MEURTRE ET SACRILÈGE SOUS LA FEUILLÉE

1. Peut-être la meilleure scène de comédie jamais écrite par Voltaire, si savoureux en prose, si terne dans ses pièces comiques.
Il convient donc d'observer la structure de la scène, l'agencement (depuis le chapitre précédent) du coup de théâtre, et surtout les différentes composantes du comique dans ce superbe chapitre : parodies des genres nobles, insinuations antireligieuses et scabreuses, références cocasses (Pangloss-Rousseau), jeux sur la langue (le jésuite baron, le baron jésuite...), hiatus entre l'acte (tuer le baron) et le commentaire gémissant (ordre inversé par rapport au meurtre de l'inquisiteur !), décomptes burlesques (des victimes des Bulgares, de Candide...), etc.
Un chef-d'œuvre de l'écriture comique.
2. Voltaire a même soigné sa sortie, en se donnant la peine d'inventer une issue ingénieuse, en refusant de tricher avec la situation fictive : le romancier est bien un artisan consciencieux qui s'est manifestement rôdé dans les intrigues de théâtre.
3. Engagé contre les jésuites, fraternisant avec un colonel, puis le tuant : Candide épuise avec une rigueur digne de Buster Keaton tous les possibles romanesques, toujours aussi doux, et toujours porteur de catastrophes.
Mais la signification symbolique de ce meurtre (qui répond à l'expulsion du château) est évidemment capitale : précisez-en la portée.

Chapitre 16

Ce qui advint aux deux voyageurs avec deux filles, deux singes et les sauvages nommés Oreillons.

Candide et son valet furent au-delà des barrières, et personne ne savait encore dans le camp la mort du jésuite allemand. Le vigilant Cacambo avait eu soin de remplir sa valise[1] de pain, de chocolat, de jambon, de fruits, et de
5 quelques mesures de vin. Ils s'enfoncèrent avec leurs chevaux andalous dans un pays inconnu, où ils ne découvrirent aucune route. Enfin une belle prairie entrecoupée de ruisseaux se présenta devant eux. Nos deux voyageurs font repaître leurs montures. Cacambo propose à son maître de
10 manger, et lui en donne l'exemple. « Comment veux-tu, disait Candide, que je mange du jambon, quand j'ai tué le fils de M. le baron, et que je me vois condamné à ne revoir la belle Cunégonde de ma vie ? à quoi me servira de prolonger mes misérables jours, puisque je dois les traîner loin d'elle, dans
15 les remords et dans le désespoir ? et que dira le journal de Trévoux[2] ? »

En parlant ainsi, il ne laissa pas de manger[3]. Le soleil se couchait. Les deux égarés entendirent quelques petits cris qui paraissaient poussés par des femmes. Ils ne savaient si

1. *Valise :* sac de cuir que le cavalier installe derrière sa selle.
2. *Journal de Trévoux :* journal des jésuites, fondé en 1701 à Trévoux (aujourd'hui dans l'Ain) et qui menait campagne contre les Philosophes.
3. *Il ne laissa pas de manger :* il n'en mangea pas moins.

Les deux égarés entendirent quelques petits cris qui paraissaient poussés par des femmes.

Candide, Ch. XVI.

Illustration de Moreau le Jeune pour *Candide* (chap. 16). B.N., Paris.

20 ces cris étaient de douleur ou de joie ; mais ils se levèrent
précipitamment avec cette inquiétude et cette alarme que
tout inspire dans un pays inconnu. Ces clameurs partaient
de deux filles toutes nues qui couraient légèrement au bord
de la prairie, tandis que deux singes les suivaient en leur
25 mordant les fesses. Candide fut touché de pitié ; il avait appris
à tirer chez les Bulgares, et il aurait abattu une noisette dans
un buisson sans toucher aux feuilles. Il prend son fusil
espagnol à deux coups, tire, et tue les deux singes. « Dieu
soit loué, mon cher Cacambo ! j'ai délivré d'un grand péril
30 ces deux pauvres créatures ; si j'ai commis un péché en tuant
un inquisiteur et un jésuite, je l'ai bien réparé en sauvant
la vie à deux filles. Ce sont peut-être deux demoiselles de
condition[1], et cette aventure peut nous procurer de très
grands avantages dans le pays. »
35 Il allait continuer, mais sa langue devint percluse quand
il vit ces deux filles embrasser tendrement les deux singes,
fondre en larmes sur leurs corps et remplir l'air des cris les
plus douloureux. « Je ne m'attendais pas à tant de bonté
d'âme », dit-il enfin à Cacambo ; lequel lui répliqua : « Vous
40 avez fait là un beau chef-d'œuvre, mon maître ; vous avez
tué les deux amants de ces demoiselles. – Leurs amants !
serait-il possible ? vous vous moquez de moi, Cacambo ; le
moyen de vous croire ? – Mon cher maître, reprit Cacambo,
vous êtes toujours étonné de tout ; pourquoi trouvez-vous
45 si étrange que dans quelques pays il y ait des singes qui
obtiennent les bonnes grâces des dames ? Ils sont des quarts
d'hommes, comme je suis un quart d'Espagnol. – Hélas !
reprit Candide, je me souviens d'avoir entendu dire à maître
Pangloss qu'autrefois pareils accidents étaient arrivés, et que
50 ces mélanges avaient produit des égipans, des faunes, des

1. *De condition* : de naissance noble.

satyres[1] ; que plusieurs grands personnages de l'Antiquité en avaient vu ; mais je prenais cela pour des fables. – Vous devez être convaincu à présent, dit Cacambo, que c'est une vérité, et vous voyez comment en usent les personnes qui
55 n'ont pas reçu une certaine éducation ; tout ce que je crains, c'est que ces dames ne nous fassent quelque méchante affaire. »

Ces réflexions solides engagèrent Candide à quitter la prairie et à s'enfoncer dans un bois. Il y soupa avec
60 Cacambo ; et tous deux, après avoir maudit l'inquisiteur de Portugal, le gouverneur de Buenos Aires et le baron, s'endormirent sur de la mousse. À leur réveil, ils sentirent qu'ils ne pouvaient remuer ; la raison en était que pendant la nuit les Oreillons, habitants du pays, à qui les deux dames
65 les avaient dénoncés, les avaient garrottés avec des cordes d'écorce d'arbre. Ils étaient entourés d'une cinquantaine d'Oreillons tout nus, armés de flèches, de massues et de haches de caillou : les uns faisaient bouillir une grande chaudière ; les autres préparaient des broches, et tous
70 criaient : « C'est un jésuite, c'est un jésuite ! nous serons vengés, et nous ferons bonne chère ; mangeons du jésuite, mangeons du jésuite ! »

« Je vous l'avais bien dit, mon cher maître, s'écria tristement Cacambo, que ces deux filles nous joueraient un
75 mauvais tour. » Candide, apercevant la chaudière et les broches, s'écria : « Nous allons certainement être rôtis ou bouillis. Ah ! que dirait maître Pangloss, s'il voyait comme la pure nature est faite ? Tout est bien ; soit, mais j'avoue

1. *Égipans, faunes et satyres :* figures mythologiques, mi-humaines, mi-animales. Voltaire n'est pas loin de croire, comme certains, que les faunes et autres monstres provenaient de l'accouplement de femmes et de singes. Le XVIII^e siècle se passionne pour le problème des monstres.

80 qu'il est bien cruel d'avoir perdu Mlle Cunégonde et d'être mis à la broche par des Oreillons. » Cacambo ne perdait jamais la tête. « Ne désespérez de rien, dit-il au désolé Candide ; j'entends un peu le jargon de ces peuples, je vais leur parler. — Ne manquez pas, dit Candide, de leur représenter quelle est l'inhumanité affreuse de faire cuire des

85 hommes, et combien cela est peu chrétien. »

« Messieurs, dit Cacambo, vous comptez donc manger aujourd'hui un jésuite : c'est très bien fait ; rien n'est plus juste que de traiter ainsi ses ennemis. En effet le droit naturel[1] nous enseigne à tuer notre prochain, et c'est ainsi qu'on en

90 agit dans toute la terre. Si nous n'usons pas du droit de le manger, c'est que nous avons d'ailleurs de quoi faire bonne chère ; mais vous n'avez pas les mêmes ressources que nous ; certainement il vaut mieux manger ses ennemis que d'abandonner aux corbeaux et aux corneilles le fruit de sa

95 victoire. Mais, Messieurs, vous ne voudriez pas manger vos amis. Vous croyez aller mettre un jésuite en broche, et c'est votre défenseur, c'est l'ennemi de vos ennemis que vous allez rôtir. Pour moi, je suis né dans votre pays ; monsieur que vous voyez est mon maître, et, bien loin d'être jésuite, il

100 vient de tuer un jésuite, il en porte les dépouilles : voilà le sujet de votre méprise. Pour vérifier ce que je vous dis, prenez sa robe, portez-la à la première barrière du royaume de Los Padres ; informez-vous si mon maître n'a pas tué un officier jésuite. Il vous faudra peu de temps ; vous pourrez toujours

105 nous manger si vous trouvez que je vous ai menti. Mais, si je vous ai dit la vérité, vous connaissez trop les principes du droit public, les mœurs et les lois, pour ne nous pas faire grâce. »

Les Oreillons trouvèrent ce discours très raisonnable ; ils députèrent deux notables pour aller en diligence s'informer

1. *Le droit naturel :* il définit le droit qui découle de la nature humaine, avant qu'il y ait des sociétés, des gouvernements et des lois écrites.

110 de la vérité ; les deux députés s'acquittèrent de leur commission en gens d'esprit, et revinrent bientôt apporter de bonnes nouvelles. Les Oreillons délièrent leurs deux prisonniers, leur firent toutes sortes de civilités, leur offrirent des filles, leur donnèrent des rafraîchissements, et les
115 reconduisirent jusqu'aux confins de leurs États, en criant avec allégresse : « Il n'est point jésuite, il n'est point jésuite ! »

Candide ne se lassait point d'admirer le sujet de sa délivrance. « Quel peuple ! disait-il, quels hommes ! quelles mœurs ! Si je n'avais pas eu le bonheur de donner un grand
120 coup d'épée au travers du corps du frère de Mlle Cunégonde, j'étais mangé sans rémission. Mais, après tout, la pure nature[1] est bonne, puisque ces gens-ci, au lieu de me manger, m'ont fait mille honnêtetés dès qu'ils ont su que je n'étais pas jésuite. »

1. *La pure nature :* l'état de nature (sans lois écrites et sans gouvernement) où sont supposés vivre les Oreillons.

Chapitre 16

SINGERIES ANTHROPOLOGIQUES

Que penser de cette histoire de jolies sauvageonnes toutes nues mordillées, au bord d'une prairie, par deux singes galants, victimes à leur tour, après un inquisiteur et un jésuite (le Juif compte pour du beurre !), de la douceur ravageuse de Candide ? Il est sûr que Voltaire réutilise ici un schéma comique classique (« Et si je veux être mordue, moi ? »), et qu'il réécrit un chapitre de *Zadig (la Femme battue)*. Plaisir d'une historiette joliment racontée : exotisme, rêverie lascive, étourderies de la candeur, bonnes intentions mortelles... On pourrait en rester là sans remords. Et pourtant, comme toujours, Voltaire articule fiction et réflexion, schéma comique et thème philosophique (les races).

Dans l'*Essai sur les mœurs*, il admet en effet qu'« il n'est pas improbable que dans les pays chauds des singes aient subjugué des filles [...], que des espèces monstrueuses ont pu naître de ces amours abominables. Mais, si elles ont existé, elles n'ont pu influer sur le genre humain ; [...] elles n'ont pu dénaturer les autres races » (éd. de R. Pomeau, Garnier, t. I, pp. 7-8). Ailleurs, il place les Albinos africains « après les nègres et les Hottentots, au-dessous des singes, comme un des degrés qui descendent de l'homme à l'animal » (t. II, p. 143).

Mais on constate aussitôt qu'il est impossible de simplement plaquer ces citations sur notre épisode : de l'*Essai sur les mœurs* à la fiction, on passe du possible, voire du probable, à l'indécidable ; le lecteur de *Candide* ne peut pas en effet savoir ce que pense le narrateur de ces singes qui subjuguent des filles ; il ne peut même plus, actuellement, repérer l'existence d'un thème anthropologique sérieux. La lisibilité philosophique de cet épisode s'est effacée, faute de références vivantes aux débats d'époque.

SAUVAGERIES ANTIJÉSUITIQUES

1. « Mangeons du jésuite, mangeons du jésuite », l'expression devint aussitôt célèbre et signale la verve de Voltaire dans ce chapitre qui parle gaiement de l'état de nature. Il est impossible

de traiter ici de l'anthropologie voltairienne (voir *Candide*, éd. Magnard, pp. 153-159). Disons seulement que Voltaire s'oppose à Rousseau essentiellement sur quatre points : il refuse l'état d'isolement originel, il n'admet pas deux états de nature, il nie un état de bonheur primitif, il n'adhère pas à la notion de contrat social. Les Oreillons vivent en société, font d'emblée la distinction du juste et de l'injuste.

2. Comment Voltaire croise-t-il les interférences burlesques de la civilisation et de l'état de nature ?
Montrez que l'épisode des Oreillons inverse un schéma narratif fondamental de *Candide*.

116

Chapitre 17

Arrivée de Candide et de son valet au pays d'Eldorado[1], et ce qu'ils y virent.

Quand ils furent aux frontières des Oreillons : « Vous voyez, dit Cacambo à Candide, que cet hémisphère-ci ne vaut pas mieux que l'autre : croyez-moi, retournons en Europe par le plus court. – Comment y retourner ? dit
5 Candide, et où aller ? Si je vais dans mon pays, les Bulgares et les Abares y égorgent tout ; si je retourne en Portugal, j'y suis brûlé ; si nous restons dans ce pays-ci, nous risquons à tout moment d'être mis en broche. Mais comment se résoudre à quitter la partie du monde que Mlle Cunégonde habite ?
10 – Tournons vers la Cayenne[2], dit Cacambo : nous y trouverons des Français, qui vont par tout le monde ; ils pourront nous aider. Dieu aura peut-être pitié de nous. »
 Il n'était pas facile d'aller à la Cayenne : ils savaient bien à peu près de quel côté il fallait marcher ; mais des
15 montagnes, des fleuves, des précipices, des brigands, des sauvages, étaient partout de terribles obstacles. Leurs chevaux moururent de fatigue ; leurs provisions furent consumées ; ils se nourrirent un mois entier de fruits sauvages, et se trouvèrent enfin auprès d'une petite rivière bordée de
20 cocotiers, qui soutinrent leur vie et leurs espérances.

1. *Eldorado* : « le pays d'or », pays utopique que les conquistadores et les aventuriers cherchèrent en Amérique du Sud après la conquête espagnole.
2. *La Cayenne* : colonie française très éloignée du Paraguay.

Cacambo, qui donnait toujours d'aussi bons conseils que la vieille, dit à Candide : « Nous n'en pouvons plus, nous avons assez marché ; j'aperçois un canot vide sur le rivage ; emplissons-le de cocos, jetons-nous dans cette petite barque,
25 laissons-nous aller au courant ; une rivière mène toujours à quelque endroit habité. Si nous ne trouvons pas des choses agréables, nous trouverons du moins des choses nouvelles. – Allons, dit Candide, recommandons-nous à la Providence. »

Ils voguèrent quelques lieues entre des bords tantôt fleuris,
30 tantôt arides, tantôt unis, tantôt escarpés. La rivière s'élargissait toujours ; enfin elle se perdait sous une voûte de rochers épouvantables qui s'élevaient jusqu'au ciel. Les deux voyageurs eurent la hardiesse de s'abandonner aux flots sous cette voûte. Le fleuve, resserré en cet endroit, les porta
35 avec une rapidité et un bruit horrible. Au bout de vingt-quatre heures ils revirent le jour ; mais leur canot se fracassa contre les écueils ; il fallut se traîner de rocher en rocher pendant une lieue entière ; enfin ils découvrirent un horizon immense, bordé de montagnes inaccessibles. Le pays était cultivé pour
40 le plaisir comme pour le besoin ; partout l'utile était agréable. Les chemins étaient couverts ou plutôt ornés de voitures d'une forme et d'une matière brillante, portant des hommes et des femmes d'une beauté singulière, traînés rapidement par de gros moutons rouges qui surpassaient en vitesse les plus beaux
45 chevaux d'Andalousie, de Tétuan et de Méquinez[1].

« Voilà pourtant, dit Candide, un pays qui vaut mieux que la Westphalie. » Il mit pied à terre avec Cacambo auprès du premier village qu'il rencontra. Quelques enfants du village, couverts de brocarts d'or tout déchirés, jouaient au
50 palet[2] à l'entrée du bourg ; nos deux hommes de l'autre

1. *Les gros moutons rouges :* lamas. *Tétouan et Meknès :* villes du Maroc, réputées pour leurs chevaux.
2. *Palet :* pierre plate, ou plaque de métal, de bois, avec laquelle on vise un objectif.

118

monde s'amusèrent à les regarder : leurs palets étaient d'assez larges pièces rondes, jaunes, rouges, vertes, qui jetaient un éclat singulier. Il prit envie aux voyageurs d'en ramasser quelques-uns ; c'était de l'or, c'étaient des émeraudes, des
55 rubis, dont le moindre aurait été le plus grand ornement du trône du Mogol[1]. « Sans doute[2], dit Cacambo, ces enfants sont les fils du roi du pays qui jouent au petit palet. » Le magister[3] du village parut dans ce moment pour les faire rentrer à l'école. « Voilà, dit Candide, le précepteur de la
60 famille royale. »

Les petits gueux quittèrent aussitôt le jeu, en laissant à terre leurs palets et tout ce qui avait servi à leurs divertissements. Candide les ramasse, court au précepteur, et les lui présente humblement, lui faisant entendre par signes
65 que Leurs Altesses royales avaient oublié leur or et leurs pierreries. Le magister du village, en souriant, les jeta par terre, regarda un moment la figure de Candide avec beaucoup de surprise, et continua son chemin.

Les voyageurs ne manquèrent pas de ramasser l'or, les
70 rubis et les émeraudes. « Où sommes-nous ? s'écria Candide ; il faut que les enfants des rois de ce pays soient bien élevés, puisqu'on leur apprend à mépriser l'or et les pierreries. » Cacambo était aussi surpris que Candide. Ils approchèrent enfin de la première maison du village ; elle était bâtie comme
75 un palais d'Europe. Une foule de monde s'empressait à la porte, et encore plus dans le logis. Une musique très agréable se faisait entendre, et une odeur délicieuse de cuisine se faisait sentir. Cacambo s'approcha de la porte, et entendit qu'on parlait péruvien ; c'était sa langue maternelle : car tout le
80 monde sait que Cacambo était né au Tucuman, dans un

1. *Le Mogol :* l'empereur des Indes.
2. *Sans doute :* sans aucun doute.
3. *Magister :* le maître d'école.

119

village où l'on ne connaissait que cette langue. « Je vous servirai d'interprète, dit-il à Candide ; entrons, c'est ici un cabaret. »

85 Aussitôt deux garçons et deux filles de l'hôtellerie, vêtus de drap d'or, et les cheveux noués avec des rubans, les invitent à se mettre à la table de l'hôte[1]. On servit quatre potages garnis chacun de deux perroquets, un contour[2] bouilli qui pesait deux cents livres, deux singes rôtis d'un goût excellent, trois cents colibris dans un plat, et six cents
90 oiseaux-mouches dans un autre ; des ragoûts exquis, des pâtisseries délicieuses ; le tout dans des plats d'une espèce de cristal de roche. Les garçons et les filles de l'hôtellerie versaient plusieurs liqueurs faites de canne de sucre.

Les convives étaient pour la plupart des marchands et
95 des voituriers, tous d'une politesse extrême, qui firent quelques questions à Cacambo avec la discrétion la plus circonspecte, et qui répondirent aux siennes d'une manière à le satisfaire.

Quand le repas fut fini, Cacambo crut, ainsi que Candide,
100 bien payer son écot en jetant sur la table de l'hôte deux de ces larges pièces d'or qu'il avait ramassées ; l'hôte et l'hôtesse éclatèrent de rire, et se tinrent longtemps les côtés. Enfin ils se remirent : « Messieurs, dit l'hôte, nous voyons bien que vous êtes des étrangers ; nous ne sommes pas accoutumés
105 à en voir. Pardonnez-nous si nous nous sommes mis à rire quand vous nous avez offert en paiement les cailloux de nos grands chemins. Vous n'avez pas sans doute de la monnaie du pays, mais il n'est pas nécessaire d'en avoir pour dîner ici. Toutes les hôtelleries établies pour la commodité du

1. *Table de l'hôte :* table où plusieurs personnes réunies mangent à prix fixe.
2. *Contour :* nom indigène du condor. Voltaire a rencontré ce plat dans ses lectures.

110 commerce sont payées par le gouvernement[1]. Vous avez fait
mauvaise chère ici, parce que c'est un pauvre village ; mais
partout ailleurs vous serez reçus comme vous méritez de
l'être. » Cacambo expliquait à Candide tous les discours de
l'hôte, et Candide les écoutait avec la même admiration et
115 le même égarement que son ami Cacambo les rendait. « Quel
est donc ce pays, disaient-ils l'un et l'autre, inconnu à tout
le reste de la terre, et où toute la nature est d'une espèce
si différente de la nôtre ? C'est probablement le pays où tout
va bien ; car il faut absolument qu'il y en ait de cette espèce.
120 Et quoi qu'en dît maître Pangloss, je me suis souvent aperçu
que tout allait mal en Westphalie. »

1. *Gouvernement :* allusion à l'empire des Incas. Ceux-ci avaient
installé des relais où l'on trouvait gratuitement des lamas et des
provisions.

Phalanstère composé d'après les théories
de Charles Fourier (1772-1837), détail d'une lithographie
d'après un dessin de Charles Daubigny (1847), B.N., Paris.

Chapitre 18

Ce qu'ils virent dans le pays d'Eldorado.

Cacambo témoigna à son hôte toute sa curiosité ; l'hôte lui dit : « Je suis fort ignorant, et je m'en trouve bien ; mais nous avons ici un vieillard retiré de la cour, qui est le plus savant homme du royaume, et le plus communicatif. »
5 Aussitôt il mène Cacambo chez le vieillard. Candide ne jouait plus que le second personnage, et accompagnait son valet. Ils entrèrent dans une maison fort simple, car la porte n'était que d'argent, et les lambris[1] des appartements n'étaient que d'or, mais travaillés avec tant de goût que les plus riches
10 lambris ne l'effaçaient pas. L'antichambre n'était à la vérité incrustée que de rubis et d'émeraudes ; mais l'ordre dans lequel tout était arrangé réparait bien cette extrême simplicité.
Le vieillard reçut les deux étrangers sur un sofa matelassé de plumes de colibri, et leur fit présenter des liqueurs dans
15 des vases de diamants ; après quoi il satisfit à leur curiosité en ces termes :
« Je suis âgé de soixante et douze ans, et j'ai appris de feu mon père, écuyer du roi, les étonnantes révolutions[2] du Pérou dont il avait été témoin. Le royaume où nous sommes
20 est l'ancienne patrie des Incas, qui en sortirent très

1. *Lambris* : revêtement de bois, marbre ou stuc posé sur les murs d'un appartement.
2. *Révolution* : n'a pas ici son sens moderne, mais désigne tout changement politique important.

imprudemment pour aller subjuguer une partie du monde, et qui furent enfin détruits par les Espagnols.

« Les princes de leur famille qui restèrent dans leur pays natal furent plus sages ; ils ordonnèrent, du consentement
25 de la nation[1], qu'aucun habitant ne sortirait jamais de notre petit royaume ; et c'est ce qui nous a conservé notre innocence et notre félicité. Les Espagnols ont une connaissance confuse de ce pays, ils l'ont appelé El Dorado, et un Anglais, nommé le chevalier Raleigh[2], en a même approché
30 il y a environ cent années ; mais, comme nous sommes entourés de rochers inabordables et de précipices, nous avons toujours été jusqu'à présent à l'abri de la rapacité des nations de l'Europe, qui ont une fureur inconcevable pour les cailloux et pour la fange de notre terre, et qui, pour en avoir, nous
35 tueraient tous jusqu'au dernier. »

La conversation fut longue ; elle roula sur la forme du gouvernement, sur les mœurs, sur les femmes, sur les spectacles publics, sur les arts. Enfin, Candide, qui avait toujours du goût pour la métaphysique, fit demander par
40 Cacambo si dans le pays il y avait une religion.

Le vieillard rougit un peu. « Comment donc, dit-il, en pouvez-vous douter ? Est-ce que vous nous prenez pour des ingrats ? » Cacambo demanda humblement quelle était la religion d'Eldorado. Le vieillard rougit encore. « Est-ce qu'il
45 peut y avoir deux religions ? dit-il ; nous avons, je crois, la religion de tout le monde : nous adorons Dieu du soir jusqu'au matin[3]. — N'adorez-vous qu'un seul Dieu ? dit

1. *Du consentement de la nation :* après consultation du peuple.
2. *Sir Walter Raleigh :* ce navigateur anglais explora l'Amazonie en 1595, à la demande d'Élisabeth I[re], pour trouver l'Eldorado. Voltaire a lu son récit de voyage.
3. *Du soir jusqu'au matin :* expression toute faite ou sous-entendu malicieux ?

Cacambo, qui servait toujours d'interprète aux doutes de
Candide. – Apparemment, dit le vieillard, qu'il n'y en a ni
50 deux, ni trois, ni quatre. Je vous avoue que les gens de votre
monde font des questions bien singulières. » Candide ne se
lassait pas de faire interroger ce bon vieillard ; il voulut savoir
comment on priait Dieu dans l'Eldorado. « Nous ne le prions
point, dit le bon et respectable sage ; nous n'avons rien à
55 lui demander ; il nous a donné tout ce qu'il nous faut[1] ; nous
le remercions sans cesse. » Candide eut la curiosité de voir
des prêtres ; il fit demander où ils étaient. Le bon vieillard
sourit. « Mes amis, dit-il, nous sommes tous prêtres ; le roi
et tous les chefs de famille chantent des cantiques d'actions
60 de grâces solennellement tous les matins ; et cinq ou six mille
musiciens les accompagnent. – Quoi ! vous n'avez point de
moines qui enseignent, qui disputent, qui gouvernent, qui
cabalent[2], et qui font brûler les gens qui ne sont point de
leur avis ? – Il faudrait que nous fussions fous, dit le vieillard ;
65 nous sommes tous ici du même avis, et nous n'entendons
pas ce que vous voulez dire avec vos moines. » Candide
à tous ces discours demeurait en extase, et disait en
lui-même : « Ceci est bien différent de la Westphalie et du
château de monsieur le baron : si notre ami Pangloss avait
70 vu Eldorado, il n'aurait plus dit que le château de
Thunder-ten-tronckh était ce qu'il y avait de mieux sur la
terre ; il est certain qu'il faut voyager. »
 Après cette longue conversation, le bon vieillard fit atteler
un carrosse à six moutons, et donna douze de ses
75 domestiques aux deux voyageurs pour les conduire à la cour :
« Excusez-moi, leur dit-il, si mon âge me prive de l'honneur
de vous accompagner. Le roi vous recevra d'une manière
dont vous ne serez pas mécontents, et vous pardonnerez sans

1. C'est donc un Dieu-Providence.
2. *Cabaler* : intriguer, comploter, former une cabale.

doute aux usages du pays s'il y en a quelques-uns qui vous
80 déplaisent. »

Candide et Cacambo montent en carrosse ; les six moutons
volaient, et en moins de quatre heures on arriva au palais
du roi, situé à un bout de la capitale. Le portail était de deux
cent vingt pieds de haut et de cent de large[1] ; il est impossible
85 d'exprimer quelle en était la matière. On voit assez quelle
supériorité prodigieuse elle devait avoir sur ces cailloux et
sur ce sable que nous nommons *or* et *pierreries*.

Vingt belles filles de la garde reçurent Candide et Cacambo
à la descente du carrosse, les conduisirent aux bains, les
90 vêtirent de robes d'un tissu de duvet de colibri ; après quoi
les grands officiers et les grandes officières de la couronne
les menèrent à l'appartement de Sa Majesté, au milieu de
deux files chacune de mille musiciens, selon l'usage ordinaire.
Quand ils approchèrent de la salle du trône, Cacambo
95 demanda à un grand officier comment il fallait s'y prendre
pour saluer Sa Majesté ; si on se jetait à genoux ou ventre
à terre ; si on mettait les mains sur la tête ou sur le derrière ;
si on léchait la poussière de la salle ; en un mot, quelle était
la cérémonie. « L'usage, dit le grand officier, est d'embrasser
100 le roi et de le baiser des deux côtés. » Candide et Cacambo
sautèrent au cou de Sa Majesté, qui les reçut avec toute la
grâce imaginable, et qui les pria poliment à souper[2].

En attendant, on leur fit voir la ville, les édifices publics
élevés jusqu'aux nues, les marchés ornés de mille colonnes,
105 les fontaines d'eau pure, les fontaines d'eau rose, celles de
liqueurs de canne de sucre, qui coulaient continuellement
dans de grandes places, pavées d'une espèce de pierreries

1. *Deux cent vingt pieds de haut et cent de large :* 66 mètres de
haut sur 30 mètres de large environ.
2. *Souper :* ces mœurs débonnaires n'ont évidemment rien à voir
avec le rigoureux rituel inca.

qui répandaient une odeur semblable à celle du girofle et
de la cannelle. Candide demanda à voir la cour de justice,
110 le parlement[1] ; on lui dit qu'il n'y en avait point, et qu'on
ne plaidait jamais. Il s'informa s'il y avait des prisons, et
on lui dit que non. Ce qui le surprit davantage, et qui lui
fit le plus de plaisir, ce fut le palais des sciences, dans lequel
il vit une galerie de deux mille pas[2], toute pleine
115 d'instruments de mathématique et de physique.

Après avoir parcouru, toute l'après-dînée, à peu près la
millième partie de la ville[3], on les ramena chez le roi. Candide
se mit à table entre Sa Majesté, son valet Cacambo et plusieurs
dames. Jamais on ne fit meilleure chère, et jamais on n'eut plus
120 d'esprit à souper qu'en eut Sa Majesté. Cacambo expliquait les
bons mots du roi à Candide, et, quoique traduits, ils parais-
saient toujours des bons mots. De tout ce qui étonnait
Candide, ce n'était pas ce qui l'étonna le moins.

Ils passèrent un mois dans cet hospice[4]. Candide ne cessait
125 de dire à Cacambo : « Il est vrai, mon ami, encore une fois,
que le château où je suis né ne vaut pas le pays où nous
sommes ; mais enfin Mlle Cunégonde n'y est pas, et vous
avez sans doute quelque maîtresse en Europe. Si nous restons
ici, nous n'y serons que comme les autres ; au lieu que si
130 nous retournons dans notre monde seulement avec douze
moutons chargés de cailloux d'Eldorado, nous serons plus
riches que tous les rois ensemble, nous n'aurons plus
d'inquisiteurs à craindre, et nous pourrons aisément repren-
dre Mlle Cunégonde. »

1. *Parlement :* ce n'est pas une assemblée de députés élus (comme
en Angleterre), mais une cour chargée de rendre la justice, comme
en France.
2. *Deux mille pas :* environ 1 500 mètres.
3. *Ville :* allusion probable à la ville de Mexico, dont l'étendue et la
splendeur stupéfièrent les Espagnols.
4. *Hospice :* ici, lieu où l'on donne l'hospitalité.

135 Ce discours plut à Cacambo : on aime tant à courir, à
se faire valoir chez les siens, à faire parade de ce qu'on a
vu dans ses voyages, que les deux heureux résolurent de ne
plus l'être et de demander leur congé à Sa Majesté.

 « Vous faites une sottise, leur dit le roi ; je sais bien que
140 mon pays est peu de chose ; mais, quand on est passablement
quelque part, il faut y rester ; je n'ai pas assurément le droit
de retenir des étrangers ; c'est une tyrannie qui n'est ni dans
nos mœurs, ni dans nos lois : tous les hommes sont libres ;
partez quand vous voudrez, mais la sortie est bien difficile.
145 Il est impossible de remonter la rivière rapide sur laquelle
vous êtes arrivés par miracle, et qui court sous des voûtes
de rochers. Les montagnes qui entourent tout mon royaume
ont dix mille pieds de hauteur, et sont droites comme des
murailles ; elles occupent chacune en largeur un espace de
150 plus de dix lieues[1] ; on ne peut en descendre que par des
précipices. Cependant, puisque vous voulez absolument
partir, je vais donner ordre aux intendants des machines d'en
faire une qui puisse vous transporter commodément. Quand
on vous aura conduits au revers des montagnes, personne
155 ne pourra vous accompagner ; car mes sujets ont fait vœu
de ne jamais sortir de leur enceinte, et ils sont trop sages
pour rompre leur vœu. Demandez-moi d'ailleurs[2] tout ce
qu'il vous plaira. – Nous ne demandons à Votre Majesté,
dit Cacambo, que quelques moutons chargés de vivres, de
160 cailloux, et de la boue du pays. » Le roi rit. « Je ne conçois
pas, dit-il, quel goût vos gens d'Europe ont pour notre boue
jaune ; mais emportez-en tant que vous voudrez, et grand
bien vous fasse. »

1. *Dix mille pieds... lieues :* plus de 3 000 mètres de haut sur
40 kilomètres de large environ.
2. *D'ailleurs :* par ailleurs.

165 Il donna l'ordre sur-le-champ à ses ingénieurs de faire une machine pour guinder[1] ces deux hommes extraordinaires hors du royaume. Trois mille bons physiciens y travaillèrent ; elle fut prête au bout de quinze jours, et ne coûta pas plus de vingt millions de livres sterling, monnaie du pays. On mit sur la machine Candide et Cacambo ; il y avait deux
170 grands moutons rouges sellés et bridés pour leur servir de monture quand ils auraient franchi les montagnes, vingt moutons de bât chargés de vivres, trente qui portaient des présents de ce que le pays a de plus curieux, et cinquante chargés d'or, de pierreries et de diamants. Le roi embrassa
175 tendrement les deux vagabonds.

Ce fut un beau spectacle que leur départ, et la manière ingénieuse dont ils furent hissés, eux et leurs moutons, au haut des montagnes. Les physiciens prirent congé d'eux après les avoir mis en sûreté, et Candide n'eut plus d'autre désir
180 et d'autre objet que d'aller présenter ses moutons à Mlle Cunégonde. « Nous avons, dit-il, de quoi payer le gouverneur de Buenos Aires, si Mlle Cunégonde peut être mise à prix. Marchons vers la Cayenne, embarquons-nous, et nous verrons ensuite quel royaume nous pourrons
185 acheter. »

1. *Guinder :* hisser.

Chapitres 17 et 18

L'UTOPIE, ROMAN DE L'ÉTAT

Après la cité théocratique, après l'état de nature, la cité idéale, l'utopie au sens strict : la rencontre et la description d'une société imaginaire, image renversée des sociétés réelles et contre-modèle critique.

Le mot et le genre ont été créés par Thomas More en 1516, avec tous les ingrédients classiques : voyage ; découverte d'une société lointaine, soigneusement isolée, organisée selon des principes tels qu'ils doivent éliminer les vices et les imperfections de la vie sociale ; retour et récit.

L'utopie classique (d'Ancien Régime) est donc une fiction éminemment politique, un roman de l'État reconstruit selon des normes rationnelles qui le figent dans une immobilité bien-heureuse et clôturée.

Le succès croissant des récits de voyage utopique aux XVIIᵉ et XVIIIᵉ siècles fait éclater le genre : l'esprit utopique se répand au théâtre (*l'Île des esclaves*, *l'Île de la raison*, de Marivaux) ; il peut se débarrasser de tout élément d'imagination et devenir un pur discours réformateur ; il peut aussi et surtout s'insérer dans un roman sous forme d'une séquence homogène, d'un épisode (Prévost, *Histoire de Cleveland*, 1731-1739 ; Restif de La Bretonne, *le Paysan perverti*, 1775 ; etc.).

Épisode admiratif, ou sarcastique, ou critique, ou ambigu, mais qui tend presque toujours à transformer le héros en spectateur passif d'une société autre.

Car, à la différence des utopies modernes, l'utopie d'Ancien Régime ignore (sauf chez Prévost) le conflit de l'individu et de la société parfaite.

Comment Voltaire traite-t-il ce problème structurel du ralentissement de rythme du récit, l'évanouissement des péripéties devant la description ? Parvient-il à le surmonter ? Le tente-t-il ?

LA CITÉ IDÉALE : MIRAGE OU VIRAGE ?

Ces deux chapitres sont les premiers où l'on peut hésiter sur le point de vue du narrateur : satire de l'utopie (d'où alors le manque de zèle pour ragaillardir le récit ?) ou incarnation chimérique des rêves voltairiens ? La critique balance entre les deux interprétations.

Faut-il absolument les opposer ? Observez les différentes composantes de cette société imaginaire, leur hiérarchie, leur présentation : politique, religion, structure sociale, mœurs, arts et techniques...

Si satire il y a, sur quoi porte-t-elle ? Sur les valeurs de l'Eldorado, sur sa possibilité, sur Candide, etc. ?

L'Eldorado est-il un mirage que le récit suscite et efface ou bien remplit-il des fonctions romanesques dans la trame du conte ? Lesquelles ?

On examinera la place de l'épisode, son rapport avec la philosophie panglossienne, les traces qu'il peut laisser dans la suite du récit... en attendant de comparer le château, l'Eldorado et le jardin turc.

C'eſt à ce prix que vous mangez du ſucre
en Europe.

Illustration de Moreau le Jeune pour *Candide* (chap. 19). B.N., Paris.

Chapitre 19

Ce qui leur arriva à Surinam, et comment Candide fit connaissance avec Martin.

L A PREMIÈRE journée de nos deux voyageurs fut assez agréable. Ils étaient encouragés par l'idée de se voir possesseurs de plus de trésors que l'Asie, l'Europe et l'Afrique n'en pouvaient rassembler. Candide, transporté, écrivit le
5 nom de Cunégonde sur les arbres. À la seconde journée deux de leurs moutons s'enfoncèrent dans des marais, et y furent abîmés[1] avec leurs charges ; deux autres moutons moururent de fatigue quelques jours après ; sept ou huit périrent ensuite de faim dans un désert ; d'autres tombèrent au bout de
10 quelques jours dans des précipices. Enfin, après cent jours de marche, il ne leur resta que deux moutons. Candide dit à Cacambo : « Mon ami, vous voyez comme les richesses de ce monde sont périssables ; il n'y a rien de solide que la vertu et le bonheur de revoir Mlle Cunégonde. – Je l'avoue,
15 dit Cacambo ; mais il nous reste encore deux moutons avec plus de trésors que n'en aura jamais le roi d'Espagne, et je vois de loin une ville que je soupçonne être Surinam, appartenant aux Hollandais[2]. Nous sommes au bout de nos peines et au commencement de notre félicité. »
20 En approchant de la ville, ils rencontrèrent un nègre étendu par terre, n'ayant plus que la moitié de son habit, c'est-à-dire

1. *Abîmés :* engloutis.
2. *Surinam :* la colonie hollandaise se trouve à côté de la Guyane française.

d'un caleçon de toile bleue ; il manquait à ce pauvre homme la jambe gauche et la main droite. « Eh, mon Dieu ! lui dit Candide en hollandais, que fais-tu là, mon ami, dans l'état
25 horrible où je te vois ? – J'attends mon maître, monsieur monsieur Vanderdendur[1], le fameux négociant, répondit le nègre. – Est-ce M. Vanderdendur, dit Candide, qui t'a traité ainsi ? – Oui, Monsieur, dit le nègre, c'est l'usage. On nous donne un caleçon de toile pour tout vêtement deux fois l'année.
30 Quand nous travaillons aux sucreries, et que la meule nous attrape le doigt, on nous coupe la main[2] ; quand nous voulons nous enfuir, on nous coupe la jambe[3] : je me suis trouvé dans les deux cas. C'est à ce prix que vous mangez du sucre en Europe. Cependant, lorsque ma mère me vendit
35 dix écus patagons[4] sur la côte de Guinée, elle me disait : « Mon cher enfant, bénis nos fétiches, adore-les toujours, ils te feront vivre heureux ; tu as l'honneur d'être esclave de nos seigneurs les blancs, et tu fais par là la fortune de ton père et de ta mère. » Hélas ! je ne sais pas si j'ai fait
40 leur fortune, mais ils n'ont pas fait la mienne. Les chiens, les singes, les perroquets sont mille fois moins malheureux que nous. Les fétiches hollandais[5] qui m'ont converti me disent tous les dimanches que nous sommes tous enfants d'Adam, blancs et noirs. Je ne suis pas généalogiste ; mais,
45 si ces prêcheurs disent vrai, nous sommes tous cousins issus

1. *Vanderdendur :* on est tenté de lire : Van-de-la-dent-dure. Voltaire eut des démêlés avec le libraire hollandais Van Duren.
2. *Couper la main :* on coupe la main pour éviter la mort par infection ou gangrène.
3. *Couper la jambe :* le Code noir promulgué par Louis XIV prévoit la section du jarret en cas de récidive d'évasion.
4. *Écu patagon :* monnaie d'argent de Flandre et d'Espagne.
5. *Fétiches :* ici les pasteurs hollandais. Le mot « fétiche », d'origine portugaise, désigne un objet sacré auquel les peuples dits « primitifs » rendent un culte.

de germains. Or vous m'avouerez qu'on ne peut pas en user avec ses parents d'une manière plus horrible.

– Ô Pangloss ! s'écria Candide, tu n'avais pas deviné cette abomination ; c'en est fait, il faudra qu'à la fin je renonce à ton
50 optimisme. – Qu'est-ce qu'optimisme[1] ? disait Cacambo. – Hélas ! dit Candide, c'est la rage de soutenir que tout est bien quand on est mal. » Et il versait des larmes en regardant son nègre, et, en pleurant, il entra dans le Surinam.

La première chose dont ils s'informent, c'est s'il n'y a point
55 au port quelque vaisseau qu'on pût envoyer à Buenos Aires. Celui à qui ils s'adressèrent était justement un patron espagnol, qui s'offrit à faire avec eux un marché honnête. Il leur donna rendez-vous dans un cabaret. Candide et le fidèle Cacambo allèrent l'y attendre avec leurs deux moutons.
60 Candide, qui avait le cœur sur les lèvres, conta à l'Espagnol toutes ses aventures, et lui avoua qu'il voulait enlever Mlle Cunégonde. « Je me garderai bien de vous passer à Buenos Aires, dit le patron : je serais pendu et vous aussi. La belle Cunégonde est la maîtresse favorite de monsei-
65 gneur. » Ce fut un coup de foudre pour Candide ; il pleura longtemps ; enfin il tira à part Cacambo : « Voici, mon cher ami, lui dit-il, ce qu'il faut que tu fasses. Nous avons chacun dans nos poches pour cinq ou six millions de diamants ; tu es plus habile que moi ; va prendre Mlle Cunégonde à Buenos
70 Aires. Si le gouverneur fait quelques difficultés, donne-lui un million ; s'il ne se rend pas, donne-lui-en deux ; tu n'as point tué d'inquisiteur, on ne se défiera point de toi. J'équiperai un autre vaisseau ; j'irai t'attendre à Venise ; c'est un pays libre où l'on n'a rien à craindre ni des Bulgares, ni des Abares,

1. *Optimisme :* on pourrait croire que la question de Cacambo sert seulement à justifier une définition piquante. Mais il s'agit d'un terme rare et récent : on en signale une apparition, en 1737, dans les *Mémoires de Trévoux.*

75 ni des Juifs, ni des inquisiteurs[1]. » Cacambo applaudit à cette
sage résolution. Il était au désespoir de se séparer d'un bon
maître, devenu son ami intime ; mais le plaisir de lui être
utile l'emporta sur la douleur de le quitter. Ils s'embrassèrent
en versant des larmes. Candide lui recommanda de ne point
80 oublier la bonne vieille. Cacambo partit dès le jour même :
c'était un très bon homme que ce Cacambo.

Candide resta encore quelque temps à Surinam, et attendit
qu'un autre patron voulût le mener en Italie, lui et les deux
moutons qui lui restaient. Il prit des domestiques, et acheta
85 tout ce qui lui était nécessaire pour un long voyage ; enfin
monsieur Vanderdendur, maître d'un gros vaisseau, vint se
présenter à lui. « Combien voulez-vous, demanda-t-il à cet
homme, pour me mener en droiture[2] à Venise, moi, mes
gens, mon bagage, et les deux moutons que voilà ? » Le
90 patron s'accorda à dix mille piastres[3]. Candide n'hésita pas.

« Oh ! oh ! dit à part soi le prudent Vanderdendur, cet
étranger donne dix mille piastres tout d'un coup ! il faut qu'il
soit bien riche. » Puis, revenant un moment après, il signifia
qu'il ne pouvait partir à moins de vingt mille. « Eh bien,
95 vous les aurez », dit Candide.

« Ouais ! se dit tout bas le marchand, cet homme donne
vingt mille piastres aussi aisément que dix mille. » Il revint
encore, et dit qu'il ne pouvait le conduire à Venise à moins
de trente mille piastres. « Vous en aurez donc trente mille »,
100 répondit Candide. « Oh ! oh ! se dit encore le marchand

1. Venise, république et ville de plaisirs, attirait des visiteurs de toute
l'Europe. Mais Voltaire sait bien, car toutes les descriptions de la ville
le soulignent, la puissance redoutable de l'Inquisition d'État, institution
politique chargée d'assurer la sécurité intérieure de la République par
des procédures secrètes et expéditives.
2. *En droiture :* en ligne droite.
3. *Piastre :* monnaie d'argent espagnole.

hollandais, trente mille piastres ne coûtent rien à cet
homme-ci ; sans doute les deux moutons portent des trésors
immenses ; n'insistons pas davantage : faisons-nous d'abord
payer les trente mille piastres, et puis nous verrons. »
105 Candide vendit deux petits diamants, dont le moindre valait
plus que tout l'argent que demandait le patron. Il le paya
d'avance. Les deux moutons furent embarqués. Candide
suivait dans un petit bateau pour joindre le vaisseau à la
rade ; le patron prend son temps[1], met à la voile, démarre[2] ;
110 le vent le favorise. Candide, éperdu et stupéfait, le perd
bientôt de vue. « Hélas ! cria-t-il, voilà un tour digne de
l'ancien monde. » Il retourne au rivage, abîmé dans la
douleur ; car enfin il avait perdu de quoi faire la fortune de
vingt monarques.

115 Il se transporte chez le juge hollandais ; et, comme il était
un peu troublé, il frappe rudement à la porte ; il entre, expose
son aventure, et crie un peu plus haut qu'il ne convenait.
Le juge commença par lui faire payer dix mille piastres pour
le bruit qu'il avait fait. Ensuite il l'écouta patiemment, lui
120 promit d'examiner son affaire sitôt que le marchand serait
revenu, et se fit payer dix mille autres piastres pour les frais
de l'audience.

Ce procédé acheva de désespérer Candide ; il avait à la
vérité essuyé des malheurs mille fois plus douloureux ; mais
125 le sang-froid du juge et celui du patron dont il était volé,
alluma sa bile, et le plongea dans une noire mélancolie[3]. La
méchanceté des hommes se présentait à son esprit dans toute
sa laideur ; il ne se nourrissait que d'idées tristes. Enfin, un

1. *Prend son temps :* choisit le moment favorable, en escrime.
2. *Démarre :* largue les amarres.
3. *Mélancolie :* la bile noire, ou atrabile, une des quatre humeurs du
corps humain, était censée produire, quand elle se déréglait, la
mélancolie, maladie de l'esprit. Le spleen suicidaire des Anglais relève
de la mélancolie.

vaisseau français étant sur le point de partir pour Bordeaux,
130 comme il n'avait plus de moutons chargés de diamants à
embarquer, il loua une chambre du vaisseau à juste prix,
et fit signifier dans la ville qu'il paierait le passage, la
nourriture et donnerait deux mille piastres à un honnête
homme qui voudrait faire le voyage avec lui, à condition
135 que cet homme serait le plus dégoûté de son état et le plus
malheureux de la province.

Il se présenta une foule de prétendants qu'une flotte
n'aurait pu contenir. Candide voulant choisir entre les plus
apparents[1], il distingua une vingtaine de personnes qui lui
140 paraissaient assez sociables, et qui toutes prétendaient mériter
la préférence. Il les assembla dans son cabaret, et leur donna
à souper, à condition que chacun ferait serment de raconter
fidèlement son histoire, promettant de choisir celui qui lui
paraîtrait le plus à plaindre et le plus mécontent de son état
145 à plus juste titre, et de donner aux autres quelques
gratifications.

La séance dura jusqu'à quatre heures du matin. Candide,
en écoutant toutes leurs aventures, se ressouvenait de ce que
lui avait dit la vieille en allant à Buenos Aires, et de la gageure
150 qu'elle avait faite, qu'il n'y avait personne sur le vaisseau
à qui il ne fût arrivé de très grands malheurs. Il songeait
à Pangloss à chaque aventure qu'on lui contait. « Ce Pangloss,
disait-il, serait bien embarrassé à démontrer son système. Je
voudrais qu'il fût ici. Certainement, si tout va bien, c'est dans
155 Eldorado, et non pas dans le reste de la terre. » Enfin il se
détermina en faveur d'un pauvre savant qui avait travaillé dix
ans pour les libraires d'Amsterdam[2]. Il jugea qu'il n'y avait
point de métier au monde dont on dût être plus dégoûté.

1. *Apparents* (substantif) : les plus honorables, les plus distingués.
2. *Les libraires* : les éditeurs. L'édition hollandaise était active et
réputée, les droits des auteurs peu assurés.

Ce savant, qui était d'ailleurs un bon homme, avait été
160 volé par sa femme, battu par son fils, et abandonné de sa
fille qui s'était fait enlever par un Portugais. Il venait d'être
privé d'un petit emploi duquel il subsistait ; et les prédicants
de Surinam le persécutaient parce qu'ils le prenaient pour
un socinien[1]. Il faut avouer que les autres étaient pour le
165 moins aussi malheureux que lui ; mais Candide espérait que
le savant le désennuierait dans le voyage. Tous ses autres
rivaux trouvèrent que Candide leur faisait une grande
injustice ; mais il les apaisa en leur donnant à chacun cent
piastres.

1. *Socinien :* adepte du socinianisme, doctrine protestante qui rejette
certains dogmes (la Trinité, la divinité de Jésus) comme contraires à
la Raison. Le fameux article « Genève » de d'Alembert dans
l'*Encyclopédie* (1757), inspiré par Voltaire, louait les pasteurs genevois
pour leur socinianisme. Ce pauvre savant – si l'on fait abstraction de
sa vie privée – fait penser à Bayle (1647-1706), réfugié à Rotterdam,
vivant difficilement de ses travaux de librairie et soupçonné pour ses
idées religieuses. Bayle est l'un des pères de la philosophie des
Lumières.

Chapitre 19

CHANGEMENTS DE VITESSE

Sorti du calme plat utopique, le récit redémarre à plein régime : contraste trop appuyé pour relever du pur hasard, et preuve que la langueur eldoradienne ne tient pas à la longueur. Et pourtant, l'épisode célèbre de l'esclave noir fut rajouté en cours de rédaction. Donnez un titre à chacune des séquences de ce long chapitre ; est-il possible de les rapprocher d'épisodes antérieurs du roman ?
Comparez les modalités narratives (récit, dialogue, portrait, analyse psychologique, scène ou résumé, etc.) de ces séquences.

L'EMPIRE DU MAL

1. À quoi tient, selon vous, la force exceptionnelle du passage sur le Noir de Surinam ? L'émotion passe-t-elle par l'exclusion radicale de la satire ? Le discours prêté à l'esclave est-il vraisemblable, malgré l'exactitude des faits ? Est-ce exactement une condamnation de l'esclavage ? Si cet esclave martyrisé parle comme Voltaire, et si Voltaire n'est pas ici forcément anti-esclavagiste, on peut être conduit à réfléchir sur les rapports de l'art et de la réalité, du texte littéraire et du discours théorique.

2. La vieille avait subi des malheurs d'un nombre et d'une nature assez extraordinaires. Est-ce le cas de Martin ? Et pourtant il remporte le concours ! Quel serait alors selon vous le sens et l'effet de ce paradoxe ?

3. L'épisode de Vanderdendur produit-il sur le lecteur le même effet pessimiste que les autres ? Pourquoi ?

LES SOUFFRANCES DU JEUNE CANDIDE

1. Candide pleure, comme le Christ, en entrant dans Surinam (Jérusalem), et cette clausule est certainement superbe. Il nous propose même, pour le compte de l'auteur, une définition satirique de l'optimisme, terme qui réapparaît pour la première fois depuis le titre. Cesse-t-il pour autant d'être la cible de la

satire ? Relevez-en les marques dans chaque épisode ; où sont-elles le plus nombreuses ?
En quoi consiste exactement la candeur de Candide ?

2. À quoi tient-il que sa candeur n'entraîne pas toujours des conséquences négatives ? On peut alors risquer la réflexion suivante : un monde sans « candeur » serait-il un monde vivable ?
Puis-je vivre en société si, en chaque homme, je redoute le loup qu'il est peut-être ? Hobbes (*Léviathan*, 1651) avait répondu : oui, ... à condition de confier tous mes droits naturels à un État absolu qui protège l'homme de l'homme.
Cela résoudrait-il les souffrances du jeune Candide ? Doit-il, pour devenir sage, devenir loup parmi les loups ? Le chapitre suivant répondra peut-être.

Guerre de la Succession d'Espagne (1701-1714) :
Duguay-Trouin (1673-1736) force les passes
de Rio de Janeiro (1711).
Détail d'une gravure de F. Perrot. B.N., Paris.

Chapitre 20

Ce qui arriva sur mer à Candide et à Martin.

L<small>E VIEUX</small> savant, qui s'appelait Martin, s'embarqua donc pour Bordeaux avec Candide. L'un et l'autre avaient beaucoup vu et beaucoup souffert ; et quand le vaisseau aurait dû faire voile de Surinam au Japon par le cap de
5 Bonne-Espérance, ils auraient eu de quoi s'entretenir du mal moral et du mal physique pendant tout le voyage.

Cependant Candide avait un grand avantage sur Martin, c'est qu'il espérait toujours revoir Mlle Cunégonde, et que Martin n'avait rien à espérer ; de plus, il avait de l'or et des
10 diamants ; et, quoiqu'il eût perdu cent gros moutons rouges chargés des plus grands trésors de la terre, quoiqu'il eût toujours sur le cœur la friponnerie du patron hollandais, cependant, quand il songeait à ce qui lui restait dans ses poches, et quand il parlait de Cunégonde, surtout à la fin
15 du repas, il penchait alors pour le système de Pangloss.

« Mais vous, monsieur Martin, dit-il au savant, que pensez-vous de tout cela ? Quelle est votre idée sur le mal moral et le mal physique ? – Monsieur, répondit Martin, mes prêtres m'ont accusé d'être socinien, mais la vérité du
20 fait est que je suis manichéen[1]. – Vous vous moquez de moi,

1. *Manichéen* : toute discussion sur le mal entraîne logiquement à parler du manichéisme. Cette doctrine fondée par le Persan Manès au III^e siècle apr. J.-C., et condamnée comme hérésie par l'Église, considère que l'Univers est l'objet de la lutte de deux principes égaux et antagonistes : le Bien et le Mal. Bayle lui avait consacré plusieurs articles de son fameux *Dictionnaire historique et critique* (1697). Le manichéisme est une des solutions possibles au problème du mal. On avait parfois tendance, au XVIII^e siècle, à rapprocher manichéisme et socinianisme, bien que Bayle eût déjà réfuté cette confusion.

dit Candide, il n'y a plus de manichéens dans le monde.
– Il y a moi, dit Martin ; je ne sais qu'y faire, mais je ne
peux penser autrement. – Il faut que vous ayez le diable
au corps, dit Candide. – Il se mêle si fort des affaires de
25 ce monde, dit Martin, qu'il pourrait bien être dans mon
corps, comme partout ailleurs ; mais je vous avoue qu'en
jetant ma vue sur ce globe, ou plutôt sur ce globule[1], je pense
que Dieu l'a abandonné à quelque être malfaisant ; j'en
excepte toujours Eldorado. Je n'ai guère vu de ville qui ne
30 désirât la ruine de la ville voisine, point de famille qui ne
voulût exterminer quelque autre famille. Partout les faibles
ont en exécration les puissants devant lesquels ils rampent,
et les puissants les traitent comme des troupeaux dont on
vend la laine et la chair. Un million d'assassins enrégimentés,
35 courant d'un bout de l'Europe à l'autre, exerce le meurtre
et le brigandage avec discipline pour gagner son pain, parce
qu'il n'a pas de métier plus honnête[2] ; et dans les villes qui
paraissent jouir de la paix et où les arts fleurissent, les
hommes sont dévorés de plus d'envie, de soins[3] et
40 d'inquiétudes qu'une ville assiégée n'éprouve de fléaux. Les
chagrins secrets sont encore plus cruels que les misères
publiques. En un mot, j'en ai tant vu, et tant éprouvé, que
je suis manichéen.
– Il y a pourtant du bon, répliquait Candide. – Cela peut
45 être, disait Martin, mais je ne le connais pas. »
Au milieu de cette dispute[4], on entendit un bruit de canon.
Le bruit redouble de moment en moment. Chacun prend

1. *Globule :* Voltaire semble être le premier à appliquer le mot
« globule » au globe terrestre, pour stigmatiser la petitesse de la Terre
et des hommes dans l'infini.
2. *Métier plus honnête :* nouvelle allusion à la guerre de Sept Ans,
qui fait rage lors de la rédaction du conte.
3. *Soins :* soucis.
4. *Dispute :* discussion.

sa lunette. On aperçoit deux vaisseaux qui combattaient à
la distance d'environ trois milles ; le vent les amena l'un et
50 l'autre si près du vaisseau français qu'on eut le plaisir de
voir le combat tout à son aise. Enfin l'un des deux vaisseaux
lâcha à l'autre une bordée[1] si bas et si juste qu'il le coula
à fond. Candide et Martin aperçurent distinctement une
centaine d'hommes sur le tillac du vaisseau qui s'enfonçait ;
55 ils levaient tous les mains au ciel et jetaient des clameurs
effroyables ; en un moment tout fut englouti.

« Eh bien, dit Martin, voilà comme les hommes se traitent
les uns les autres. – Il est vrai, dit Candide, qu'il y a quelque
chose de diabolique dans cette affaire. » En parlant ainsi,
60 il aperçut je ne sais quoi d'un rouge éclatant qui nageait
auprès de son vaisseau. On détacha la chaloupe pour voir
ce que ce pouvait être : c'était un de ses moutons. Candide
eut plus de joie de retrouver ce mouton qu'il n'avait été
affligé d'en perdre cent, tous chargés de gros diamants
65 d'Eldorado[2].

Le capitaine français aperçut bientôt que le capitaine du
vaisseau submergeant était espagnol, et que celui du vaisseau
submergé était un pirate hollandais ; c'était celui-là même
qui avait volé Candide. Les richesses immenses dont ce
70 scélérat s'était emparé furent ensevelies avec lui dans la mer,
et il n'y eut qu'un mouton de sauvé. « Vous voyez, dit
Candide à Martin, que le crime est puni quelquefois ; ce
coquin de patron hollandais a eu le sort qu'il méritait. – Oui,
dit Martin ; mais fallait-il que les passagers qui étaient sur
75 son vaisseau périssent aussi ? Dieu a puni ce fripon, le diable
a noyé les autres. »

1. *Bordée :* décharge de tous les canons d'un même bord du navire.
2. *Eldorado :* allusion à la célèbre parabole biblique de la brebis
égarée : « Elle lui causa plus de joie que les quatre-vingt-dix-neuf qui
ne se sont pas égarées. »

Cependant le vaisseau français et l'espagnol continuèrent leur route, et Candide continua ses conversations avec Martin. Ils disputèrent quinze jours de suite, et au bout de quinze jours ils étaient aussi avancés que le premier. Mais enfin ils parlaient, ils se communiquaient des idées, ils se consolaient. Candide caressait son mouton. « Puisque je t'ai retrouvé, dit-il, je pourrai bien retrouver Cunégonde. »

Chapitre 20

À L'OMBRE DU DIABLE

Nous avons eu Pangloss et son verbe, Jacques l'anabaptiste et sa bonté, le grand inquisiteur et sa police : tous interprètes à leur façon de la Parole divine.

Il fallait bien que le diable, qui se faufile dans la correspondance de Voltaire en ces années 1757-1759, ait aussi son mot à dire sur l'ordre du monde.

Le manichéisme avait été remis en selle par le *Dictionnaire historique et critique* (1697) de Bayle, dont on peut deviner la figure derrière le portrait de Martin (chapitre 19).

1. Le manichéisme partage le monde, de toute éternité, entre le Bien et le Mal, comme saint Martin partageait son manteau. Mais Martin est-il vraiment manichéen ? Où place-t-il le bien ?

2. Si le terme avait alors existé (il ne sera inventé qu'au XIXᵉ siècle), ne serait-il pas plutôt un tenant du pessimisme ? Comparez cette façon de voir avec celle de Pangloss : différences et analogies.

3. On se demandera pour quelles raisons fondamentales, liées à la structure du roman, Voltaire est conduit à concevoir ainsi le personnage dont il a soigneusement retardé et calculé l'entrée.

FICTION ET PHILOSOPHIE

1. Grimm, dans la *Correspondance littéraire* (1759), considérait le philosophe amer comme « le plus excellent personnage du roman » : est-ce votre avis ?
On peut élargir la question : comment, dans ce chapitre, Voltaire inscrit-il la philosophie dans la fiction ?

2. Martin est soumis à une double mise à l'épreuve : y réagit-il à la manière de Pangloss ?
Mais à qui revient le dernier mot du chapitre ?

La parabole du combat naval (nouvelle apparition de la guerre, omniprésente) débouche donc sur trois morales : peut-on les mettre sur le même plan ?

Les convulsionnaires du cimetière de Saint-Médard (1729-1731),
d'après une gravure du temps (détail).
Bibliothèque de la faculté de médecine, Paris.

Chapitre 21

Candide et Martin approchent des côtes de France et raisonnent.

ON APERÇUT enfin les côtes de France. « Avez-vous jamais été en France, monsieur Martin ? dit Candide. – Oui, dit Martin, j'ai parcouru plusieurs provinces. Il y en a où la moitié des habitants est folle, quelques-unes où l'on est trop
5 rusé, d'autres où l'on est communément assez doux et assez bête, d'autres où l'on fait le bel esprit ; et, dans toutes, la principale occupation est l'amour, la seconde de médire, et la troisième de dire des sottises. – Mais, monsieur Martin, avez-vous vu Paris ? – Oui, j'ai vu Paris ; il tient de toutes
10 ces espèces-là ; c'est un chaos, c'est une presse[1] dans laquelle tout le monde cherche le plaisir, et où presque personne ne le trouve, du moins à ce qu'il m'a paru. J'y ai séjourné peu ; j'y fus volé, en arrivant, de tout ce que j'avais, par des filous, à la foire Saint-Germain[2] ; on me prit moi-même pour un
15 voleur, et je fus huit jours en prison ; après quoi je me fis correcteur d'imprimerie pour gagner de quoi retourner à pied en Hollande. Je connus la canaille écrivante, la canaille

1. *Presse* : multitude de personnes qui se pressent dans un petit espace.
2. *Foire Saint-Germain* : une des deux grandes foires de Paris, avec la foire Saint-Laurent. Elle se tenait du 3 février au 3 avril. Ses attractions et ses spectacles (y compris des pièces de théâtre) y attiraient de nombreux étrangers.

cabalante, et la canaille convulsionnaire[1]. On dit qu'il y a
des gens fort polis dans cette ville-là ; je le veux croire.

20 – Pour moi, je n'ai nulle curiosité de voir la France, dit
Candide ; vous devinez aisément que, quand on a passé un
mois dans Eldorado, on ne se soucie plus de rien voir sur
la terre que Mlle Cunégonde ; je vais l'attendre à Venise ;
nous traverserons la France pour aller en Italie ; ne
25 m'accompagnerez-vous pas ? – Très volontiers, dit Martin ;
on dit que Venise n'est bonne que pour les nobles Vénitiens[2],
quand ils ont beaucoup d'argent ; je n'en ai point, vous en
avez, je vous suivrai partout. – À propos, dit Candide,
pensez-vous que la terre ait été originairement une mer,
30 comme on l'assure dans ce gros livre[3] qui appartient au
capitaine du vaisseau ? – Je n'en crois rien du tout, dit Martin,
non plus que toutes les rêveries qu'on nous débite depuis
quelque temps. – Mais à quelle fin ce monde a-t-il donc été
formé ? dit Candide. – Pour nous faire enrager, répondit
35 Martin. – N'êtes-vous pas bien étonné, continua Candide,
de l'amour que ces deux filles du pays des Oreillons avaient
pour ces deux singes, et dont je vous ai conté l'aventure ?
– Point du tout, dit Martin ; je ne vois pas ce que cette passion

1. *La canaille écrivante :* les journalistes et autres plumitifs méprisés
par Voltaire, auteur riche et célèbre. *La canaille cabalante :* sans doute
les hommes d'Église intrigants. *La canaille convulsionnaire :* la
« populace » qui se livre à des convulsions mystiques sur la tombe
du diacre janséniste Pâris, mort en 1727, enterré au cimetière
de Saint-Médard. Le cimetière fut fermé par les autorités en 1732.
2. *Nobles Vénitiens :* Venise est en effet une république aristocratique.
3. *Ce gros livre :* allusion à des théories scientifiques contemporaines,
selon lesquelles les montagnes se seraient formées dans une mer
originaire. On avançait comme preuves les fossiles marins retrouvés sur
le sommet des montagnes. Voltaire resta toujours un adversaire ironique
des théories transformistes. Le gros livre en question est soit l'*Histoire
des navigations* du président de Brosses (1756), soit la *Théorie de
la Terre* de Buffon (1749), où s'expriment ces nouvelles conceptions.

a d'étrange ; j'ai tant vu de choses extraordinaires qu'il n'y
40 a plus rien d'extraordinaire. – Croyez-vous, dit Candide, que
les hommes se soient toujours mutuellement massacrés
comme ils le font aujourd'hui ? qu'ils aient toujours été
menteurs, fourbes, perfides, ingrats, brigands, faibles, volages,
lâches, envieux, gourmands, ivrognes, avares, ambitieux,
45 sanguinaires, calomniateurs, débauchés, fanatiques, hypo-
crites et sots ? – Croyez-vous, dit Martin, que les éperviers
aient toujours mangé des pigeons quand ils en ont trouvé ?
– Oui, sans doute, dit Candide. – Eh bien, dit Martin, si
les éperviers ont toujours eu le même caractère, pourquoi
50 voulez-vous que les hommes aient changé le leur ? – Oh !
dit Candide, il y a bien de la différence, car le libre arbitre[1]... »
En raisonnant ainsi, ils arrivèrent à Bordeaux.

1. *Libre arbitre :* la liberté intérieure, qui est censée définir la
spécificité de l'homme par rapport aux choses et aux bêtes.

Chapitre 21

LA PENTE DE LA SATIRE

Entre Surinam et l'Europe, la mer, qui porte à la métaphysique toujours recommencée. Mais aussi à la satire : Martin, docile porte-parole du dépit amoureux de Voltaire contre ses compatriotes, réchauffe sa bile sur les Français (Voltaire est interdit de séjour à Paris depuis son départ en Prusse en 1750, et n'y a jamais obtenu la consécration qu'il estimait mériter).

On pourra donc observer ici certains procédés de l'esprit satirique, qui est une manière d'écrire.

Mais c'est sans doute la réplique de Candide (« Pour moi... ») qui est la plus drôle. Et la plus courte. Notre philosophe manichéen parle trop pour être vraiment malheureux...

LES MOTS ET LES MAUX

Comment Voltaire tente-t-il d'égayer, de rendre piquants les propos désabusés du philosophe amer, et même un peu cynique (voir « vous en avez, je vous suivrai partout ») ? Les vingt chapitres précédents confirment-ils sa définition de l'homme ? Comme celle de Pangloss, la philosophie de Martin exclut le libre arbitre et enseigne la résignation : non parce qu'il y aurait une fin providentielle qui ferait servir les maux apparents à un bien réel, mais parce qu'il y a une nature des choses, des lois éternelles contre lesquelles il est vain de se révolter.

Voltaire a tenu de tels propos, mais il écrira aussi dans l'article « Homme » des *Questions sur l'Encyclopédie* (1771) : « [L'homme] est, par toute la terre, du naturel des agneaux tant qu'il est enfant. Pourquoi donc et comment devient-il si souvent loup et renard ? N'est-ce pas que, étant né ni bon ni méchant, l'éducation, l'exemple, le gouvernement dans lequel il se trouve jeté, l'occasion enfin, le déterminent à la vertu ou au crime ? » Martin est donc bien Voltaire, mais pas tout Voltaire. Candide, en revanche, oppose à Martin un concept métaphysique (le libre arbitre) auquel Voltaire a renoncé.

On mesure l'enjeu : selon Martin, l'homme est un malheur pour l'homme parce que le « mal » est inscrit dans sa nature (mais peut-on alors parler de « mal » ?). Selon l'article « Homme », l'homme n'est pas plus libre, mais il est déterminé par les conditions sociales de son existence historique, sur lesquelles on pourrait donc agir.

N'est-ce pas ce que suggérera à sa façon le dernier chapitre ?

Chapitre 22

Ce qui arriva en France
à Candide et à Martin.

CANDIDE ne s'arrêta dans Bordeaux qu'autant de temps
qu'il en fallait pour vendre quelques cailloux du Dorado,
et pour s'accommoder d'une bonne chaise[1] à deux places ;
car il ne pouvait plus se passer de son philosophe Martin.
5 Il fut seulement très fâché de se séparer de son mouton,
qu'il laissa à l'Académie des sciences de Bordeaux, laquelle
proposa pour le sujet du prix de cette année de trouver
pourquoi la laine de ce mouton était rouge ; et le prix fut
adjugé à un savant du Nord qui démontra par A plus B,
10 moins C, divisé par Z, que le mouton devait être rouge, et
mourir de la clavelée[2].

Cependant tous les voyageurs que Candide rencontra dans
les cabarets de la route lui disaient : « Nous allons à Paris. »
Cet empressement général lui donna enfin l'envie de voir
15 cette capitale ; ce n'était pas beaucoup se détourner du
chemin de Venise.

1. *Chaise* : une voiture de voyage.
2. *Clavelée* : maladie contagieuse propre aux bêtes à laine. Voltaire
était membre associé de l'Académie de Bordeaux. Mais il se moque
probablement aussi de l'Académie de Berlin et de son directeur
Maupertuis, avec qui il se prit de querelle lors de son séjour à Berlin
et à qui il reproche notamment de prétendre « qu'il n'y a pas d'autres
preuves de l'existence de Dieu que dans Z égal à BC divisé par A plus
B » (Voltaire, *Diatribe du docteur Akakia*).

Martin voulut jeter l'habitué par les fenêtres.

Candide . Ch. 22 .

Illustration de Moreau le Jeune pour *Candide* (chap. 22). B.N., Paris.

Il entra par le faubourg Saint-Marceau[1], et crut être dans le plus vilain village de la Westphalie.

20 À peine Candide fut-il dans son auberge qu'il fut attaqué d'une maladie légère causée par ses fatigues. Comme il avait au doigt un diamant énorme, et qu'on avait aperçu dans son équipage une cassette prodigieusement pesante, il eut aussitôt auprès de lui deux médecins qu'il n'avait pas mandés, quelques amis intimes qui ne le quittèrent pas, et deux 25 dévotes qui faisaient chauffer ses bouillons. Martin disait : « Je me souviens d'avoir été malade aussi à Paris dans mon premier voyage ; j'étais fort pauvre : aussi n'eus-je ni amis, ni dévotes, ni médecins, et je guéris. »

Cependant, à force de médecines[2] et de saignées, la 30 maladie de Candide devint sérieuse. Un habitué[3] du quartier vint avec douceur lui demander un billet payable au porteur[4] pour l'autre monde ; Candide n'en voulut rien faire. Les dévotes l'assurèrent que c'était une nouvelle mode ; Candide répondit qu'il n'était point homme à la mode. Martin voulut 35 jeter l'habitué par les fenêtres. Le clerc jura qu'on n'enterrerait point Candide. Martin jura qu'il enterrerait le clerc s'il continuait à les importuner. La querelle s'échauffa ; Martin le prit par les épaules et le chassa rudement ; ce qui causa un grand scandale, dont on fit un procès-verbal.

1. *Saint-Marceau :* l'entrée sud de Paris, « toute barbare et dont la rusticité dégoûtante offensait les yeux » (Voltaire, *le Monde comme il va*).
2. *Médecines :* remèdes.
3. *Habitué :* un prêtre habitué était affecté à une paroisse pour seconder le prêtre titulaire.
4. *Un billet au porteur :* jeu de mots sur le billet au porteur (qui préfigure le chèque) et le billet de confession, exigé des mourants pour dépister les jansénistes. Si ce billet n'était pas signé par un confesseur non réfractaire à la condamnation des thèses jansénistes contenues dans la bulle *Unigenitus* (1713), le malade n'avait droit ni à l'extrême-onction ni au viatique. L'affaire des billets de confession avait encore eu des suites en 1758.

40 Candide guérit ; et pendant sa convalescence il eut très
bonne compagnie à souper chez lui. On jouait gros jeu.
Candide était tout étonné que jamais les as ne lui vinssent ;
et Martin ne s'en étonnait pas.

 Parmi ceux qui lui faisaient les honneurs de la ville, il y
45 avait un petit abbé périgourdin, l'un de ces gens empressés,
toujours alertes, toujours serviables, effrontés, caressants,
accommodants, qui guettent les étrangers à leur passage, leur
content l'histoire scandaleuse de la ville, et leur offrent des
plaisirs à tout prix. Celui-ci mena d'abord Candide et Martin
50 à la comédie. On y jouait une tragédie nouvelle. Candide
se trouva placé auprès de quelques beaux esprits. Cela ne
l'empêcha pas de pleurer à des scènes jouées parfaitement.
Un des raisonneurs qui étaient à ses côtés lui dit dans un
entracte : « Vous avez grand tort de pleurer : cette actrice
55 est fort mauvaise ; l'acteur qui joue avec elle est plus mauvais
acteur encore ; la pièce est encore plus mauvaise que les
acteurs ; l'auteur ne sait pas un mot d'arabe, et cependant
la scène est en Arabie ; et, de plus, c'est un homme qui ne
croit pas aux idées innées[1] : je vous apporterai demain vingt
60 brochures contre lui. – Monsieur, combien avez-vous de
pièces de théâtre en France ? » dit Candide à l'abbé ; lequel
répondit : « Cinq ou six mille. – C'est beaucoup, dit Candide ;
combien y en a-t-il de bonnes ? – Quinze ou seize, répliqua
l'autre. – C'est beaucoup », dit Martin.
65 Candide fut très content d'une actrice qui faisait la reine
Élisabeth dans une assez plate tragédie[2] que l'on joue
quelquefois. « Cette actrice, dit-il à Martin, me plaît

───────────────────────────────

1. *Les idées innées :* allusion à Descartes. L'auteur attaqué est donc,
comme Voltaire, un disciple du philosophe anglais Locke (1632-1704),
dont l'*Essai sur l'entendement humain* date de 1690. Il s'agit
vraisemblablement de Voltaire lui-même, auteur de *Mahomet.*
2. *Plate tragédie : le Comte d'Essex* (1678) de Thomas Corneille.

beaucoup ; elle a un faux air de Mlle Cunégonde ; je serais
bien aise de la saluer. » L'abbé périgourdin s'offrit à
70 l'introduire chez elle. Candide, élevé en Allemagne, demanda
quelle était l'étiquette, et comment on traitait en France les
reines d'Angleterre. « Il faut distinguer, dit l'abbé ; en
province, on les mène au cabaret ; à Paris, on les respecte
quand elles sont belles, et on les jette à la voirie quand elles
75 sont mortes. — Des reines à la voirie ! dit Candide. — Oui
vraiment, dit Martin ; monsieur l'abbé a raison : j'étais à Paris
quand Mlle Monime[1] passa, comme on dit, de cette vie à
l'autre ; on lui refusa ce que ces gens-ci appellent *les honneurs
de la sépulture*, c'est-à-dire de pourrir avec tous les gueux du
80 quartier dans un vilain cimetière ; elle fut enterrée toute seule
de sa bande au coin de la rue de Bourgogne ; ce qui dut
lui faire une peine extrême, car elle pensait très noblement.
— Cela est bien impoli, dit Candide. — Que voulez-vous, dit
Martin ; ces gens-ci sont ainsi faits. Imaginez toutes les
85 contradictions, toutes les incompatibilités possibles, vous les
verrez dans le gouvernement, dans les tribunaux, dans les
églises, dans les spectacles de cette drôle de nation. — Est-il
vrai qu'on rit toujours à Paris ? dit Candide. — Oui, dit l'abbé,
mais c'est en enrageant ; car on s'y plaint de tout avec de
90 grands éclats de rire ; même on y fait en riant les actions
les plus détestables.

 — Quel est, dit Candide, ce gros cochon qui me disait tant
de mal de la pièce où j'ai tant pleuré et des acteurs qui m'ont
fait tant de plaisir ? — C'est un mal vivant, répondit l'abbé,
95 qui gagne sa vie à dire du mal de toutes les pièces et de
tous les livres ; il hait quiconque réussit comme les eunuques

1. *Monime :* Adrienne Lecouvreur (1692-1730) débuta en 1717 avec
le rôle de Monime, dans *Mithridate* de Racine. Excommuniée par
l'Église, comme tous les comédiens, elle mourut avant d'avoir pu se
repentir et fut enterrée comme le dit Voltaire.

haïssent les jouissants : c'est un de ces serpents de la littérature qui se nourrissent de fange et de venin ; c'est un folliculaire[1]. – Qu'appelez-vous folliculaire ? dit Candide. –
100 C'est, dit l'abbé, un faiseur de feuilles, un Fréron. »

C'est ainsi que Candide, Martin et le Périgourdin raisonnaient sur l'escalier, en voyant défiler le monde au sortir de la pièce. « Quoique je sois très empressé de revoir Mlle Cunégonde, dit Candide, je voudrais pourtant souper
105 avec Mlle Clairon ; car elle m'a paru admirable. »

L'abbé n'était pas homme à approcher de Mlle Clairon[2], qui ne voyait que bonne compagnie. « Elle est engagée pour ce soir, dit-il ; mais j'aurai l'honneur de vous mener chez une dame de qualité, et là vous connaîtrez Paris comme si
110 vous y aviez été quatre ans. »

Candide, qui était naturellement curieux, se laissa mener chez la dame, au fond du faubourg Saint-Honoré ; on y était occupé d'un pharaon[3] ; douze tristes pontes tenaient chacun en main un petit livre de cartes, registre cornu de leurs
115 infortunes. Un profond silence régnait, la pâleur était sur le front des pontes, l'inquiétude sur celui du banquier, et la dame du logis, assise auprès de ce banquier impitoyable, remarquait avec des yeux de lynx tous les parolis, tous les sept et le va de campagne[4], dont chaque joueur cornait ses

1. *Folliculaire :* mot nouveau inventé, semble-t-il, par Voltaire, et qui désigne depuis un mauvais journaliste, un pamphlétaire sans talent ni scrupule. Voltaire l'a formé sur le mot « follicule » employé en botanique (fruit sec en forme de feuille) et en anatomie (petit sac). Élie Fréron (1718-1776) fut un adversaire redoutable des philosophes, et de Voltaire en particulier, qu'il attaquait dans *l'Année littéraire.* La querelle s'envenime en 1760, et Voltaire introduit cette attaque, en 1761, contre le « gros cochon ».
2. *Mlle Clairon :* actrice célèbre (1723-1803), qui avait joué plusieurs tragédies de Voltaire. Son nom n'apparaît qu'en 1761.
3. *Pharaon :* jeu de hasard alors à la mode.
4. *Parolis... sept et le va de campagne :* termes de jeu.

120 cartes ; elle les faisait décorner avec une attention sévère mais
polie, et ne se fâchait point, de peur de perdre ses pratiques :
la dame se faisait appeler la marquise de Parolignac. Sa fille,
âgée de quinze ans, était au nombre des pontes et avertissait
d'un clin d'œil des friponneries de ces pauvres gens, qui
125 tâchaient de réparer les cruautés du sort. L'abbé périgourdin,
Candide et Martin entrèrent ; personne ne se leva, ni les
salua, ni les regarda ; tous étaient profondément occupés de
leurs cartes. « Madame la baronne de Thunder-ten-tronckh
était plus civile », dit Candide.
130 Cependant l'abbé s'approcha de l'oreille de la marquise,
qui se leva à moitié, honora Candide d'un sourire gracieux,
et Martin d'un air de tête tout à fait noble ; elle fit donner
un siège et un jeu de cartes à Candide, qui perdit cinquante
mille francs en deux tailles ; après quoi on soupa très
135 gaiement, et tout le monde était étonné que Candide ne fût
pas ému de sa perte ; les laquais disaient entre eux, dans
leur langage de laquais : « Il faut que ce soit quelque milord
anglais[1]. »
 Le souper fut comme la plupart des soupers de Paris :
140 d'abord du silence, ensuite un bruit de paroles qu'on ne
distingue point, puis des plaisanteries dont la plupart sont
insipides, de fausses nouvelles, de mauvais raisonnements,
un peu de politique et beaucoup de médisance : on parla
même de livres nouveaux. « Avez-vous vu, dit l'abbé
145 périgourdin, le roman du sieur Gauchat[2], docteur en
théologie ? – Oui, répondit un des convives, mais je n'ai pu
l'acheter. Nous avons une foule d'écrits impertinents, mais
tous ensemble n'approchent pas de l'impertinence de
Gauchat, docteur en théologie ; je suis si rassasié de cette

1. *Anglais* : à cause de la richesse ou du flegme des Anglais.
2. L'abbé Gabriel Gauchat (1709-1774), adversaire des philosophes
et de Voltaire.

150 immensité de détestables livres qui nous inondent que je me
suis mis à ponter[1] au pharaon. – Et les *Mélanges* de
l'archidiacre T...[2], qu'en dites-vous ? dit l'abbé. – Ah ! dit
Mme de Parolignac, l'ennuyeux mortel ! comme il vous dit
curieusement tout ce que le monde sait ! comme il discute
155 pesamment ce qui ne vaut pas la peine d'être remarqué
légèrement ! comme il s'approprie sans esprit l'esprit des
autres ! comme il gâte ce qu'il pille ! comme il me dégoûte !
Mais il ne me dégoûtera plus : c'est assez d'avoir lu quelques
pages de l'archidiacre. »

160 Il y avait à table un homme savant et de goût qui appuya
ce que disait la marquise. On parla ensuite de tragédie ; la
dame demanda pourquoi il y avait des tragédies qu'on jouait
quelquefois, et qu'on ne pouvait lire. L'homme de goût
expliqua très bien comment une pièce pouvait avoir quelque
165 intérêt et n'avoir presque aucun mérite ; il prouva en peu
de mots que ce n'était pas assez d'amener une ou deux de
ces situations qu'on trouve dans tous les romans, et qui
séduisent toujours les spectateurs, mais qu'il faut être neuf
sans être bizarre, souvent sublime, et toujours naturel ;
170 connaître le cœur humain et le faire parler ; être grand poète
sans que jamais aucun personnage de la pièce paraisse poète ;
savoir parfaitement sa langue, la parler avec pureté, avec une
harmonie continue, sans que jamais la rime coûte rien au
sens. « Quiconque, ajouta-t-il, n'observe pas toutes ces règles
175 peut faire une ou deux tragédies applaudies au théâtre, mais
il ne sera jamais compté au rang des bons écrivains ; il y
a très peu de bonnes tragédies ; les unes sont des idylles
en dialogues bien écrits et bien rimés ; les autres, des
raisonnements politiques qui endorment, ou des amplifica-
180 tions qui rebutent ; les autres, des rêves d'énergumène, en

1. *Ponter* : mettre de l'argent sur les cartes contre le banquier.
2. L'abbé Trublet (1677-1770), bête noire de Voltaire.

style barbare, des propos interrompus, de longues apostro-
phes aux dieux, parce qu'on ne sait point parler aux hommes,
des maximes fausses, des lieux communs ampoulés[1]. »

185 Candide écouta ce propos avec attention et conçut une
grande idée du discoureur ; et, comme la marquise avait eu
soin de le placer à côté d'elle, il s'approcha de son oreille,
et prit la liberté de lui demander qui était cet homme qui
parlait si bien. « C'est un savant, dit la dame, qui ne ponte
190 point, et que l'abbé m'amène quelquefois à souper ; il se
connaît parfaitement en tragédies et en livres, et il a fait une
tragédie sifflée et un livre dont on n'a jamais vu hors de la
boutique de son libraire qu'un exemplaire qu'il m'a dédié.
– Le grand homme ! dit Candide ; c'est un autre Pangloss. »
195 Alors, se tournant vers lui, il lui dit : « Monsieur vous
pensez sans doute que tout est au mieux dans le monde
physique et moral, et que rien ne pouvait être autrement ?
– Moi, Monsieur, lui répondit le savant, je ne pense rien
de tout cela : je trouve que tout va de travers chez nous ;
que personne ne sait ni quel est son rang, ni quelle est sa
200 charge, ni ce qu'il fait, ni ce qu'il doit faire, et qu'excepté
le souper, qui est assez gai et où il paraît assez d'union, tout
le reste du temps se passe en querelles impertinentes :
jansénistes contre molinistes[2], gens du parlement contre gens
d'église, gens de lettres contre gens de lettres, courtisans
205 contre courtisans, financiers contre le peuple, femmes contre
maris, parents contre parents ; c'est une guerre éternelle. »
Candide lui répliqua : « J'ai vu pis. Mais un sage, qui
depuis a eu le malheur d'être pendu, m'apprit que tout cela

1. « *Les unes... les autres... les autres* » : faut-il comprendre, dans
l'ordre, Racine, Corneille, Crébillon et ses imitateurs ?
2. *Molinistes :* autre nom des jésuites. Les parlements passaient, au
XVIIIe siècle, pour soutenir les jansénistes contre le pouvoir royal. Les
financiers, chargés de lever les impôts, étalaient un luxe tapageur.

est à merveille ; ce sont des ombres à un beau tableau. –
210 Votre pendu se moquait du monde, dit Martin ! vos ombres
sont des taches horribles. – Ce sont les hommes qui font
les taches, dit Candide, et ils ne peuvent pas s'en dispenser.
– Ce n'est donc pas leur faute », dit Martin. La plupart des
pontes[1], qui n'entendaient rien à ce langage, buvaient ; et
215 Martin raisonna avec le savant, et Candide raconta une partie
de ses aventures à la dame du logis.

Ayant soupé, la marquise mena Candide dans son cabinet
et le fit asseoir sur un canapé. « Eh bien, lui dit-elle, vous
aimez donc toujours éperdument Mlle Cunégonde de
220 Thunder-ten-tronckh ? – Oui, Madame », répondit Candide.
La marquise lui répliqua avec un sourire tendre : « Vous
me répondez comme un jeune homme de Westphalie ; un
Français m'aurait dit : « Il est vrai que j'ai aimé
Mlle Cunégonde ; mais en vous voyant, Madame, je crains
225 de ne la plus aimer. » – Hélas ! Madame, dit Candide, je
répondrai comme vous voudrez. – Votre passion pour elle,
dit la marquise, a commencé en ramassant son mouchoir ;
je veux que vous ramassiez ma jarretière. – De tout mon
cœur », dit Candide ; et il la ramassa. « Mais je veux que
230 vous me la remettiez », dit la dame ; et Candide la lui remit.
« Voyez-vous, dit la dame, vous êtes étranger ; je fais
quelquefois languir mes amants de Paris quinze jours, mais
je me rends à vous dès la première nuit, parce qu'il faut
faire les honneurs de son pays à un jeune homme de
235 Westphalie. » La belle, ayant aperçu deux énormes diamants
aux deux mains de son jeune étranger, les loua de si bonne
foi que des doigts de Candide ils passèrent aux doigts de
la marquise.

Candide, en s'en retournant avec son abbé périgourdin,
240 sentit quelques remords d'avoir fait une infidélité à

1. *Ponte* : le joueur qui ponte.

Mlle Cunégonde ; monsieur l'abbé entra dans sa peine ; il n'avait qu'une légère part aux cinquante mille livres perdues au jeu par Candide, et à la valeur des deux brillants, moitié donnés, moitié extorqués. Son dessein était de profiter, autant
245 qu'il le pourrait, des avantages que la connaissance de Candide pouvait lui procurer. Il lui parla beaucoup de Cunégonde ; et Candide lui dit qu'il demanderait bien pardon à cette belle de son infidélité, quand il la verrait à Venise.

Le Périgourdin redoublait de politesses et d'attentions, et
250 prenait un intérêt tendre à tout ce que Candide disait, à tout ce qu'il faisait, à tout ce qu'il voulait faire.

« Vous avez donc, Monsieur, lui dit-il, un rendez-vous à Venise ? – Oui, monsieur l'abbé, dit Candide ; il faut absolument que j'aille trouver Mlle Cunégonde. » Alors,
255 engagé par le plaisir de parler de ce qu'il aimait, il conta, selon son usage, une partie de ses aventures avec cette illustre Westphalienne.

« Je crois, dit l'abbé, que Mlle Cunégonde a bien de l'esprit, et qu'elle écrit des lettres charmantes ? – Je n'en ai jamais
260 reçu, dit Candide ; car figurez-vous qu'ayant été chassé du château pour l'amour d'elle je ne pus lui écrire ; que bientôt après j'appris qu'elle était morte, qu'ensuite je la retrouvai, et que je la perdis, et que je lui ai envoyé à deux mille cinq cents lieues d'ici un exprès[1] dont j'attends la réponse. »
265 L'abbé écoutait attentivement, et paraissait un peu rêveur. Il prit bientôt congé des deux étrangers après les avoir tendrement embrassés. Le lendemain Candide reçut à son réveil une lettre conçue en ces termes :

Monsieur, mon très cher amant, il y a huit jours que je suis
270 *malade en cette ville ; j'apprends que vous y êtes. Je volerais dans vos bras si je pouvais remuer. J'ai su votre passage à Bordeaux ;*

1. *Un exprès :* un messager chargé d'une mission.

j'y ai laissé le fidèle Cacambo et la vieille, qui doivent bientôt me
suivre. Le gouverneur de Buenos Aires a tout pris, mais il me reste
votre cœur. Venez, votre présence me rendra la vie, ou me fera mourir
275 *de plaisir.*

Cette lettre charmante, cette lettre inespérée, transporta
Candide d'une joie inexprimable ; et la maladie de sa chère
Cunégonde l'accabla de douleur. Partagé entre ces deux
sentiments, il prend son or et ses diamants, et se fait conduire
280 avec Martin à l'hôtel où Mlle Cunégonde demeurait. Il entre
en tremblant d'émotion, son cœur palpite, sa voix sanglote ;
il veut ouvrir les rideaux du lit, il veut faire apporter de la
lumière. « Gardez-vous-en bien, lui dit la suivante, la lumière
la tue » ; et soudain elle referme le rideau. « Ma chère
285 Cunégonde, dit Candide en pleurant, comment vous
portez-vous ? si vous ne pouvez me voir, parlez-moi du
moins. – Elle ne peut parler », dit la suivante. La dame alors
tire du lit une main potelée que Candide arrose longtemps
de ses larmes, et qu'il remplit ensuite de diamants, en laissant
290 un sac plein d'or sur le fauteuil.

Au milieu de ses transports arrive un exempt[1] suivi de
l'abbé périgourdin et d'une escouade. « Voilà donc, dit-il,
ces deux étrangers suspects ? » Il les fait incontinent saisir,
et ordonne à ses braves de les traîner en prison. « Ce n'est
295 pas ainsi qu'on traite les voyageurs dans le Dorado, dit
Candide. – Je suis plus manichéen que jamais, dit Martin.
– Mais, Monsieur, où nous menez-vous, dit Candide. – Dans
un cul-de-basse-fosse[2] », dit l'exempt.

Martin, ayant repris son sang-froid, jugea que la dame qui
300 se prétendait Cunégonde était une friponne, monsieur l'abbé
périgourdin un fripon qui avait abusé au plus vite de

1. *Exempt :* officier de police.
2. *Cul-de-basse-fosse :* cachot souterrain.

l'innocence de Candide, et l'exempt un autre fripon dont
on pouvait aisément se débarrasser.

Plutôt que de s'exposer aux procédures de la justice,
305 Candide, éclairé par son conseil, et d'ailleurs toujours
impatient de revoir la véritable Cunégonde, propose à
l'exempt trois petits diamants d'environ trois mille pistoles
chacun. « Ah ! Monsieur, lui dit l'homme au bâton d'ivoire[1],
eussiez-vous commis tous les crimes imaginables, vous êtes
310 le plus honnête homme du monde ; trois diamants ! chacun
de trois mille pistoles ! Monsieur ! je me ferais tuer pour vous,
au lieu de vous mener dans un cachot. On arrête tous les
étrangers, mais laissez-moi faire ; j'ai un frère à Dieppe en
Normandie, je vais vous y mener ; et si vous avez quelque
315 diamant à lui donner, il aura soin de vous comme moi-même.
— Et pourquoi arrête-t-on tous les étrangers ? » dit
Candide. L'abbé périgourdin prit alors la parole et dit : « C'est
parce qu'un gueux du pays d'Atrébatie a entendu dire des
sottises : cela seul lui a fait commettre un parricide, non
320 pas tel que celui de 1610 au mois de mai, mais tel que celui
de 1594 au mois de décembre, et tel que plusieurs autres
commis dans d'autres années et dans d'autres mois par
d'autres gueux qui avaient entendu dire des sottises[2]. »

L'expert alors expliqua de quoi il s'agissait. « Ah, les
325 monstres ! s'écria Candide ; quoi ! de telles horreurs chez
un peuple qui danse et qui chante ! Ne pourrai-je sortir au

1. *Bâton d'ivoire :* un exempt portait un bâton d'ébène à bouts
d'ivoire.
2. *Sottises :* on procéda à de nombreuses arrestations après l'attentat
de Damiens (un coup de canif) contre Louis XV le 5 janvier 1757.
Damiens était né à Arras en 1715 : les habitants de l'Artois actuel
s'appellent dans César *(la Guerre des Gaules)* les Atrébates. 1594 :
attentat de Jean Châtel contre Henri IV. Mai 1610 : attentat de
Ravaillac. Comme eux, Damiens avançait des motifs religieux. La litote
(« des sottises ») désigne donc le fanatisme.

plus vite de ce pays où des singes agacent des tigres ? J'ai
vu des ours dans mon pays ; je n'ai vu des hommes que
dans le Dorado. Au nom de Dieu, monsieur l'exempt,
330 menez-moi à Venise, où je dois attendre Mlle Cunégonde.
– Je ne peux vous mener qu'en Basse-Normandie », dit le
barigel[1]. Aussitôt il lui fait ôter ses fers, dit qu'il s'est mépris,
renvoie ses gens et emmène à Dieppe Candide et Martin,
et les laisse entre les mains de son frère. Il y avait un petit
335 vaisseau hollandais à la rade. Le Normand, à l'aide de trois
autres diamants devenu le plus serviable des hommes,
embarque Candide et ses gens dans le vaisseau qui allait faire
voile pour Portsmouth en Angleterre. Ce n'était pas le chemin
de Venise ; mais Candide croyait être délivré de l'enfer, et
340 il comptait bien reprendre la route de Venise à la première
occasion.

1. *Barigel :* Dieppe est plutôt en Haute-Normandie. Le barigel est le
chef de la police dans certaines villes d'Italie.

Chapitre 22

LE SÉJOUR LE PLUS LONG

« ... je n'ai nulle curiosité de voir la France », disait Candide (chapitre 21). L'ironie du romancier consacre à Paris le plus long chapitre, et de loin, du récit.

C'est que la première version (déjà remaniée) déçut les lecteurs. Artisan consciencieux, Voltaire le refit et l'étoffa, comme il refaisait ses pièces de théâtre quand les critiques lui semblaient justes : en bon classique, il pensait que la principale règle était de plaire. C'est le seul des trente chapitres du roman dont nous conservons plusieurs versions (trois) : preuve que *Candide* n'était pas pour lui une bagatelle, une « coïonnerie », preuve aussi que ce chapitre se présentait mal.

Mais pouvait-on éviter de passer par Paris, comme on faisait l'impasse sur l'Angleterre (chapitre 23) ? Ce n'est pas un problème d'intrigue : c'est une question de morale artistique.

On examinera donc le découpage du chapitre et l'organisation des principales séquences.

FAUNE PARISIENNE ET JUNGLE DES VILLES

Paris est (avec Londres) la plus grande ville du monde occidental. Candide devrait donc y rencontrer les institutions, les types et les mœurs caractéristiques de la civilisation urbaine : est-ce le cas ?

Quel passage vous semble à cet égard le plus réussi ?

PARIS-FICTION

On pourra comparer cette satire de Paris, ni vraiment réussie ni tout à fait ratée, avec *Manon Lescaut*, de Prévost, *la Vie de Marianne* et *le Paysan parvenu*, de Marivaux, *la Nouvelle Héloïse*, de Rousseau, *le Neveu de Rameau*, de Diderot, *le Tableau de Paris*, de S. Mercier, etc.

Cette confrontation ne sera pas inutile pour mieux saisir la mutation du statut de Paris dans le roman (et la poésie) du XIX[e] siècle.

Exécution de l'amiral Byng à bord du *Monarque,*
en rade de Portsmouth (détail d'une gravure anonyme).

Chapitre 23

Candide et Martin vont sur les côtes d'Angleterre ; ce qu'ils y voient.

« A̲H, PANGLOSS ! Pangloss ! Ah ! Martin ! Martin ! Ah, ma
chère Cunégonde ! qu'est-ce que ce monde-ci ? disait Candide
sur le vaisseau hollandais. – Quelque chose de bien fou et
de bien abominable, répondait Martin. – Vous connaissez
5 l'Angleterre ; y est-on aussi fou qu'en France ? – C'est une
autre espèce de folie, dit Martin. Vous savez que ces deux
nations sont en guerre pour quelques arpents de neige vers
le Canada[1], et qu'elles dépensent pour cette belle guerre
beaucoup plus que tout le Canada ne vaut. De vous dire
10 précisément s'il y a plus de gens à lier dans un pays que
dans un autre, c'est ce que mes faibles lumières ne me
permettent pas. Je sais seulement qu'en général les gens que
nous allons voir sont fort atrabilaires[2]. »

En causant ainsi ils abordèrent à Portsmouth ; une
15 multitude de peuple couvrait le rivage, et regardait attentive-
ment un assez gros homme qui était à genoux, les yeux

1. Célèbre formule, fort reprochée à Voltaire. Prise à la lettre, elle
ne s'applique qu'à une zone frontière (« vers »). « Tout le Canada »
désigne, en 1758, le nord des Grands Lacs et la vallée du Saint-Laurent.
Voltaire sait bien sûr que le Canada n'est pas la cause principale de
la guerre franco-anglaise.
2. *Atrabilaire :* nouvelle allusion à un lieu commun, le « spleen »
anglais. Le misanthrope de Molière est un atrabilaire amoureux. Il s'agit
donc d'un tempérament triste et colérique.

bandés, sur le tillac d'un des vaisseaux de la flotte ; quatre
soldats, postés vis-à-vis de cet homme, lui tirèrent chacun
trois balles dans le crâne le plus paisiblement du monde,
20 et toute l'assemblée s'en retourna extrêmement satisfaite.
« Qu'est-ce donc que tout ceci ? dit Candide, et quel démon
exerce partout son empire ? » Il demanda qui était ce gros
homme qu'on venait de tuer en cérémonie. « C'était un
amiral, lui répondit-on. – Et pourquoi tuer cet amiral ? –
25 C'est, lui dit-on, parce qu'il n'a pas fait tuer assez de monde ;
il a livré un combat à un amiral français, et on a trouvé qu'il
n'était pas assez près de lui. – Mais, dit Candide, l'amiral
français était aussi loin de l'amiral anglais que celui-ci l'était
de l'autre ! – Cela est incontestable, lui répliqua-t-on ; mais
30 dans ce pays-ci il est bon de tuer de temps en temps un
amiral pour encourager les autres[1]. »

 Candide fut si étourdi et si choqué de ce qu'il voyait, et
de ce qu'il entendait, qu'il ne voulut pas seulement mettre
pied à terre, et qu'il fit son marché avec le patron hollandais
35 (dût-il le voler comme celui de Surinam) pour le conduire
sans délai à Venise.

 Le patron fut prêt au bout de deux jours. On côtoya la
France ; on passa à la vue de Lisbonne, et Candide frémit.
On entra dans le détroit et dans la Méditerranée ; enfin on
40 aborda à Venise. « Dieu soit loué ! dit Candide en embrassant
Martin ; c'est ici que je reverrai la belle Cunégonde. Je compte
sur Cacambo comme sur moi-même. Tout est bien, tout va
bien, tout va le mieux qu'il soit possible. »

1. *Pour encourager les autres :* l'amiral Byng fut exécuté dans la rade
de Portsmouth le 14 mars 1757, pour manque de combativité devant
la flotte française qui assiégeait Port-Mahon, dans l'île de Minorque
(1756). Voltaire intervint en sa faveur.

Chapitre 23

L'ÎLE INTERDITE

1. Ce n'est pas le plus court chapitre, mais il s'en faut de peu ! Paradoxe ironique, si l'on songe au grand livre élogieux que Voltaire consacra aux Anglais (*Lettres philosophiques*, 1734), et qui parut d'abord, en anglais, à Londres (1733). Paradoxe accentué par le contraste brutal avec le chapitre 22. Il n'est donc pas déraisonnable de considérer ce coup d'œil sur les côtes anglaises comme une provocante ellipse, qu'expliquent sans doute les difficultés d'accouchement de l'épisode parisien.

Encore faut-il la justifier : Voltaire s'en préoccupe-t-il, et comment ?

2. Il nous offre, en compensation de ce débarquement avorté, une définition satirique des Anglais, qu'on pourra comparer avec celle du chapitre 21, mais qui ne cherche manifestement pas à exciter le lecteur : plus blasé que jamais, Martin cultive le poncif atrabilaire.

L'ŒIL ÉTOURDI

Conversation rebattue, cliché usé ; cette banalité a peut-être fonction de leurre, car un gros plan brutal va réveiller le lecteur : on tue paisiblement, à bout portant, un amiral, parce qu'il n'a pas assez tué, et pour encourager les autres. On a déjà oublié le « chaos » des aventures parisiennes, on n'oubliera pas l'exécution du gros amiral. Pourquoi ? Il faut examiner la technique du gros plan, qui focalise les détails, qui simplifie les comportements et les motivations en les coupant de leur entour, qui transforme l'odieux en absurde. On épinglera quelques beaux spécimens d'antiphrase, d'alliance de mots, de causalités déconcertantes, de propositions à la Swift...

Décidément, l'œil étourdi, en art, vaut mieux que l'œil blasé : de la définition (dite par Martin) à la description (vue par Candide), quel abîme !

POLITIQUES DU NON-DIT

Reste qu'on peut s'interroger sur la portée de cette scène à vocation symbolique. Car tel est bien le statut paradoxal du gros plan ironique faussement candide : il détache la scène du contexte et, du même mouvement, il la rend emblématique de toute l'Angleterre. En quoi cette exécution est-elle typique de l'esprit anglais ? À suivre la lettre du texte, elle relève de l'esprit... atrabilaire ! C'est drôle, mais un peu court. Pourrait-on débusquer des allusions plus retorses ? Par exemple, quelle célèbre cité antique se complaisait dans ces pratiques vertueuses et hautement patriotiques, qui transportent Montesquieu, Rousseau et les pédagogues de collège, mais manifestement pas Voltaire...

On pourra aussi rapprocher cette scène d'un épisode du chapitre 22 et se demander si ce n'est pas dans ce parallélisme, appelé par la date (1757), qu'il faut chercher la vraie raison d'être de cette belle page, plus réussie que vraiment significative de l'Angleterre voltairienne.

Chapitre 24

De Paquette et de frère Giroflée.

Dès qu'il fut à Venise, il fit chercher Cacambo dans tous les cabarets, dans tous les cafés, chez toutes les filles de joie, et ne le trouva point. Il envoyait tous les jours à la découverte de tous les vaisseaux et de toutes les barques : nulles
5 nouvelles de Cacambo. « Quoi ! disait-il à Martin, j'ai eu le temps de passer de Surinam à Bordeaux, d'aller de Bordeaux à Paris, de Paris à Dieppe, de Dieppe à Portsmouth, de côtoyer le Portugal et l'Espagne, de traverser toute la Méditerranée, de passer quelques mois à Venise, et la belle
10 Cunégonde n'est point venue ! Je n'ai rencontré au lieu d'elle qu'une drôlesse et un abbé périgourdin ! Cunégonde est morte sans doute, je n'ai plus qu'à mourir. Ah ! il valait mieux rester dans le paradis du Dorado que de revenir dans cette maudite Europe. Que vous avez raison, mon cher Martin !
15 tout n'est qu'illusion et calamité. »

Il tomba dans une mélancolie noire, et ne prit aucune part à l'opéra *alla moda* ni aux autres divertissements du carnaval ; pas une dame ne lui donna la moindre tentation. Martin lui dit : « Vous êtes bien simple, en vérité, de vous figurer
20 qu'un valet métis, qui a cinq ou six millions dans ses poches, ira chercher votre maîtresse au bout du monde et vous l'amènera à Venise. Il la prendra pour lui s'il la trouve. S'il ne la trouve pas, il en prendra une autre : je vous conseille d'oublier votre valet Cacambo et votre maîtresse Cuné-
25 gonde. » Martin n'était pas consolant. La mélancolie de Candide augmenta et Martin ne cessait de lui prouver qu'il y avait peu de vertu et peu de bonheur sur la terre, excepté peut-être dans Eldorado, où personne ne pouvait aller.

173

En disputant sur cette matière importante, et en attendant
30 Cunégonde, Candide aperçut un jeune théatin dans la place
Saint-Marc[1], qui tenait sous le bras une fille. Le théatin
paraissait frais, potelé, vigoureux ; ses yeux étaient brillants,
son air assuré, sa mine haute, sa démarche fière. La fille était
très jolie et chantait ; elle regardait amoureusement son
35 théatin, et de temps en temps lui pinçait ses grosses joues.
« Vous m'avouerez du moins, dit Candide à Martin, que
ces gens-ci sont heureux. Je n'ai trouvé jusqu'à présent dans
toute la terre habitable, excepté dans Eldorado, que des
infortunés ; mais, pour cette fille et ce théatin, je gage que
40 ce sont des créatures très heureuses. – Je gage que non, dit
Martin. – Il n'y a qu'à les prier à dîner, dit Candide, et vous
verrez si je me trompe. »

Aussitôt il les aborde, il leur fait son compliment, et les
invite à venir à son hôtellerie manger des macaronis, des
45 perdrix de Lombardie, des œufs d'esturgeon, et à boire du
vin de Montepulciano, du lacryma-christi, du chypre et du
samos. La demoiselle rougit, le théatin accepta la partie[2], et
la fille le suivit en regardant Candide avec des yeux de
surprise et de confusion qui furent obscurcis de quelques
50 larmes. À peine fut-elle entrée dans la chambre de Candide
qu'elle lui dit : « Eh quoi ! monsieur Candide ne reconnaît
plus Paquette ! » À ces mots, Candide, qui ne l'avait pas
considérée jusque-là avec attention, parce qu'il n'était occupé
que de Cunégonde, lui dit : « Hélas, ma pauvre enfant, c'est
55 donc vous qui avez mis le docteur Pangloss dans le bel état
où je l'ai vu ? – Hélas ! Monsieur, c'est moi-même, dit
Paquette ; je vois que vous êtes instruit de tout. J'ai su les
malheurs épouvantables arrivés à toute la maison de madame

1. *Ordre des Théatins :* fondé en Italie au XIVe siècle. *La place
Saint-Marc :* la plus célèbre place de Venise.
2. *Partie :* la partie de plaisir.

la baronne et à la belle Cunégonde. Je vous jure que ma
60 destinée n'a guère été moins triste. J'étais fort innocente
quand vous m'avez vue. Un cordelier qui était mon
confesseur me séduisit aisément. Les suites en furent
affreuses ; je fus obligée de sortir du château quelque temps
après que monsieur le baron vous eut renvoyé à grands coups
65 de pied dans le derrière. Si un fameux médecin n'avait pas
pris pitié de moi, j'étais morte. Je fus quelque temps par
reconnaissance la maîtresse de ce médecin. Sa femme, qui
était jalouse à la rage, me battait tous les jours impitoyable-
ment ; c'était une furie. Ce médecin était le plus laid de tous
70 les hommes, et moi la plus malheureuse de toutes les
créatures d'être battue continuellement pour un homme que
je n'aimais pas. Vous savez, Monsieur, combien il est
dangereux pour une femme acariâtre d'être l'épouse d'un
médecin. Celui-ci, outré des procédés de sa femme, lui donna
75 un jour, pour la guérir d'un petit rhume, une médecine si
efficace qu'elle en mourut en deux heures de temps dans
des convulsions horribles. Les parents de madame intentèrent
à monsieur un procès criminel ; il prit la fuite, et moi je fus
mise en prison. Mon innocence ne m'aurait pas sauvée si
80 je n'avais été un peu jolie. Le juge m'élargit à condition qu'il
succéderait au médecin. Je fus bientôt supplantée par une
rivale, chassée sans récompense, et obligée de continuer ce
métier abominable qui vous paraît si plaisant à vous autres
hommes, et qui n'est pour nous qu'un abîme de misères.
85 J'allai exercer la profession à Venise. Ah ! Monsieur, si vous
pouviez vous imaginer ce que c'est que d'être obligée de
caresser indifféremment un vieux marchand, un avocat, un
moine, un gondolier, un abbé ; d'être exposée à toutes les
insultes, à toutes les avanies ; d'être souvent réduite à
90 emprunter une jupe pour aller se la faire lever par un homme
dégoûtant ; d'être volée par l'un de ce qu'on a gagné avec
l'autre ; d'être rançonnée par les officiers de justice, et de
n'avoir en perspective qu'une vieillesse affreuse, un hôpital

175

et un fumier[1], vous concluriez que je suis une des plus
95 malheureuses créatures du monde. »

Paquette ouvrait ainsi son cœur au bon Candide, dans un
cabinet, en présence de Martin, qui disait à Candide : « Vous
voyez que j'ai déjà gagné la moitié de la gageure. »

Frère Giroflée était resté dans la salle à manger, et buvait
100 un coup en attendant le dîner. « Mais, dit Candide à Paquette,
vous aviez l'air si gai, si content, quand je vous ai rencontrée ;
vous chantiez, vous caressiez le théatin avec une complai-
sance naturelle ; vous m'avez paru aussi heureuse que vous
prétendez être infortunée. – Ah ! Monsieur, répondit
105 Paquette, c'est encore là une des misères du métier. J'ai été
hier volée et battue par un officier, et il faut aujourd'hui que
je paraisse de bonne humeur pour plaire à un moine. »

Candide n'en voulut pas davantage ; il avoua que Martin
avait raison. On se mit à table avec Paquette et le théatin,
110 le repas fut assez amusant, et sur la fin on se parla avec
quelque confiance. « Mon père, dit Candide au moine, vous
me paraissez jouir d'une destinée que tout le monde doit
envier ; la fleur de la santé brille sur votre visage, votre
physionomie annonce le bonheur ; vous avez une très jolie
115 fille pour votre récréation[2], et vous paraissez très content
de votre état de théatin.

– Ma foi, Monsieur, dit frère Giroflée, je voudrais que
tous les théatins fussent au fond de la mer. J'ai été tenté
cent fois de mettre le feu au couvent, et d'aller me faire Turc.
120 Mes parents me forcèrent à l'âge de quinze ans d'endosser
cette détestable robe, pour laisser plus de fortune à un maudit
frère aîné que Dieu confonde[3] ! La jalousie, la discorde, la

1. *Un fumier :* la décharge publique où son corps sera jeté pour cause
de prostitution.
2. *Récréation :* amusement.
3. Pratique courante sous l'Ancien Régime pour éviter la dispersion
du patrimoine familial.

rage, habitent dans le couvent. Il est vrai que j'ai prêché
quelques mauvais sermons qui m'ont valu un peu d'argent,
125 dont le prieur me vole la moitié : le reste me sert à entretenir
des filles ; mais, quand je rentre le soir dans le monastère,
je suis prêt de me casser la tête contre les murs du dortoir ;
et tous mes confrères sont dans le même cas. »

Martin se tournant vers Candide avec son sang-froid ordi-
130 naire : « Eh bien, lui dit-il, n'ai-je pas gagné la gageure tout
entière ? » Candide donna deux mille piastres à Paquette et
mille piastres à frère Giroflée. « Je vous réponds, dit-il, qu'avec
cela ils seront heureux. — Je n'en crois rien du tout, dit Martin ;
vous les rendrez peut-être avec ces piastres beaucoup plus
135 malheureux encore. — Il en sera ce qui pourra, dit Candide ;
mais une chose me console, je vois qu'on retrouve souvent les
gens qu'on ne croyait jamais retrouver ; il se pourra bien faire
qu'ayant rencontré mon mouton rouge et Paquette, je ren-
contre aussi Cunégonde. — Je souhaite, dit Martin, qu'elle fasse
140 un jour votre bonheur ; mais c'est de quoi je doute fort. — Vous
êtes bien dur, dit Candide. — C'est que j'ai vécu, dit Martin.

— Mais regardez ces gondoliers, dit Candide ; ne chantent-
ils pas sans cesse ? — Vous ne les voyez pas dans leur ménage,
avec leurs femmes et leurs marmots d'enfants, dit Martin.
145 Le doge a ses chagrins, les gondoliers ont les leurs. Il est
vrai qu'à tout prendre le sort d'un gondolier est préférable
à celui d'un doge ; mais je crois la différence si médiocre
que cela ne vaut pas la peine d'être examiné.

— On parle, dit Candide, du sénateur Pococuranté[1] qui
150 demeure dans ce beau palais sur la Brenta, et qui reçoit assez
bien les étrangers. On prétend que c'est un homme qui n'a
jamais eu de chagrin. — Je voudrais voir une espèce si rare »,
dit Martin. Candide aussitôt fit demander au seigneur
Pococuranté la permission de venir le voir le lendemain.

1. *Pococuranté :* en italien, « peu soucieux ». *La Brenta :* rivière qui
se jette dans la lagune de Venise.

Chapitre 24

VENISE OU LA MÉLANCOLIE

À Venise, casino et lupanar de l'Europe classique (11 000 prostituées sur 130 000 habitants au XVIᵉ siècle), Candide broie du noir.

Le philosophe à la bouche amère le réconforte du mieux qu'il sait, mais ses consolations manquent peut-être d'un peu de moelleux.

Ayant pris goût (c'est bon signe) à la morale expérimentale, et ayant même, apparemment, compris la différence entre une loi et une exception, Candide organise une épreuve par interview : décidément, c'est devenu une manie.

Il ne s'agit plus de savoir (le temps est à la crise des valeurs) si le monde va bien, mais s'il existe deux créatures heureuses. Candide défend, le dos au mur, quelques miettes de panglossisme.
Il est à craindre que des oiseaux de malheur ne viennent les lui picorer dans la main.
Jouons, avec un chapitre d'avance, les Pococuranté dégoûtés et faisons la fine bouche : schéma éprouvé, scénario redondant, procédure sans surprise...

La seule question est donc de savoir si le savoir-faire voltairien nous donne le plaisir de la variation sur un thème imposé.

On observera :
– le désespoir de Candide ;
– la rugosité de Martin ;
– la réponse des deux cobayes ;
– la conclusion qu'en tire notre néophyte en philosophie du désespoir (sans doute la vraie trouvaille du chapitre).

On se demandera enfin si la morale est bien une science expérimentale. Ce qui prouve qu'on ne perd jamais son temps à écouter les autres. Même en les payant. À condition de n'en faire qu'à sa tête, comme le doux Candide aux espoirs indéracinables.

Chapitre 25

Visite chez le seigneur Pococuranté,
noble Vénitien.

C ANDIDE et Martin allèrent en gondole sur la Brenta et
arrivèrent au palais du noble Pococuranté. Les jardins étaient
bien entendus[1] et ornés de belles statues de marbre ; le palais,
d'une belle architecture. Le maître du logis, homme de
5 soixante ans, fort riche, reçut très poliment les deux curieux,
mais avec très peu d'empressement, ce qui déconcerta
Candide et ne déplut point à Martin.

D'abord deux filles jolies et proprement mises[2] servirent
du chocolat qu'elles firent très bien mousser. Candide ne
10 put s'empêcher de les louer sur leur beauté, sur leur bonne
grâce et sur leur adresse. « Ce sont d'assez bonnes créatures,
dit le sénateur Pococuranté ; je les fais quelquefois coucher
dans mon lit, car je suis bien las des dames[3] de la ville, de
leurs coquetteries, de leurs jalousies, de leurs querelles, de
15 leurs humeurs, de leurs petitesses, de leur orgueil, de leur
sottise, et des sonnets qu'il faut faire ou commander pour
elles ; mais, après tout, ces deux filles commencent fort à
m'ennuyer. »

Candide, après le déjeuner, se promenant dans une longue
20 galerie, fut surpris de la beauté des tableaux. Il demanda de

1. *Bien entendus :* bien conçus.
2. *Proprement mises :* habillées avec élégance.
3. *Dames :* femmes de la bonne société.

quel maître étaient les deux premiers. « Ils sont de Raphaël,
dit le sénateur ; je les achetai fort cher par vanité il y a
quelques années ; on dit que c'est ce qu'il y a de plus beau
en Italie, mais ils ne me plaisent point du tout : la couleur
25 en est très rembrunie[1] ; les figures ne sont pas assez arrondies
et ne sortent point assez[2] ; les draperies ne ressemblent en
rien à une étoffe ; en un mot, quoi qu'on en dise, je ne trouve
point là une imitation vraie de la nature elle-même. Je
n'aimerai un tableau que quand je croirai voir la nature
30 elle-même : il n'y en a point de cette espèce. J'ai beaucoup
de tableaux, mais je ne les regarde plus. »
 Pococuranté, en attendant le dîner, se fit donner un
concerto. Candide trouva la musique délicieuse. « Ce bruit,
dit Pococuranté, peut amuser une demi-heure ; mais, s'il dure
35 plus longtemps, il fatigue tout le monde, quoique personne
n'ose l'avouer. La musique aujourd'hui n'est plus que l'art
d'exécuter des choses difficiles, et ce qui n'est que difficile
ne plaît point à la longue.
 « J'aimerais peut-être mieux l'opéra, si on n'avait pas
40 trouvé le secret d'en faire un monstre qui me révolte. Ira
voir qui voudra de mauvaises tragédies en musique, où les
scènes ne sont faites que pour amener, très mal à propos,
deux ou trois chansons ridicules qui font valoir le gosier
d'une actrice ; se pâmera de plaisir qui voudra, ou qui pourra,
45 en voyant un châtré fredonner le rôle de César et de Caton[3]
et se promener d'un air gauche sur des planches ; pour moi,
il y a longtemps que j'ai renoncé à ces pauvretés, qui font
aujourd'hui la gloire de l'Italie, et que des souverains paient

1. *Rembrunie :* Voltaire n'était pas seul à faire ce reproche.
2. *Arrondir des figures :* en peinture, bien faire sentir les couleurs
et les saillies. *Sortir :* autre terme de peinture : avoir du relief.
3. *Caton :* adversaire de César.

si chèrement. » Candide disputa un peu, mais avec discrétion.
50 Martin fut entièrement de l'avis du sénateur[1].

On se mit à table, et, après un excellent dîner, on entra dans
la bibliothèque. Candide, en voyant un Homère magnifique-
ment relié, loua l'illustrissime sur son bon goût. « Voilà, dit-il,
un livre qui faisait les délices du grand Pangloss, le meilleur
55 philosophe de l'Allemagne. – Il ne fait pas les miennes, dit
froidement Pococuranté ; on me fit accroire autrefois que
j'avais du plaisir en le lisant ; mais cette répétition continuelle
de combats qui se ressemblent tous, ces dieux qui agissent
toujours pour ne rien faire de décisif, cette Hélène qui est le
60 sujet de la guerre, et qui à peine est une actrice de la pièce, cette
Troie qu'on assiège et qu'on ne prend point[2], tout cela me
causait le plus mortel ennui. J'ai demandé quelquefois à des
savants s'ils s'ennuyaient autant que moi à cette lecture. Tous
les gens sincères m'ont avoué que le livre leur tombait des
65 mains, mais qu'il fallait toujours l'avoir dans sa bibliothèque,
comme un monument de l'Antiquité, et comme ces médailles
rouillées qui ne peuvent être de commerce.

– Votre Excellence ne pense pas ainsi de Virgile ? dit
Candide. – Je conviens, dit Pococuranté, que le second, le
70 quatrième et le sixième livre de son *Énéide*[3] sont excellents ;
mais pour son pieux Énée, et le fort Cloanthe, et l'ami
Achates, et le petit Ascanius, et l'imbécile roi Latinus, et la
bourgeoise Amata, et l'insipide Lavinia, je ne crois pas qu'il
y ait rien de si froid et de plus désagréable. J'aime mieux
75 le Tasse et les contes à dormir debout de l'Arioste[4].

1. Allusions aux polémiques sur l'opéra, la musique italienne et française (Rameau).
2. *Troie :* dans *l'Iliade,* le siège de Troie dure 10 ans.
3. *L'Énéide :* épopée en douze chants de Virgile (70-19 av. J.-C.).
4. *Le Tasse :* poète italien (1544-1595). Auteur d'une épopée, *la Jérusalem délivrée* (1575). *L'Arioste :* poète italien (1474-1533). Auteur du *Roland furieux*, poème héroï-comique.

— Oserais-je vous demander, Monsieur, dit Candide, si vous n'avez pas un grand plaisir à lire Horace[1] ? — Il y a des maximes, dit Pococurante, dont un homme du monde peut faire son profit, et qui, étant resserrées dans des vers
80 énergiques, se gravent plus aisément dans la mémoire. Mais je me soucie fort peu de son voyage à Brindes, et de sa description d'un mauvais dîner, et de la querelle des crocheteurs entre je ne sais quel Pupilus dont les paroles, dit-il, *étaient pleines de pus,* et un autre dont les paroles *étaient*
85 *du vinaigre.* Je n'ai lu qu'avec extrême dégoût ses vers grossiers contre des vieilles et contre des sorcières ; et je ne vois pas quel mérite il peut y avoir à dire à son ami Mæcenas que, s'il est mis par lui au rang des poètes lyriques, il frappera les astres de son front sublime. Les sots admirent tout dans
90 un auteur estimé. Je ne lis que pour moi ; je n'aime que ce qui est à mon usage. » Candide, qui avait été élevé à ne jamais juger de rien par lui-même, était fort étonné de ce qu'il entendait ; et Martin trouvait la façon de penser de Pococuranté assez raisonnable.

95 « Oh ! voici un Cicéron[2], dit Candide ; pour ce grand homme-là, je pense que vous ne vous lassez point de le lire. — Je ne le lis jamais, répondit le Vénitien. Que m'importe qu'il ait plaidé pour Rabirius ou pour Cluentius ? J'ai bien assez des procès que je juge ; je me serais mieux accommodé
100 de ses œuvres philosophiques ; mais, quand j'ai vu qu'il doutait de tout, j'ai conclu que j'en savais autant que lui, et que je n'avais besoin de personne pour être ignorant.

— Ah ! voilà quatre-vingts volumes de recueils d'une académie des sciences, s'écria Martin ; il se peut qu'il y ait
105 du bon. — Il y en aurait, dit Pococuranté, si un seul des auteurs

1. *Horace :* allusions à des œuvres de ce poète latin (65-8 av. J.-C.).
2. *Cicéron :* avocat, homme politique, philosophe romain (105-43 av. J.-C.).

de ces fatras avait inventé seulement l'art de faire des épingles ; mais il n'y a dans tous ces livres que de vains systèmes et pas une seule chose utile.

— Que de pièces de théâtre je vois là ! dit Candide ; en
110 italien, en espagnol, en français ! — Oui, dit le sénateur, il y en a trois mille, et pas trois douzaines de bonnes. Pour ces recueils de sermons, qui tous ensemble ne valent pas une page de Sénèque[1], et tous ces gros volumes de théologie, vous pensez bien que je ne les ouvre jamais, ni moi ni
115 personne. »

Martin aperçut des rayons chargés de livres anglais. « Je crois, dit-il, qu'un républicain doit se plaire à la plupart de ces ouvrages écrits si librement[2]. — Oui, répondit Pococuranté, il est beau d'écrire ce qu'on pense ; c'est le privilège
120 de l'homme. Dans toute notre Italie, on n'écrit que ce qu'on ne pense pas ; ceux qui habitent la patrie des Césars et des Antonins n'osent avoir une idée sans la permission d'un jacobin[3]. Je serais content de la liberté qui inspire les génies anglais si la passion et l'esprit de parti ne corrompaient pas
125 tout ce que cette précieuse liberté a d'estimable[4]. »

Candide, apercevant un Milton[5], lui demanda s'il ne regardait pas cet auteur comme un grand homme. « Qui ? dit Pococuranté, ce barbare qui fait un long commentaire du premier chapitre de la Genèse en dix livres de vers durs ?

1. *Sénèque* : philosophe latin (vers 4 av. J.-C.-65 apr. J.-C.).
2. *Républicain* : Venise est une république. Les Anglais jouissaient d'une liberté de pensée presque unique en Europe.
3. *Jacobin* : religieux de l'ordre de Saint-Dominique, le premier couvent de l'ordre s'étant trouvé rue Saint-Jacques (Jacobus) à Paris. Les dominicains jouaient un rôle important dans l'Inquisition.
4. Allusions aux passions entretenues par le bipartisme de la vie politique anglaise.
5. *Milton* : poète anglais (1608-1674), auteur d'une grande épopée biblique, *le Paradis perdu* (1667).

130 ce grossier imitateur des Grecs, qui défigure la création, et
qui, tandis que Moïse représente l'Être éternel produisant
le monde par la parole, fait prendre un grand compas par
le Messiah dans une armoire du ciel pour tracer son ouvrage ?
Moi, j'estimerais celui qui a gâté l'enfer et le diable du Tasse ;
135 qui déguise Lucifer tantôt en crapaud, tantôt en pygmée ;
qui lui fait rebattre cent fois les mêmes discours ; qui le fait
disputer sur la théologie ; qui, en imitant sérieusement
l'invention comique des armes à feu de l'Arioste, fait tirer
le canon dans le ciel par les diables ? Ni moi, ni personne
140 en Italie, n'a pu se plaire à toutes ces tristes extravagances.
Le mariage du péché et de la mort et les couleuvres dont
le péché accouche font vomir tout homme qui a le goût
un peu délicat, et sa longue description d'un hôpital n'est
bonne que pour un fossoyeur. Ce poème obscur, bizarre et
145 dégoûtant, fut méprisé à sa naissance ; je le traite aujourd'hui
comme il fut traité dans sa patrie par les contemporains.
Au reste, je dis ce que je pense, et je me soucie fort peu
que les autres pensent comme moi. » Candide était affligé
de ces discours ; il respectait Homère, il aimait un peu
150 Milton. « Hélas ! dit-il tout bas à Martin, j'ai bien peur que
cet homme-ci n'ait un souverain mépris pour nos poètes
allemands[1]. – Il n'y aurait pas grand mal à cela, dit Martin.
– Oh, quel homme supérieur ! disait encore Candide entre
ses dents, quel grand génie que ce Pococuranté ! rien ne peut
155 lui plaire. »
 Après avoir fait ainsi la revue de tous les livres, ils
descendirent dans le jardin. Candide en loua toutes les
beautés. « Je ne sais rien de si mauvais goût, dit le maître :
nous n'avons ici que des colifichets ; mais je vais dès demain
160 en faire planter un d'un dessin plus noble. »

1. *Poètes allemands :* évidemment pas Goethe et Schiller, qui n'ont
encore rien publié.

Quand les deux curieux eurent pris congé de Son Excellence : « Or çà, dit Candide à Martin, vous conviendrez que voilà le plus heureux de tous les hommes, car il est au-dessus de tout ce qu'il possède. – Ne voyez-vous pas, dit
165 Martin, qu'il est dégoûté de tout ce qu'il possède ? Platon a dit[1], il y a longtemps, que les meilleurs estomacs ne sont pas ceux qui rebutent tous les aliments. – Mais, dit Candide, n'y a-t-il pas du plaisir à tout critiquer, à sentir des défauts où les autres hommes croient voir des beautés ? – C'est-à-dire,
170 reprit Martin, qu'il y a du plaisir à n'avoir pas de plaisir ? – Oh bien ! dit Candide, il n'y a donc d'heureux que moi, quand je reverrai Mlle Cunégonde. – C'est toujours bien fait d'espérer », dit Martin.

Cependant les jours, les semaines s'écoulaient ; Cacambo
175 ne revenait point, et Candide était si abîmé dans sa douleur qu'il ne fit pas même réflexion que Paquette et frère Giroflée n'étaient pas venus seulement le remercier.

1. Dans *la République* de Platon (428-348 av. J.-C.).

Chapitre 25

VENISE OU LA LASSITUDE

1. Si un moine théatin n'est pas épanoui, et si une fille de joie vaguement vérolée a quelques tracas, il ne reste plus, c'est logique, qu'à quitter la terre des hommes pour l'univers des formes. Dans ces jardins et ces canaux tranquilles, tout ne sera « qu'ordre, luxe, calme et volupté ». Dernier recours de l'éthique en détresse : l'esthétique. Eldorado est hors du monde – entre les lignes.
D'où viendraient les chagrins à celui qui dédie sa vie à la consommation du Beau, à la culture du goût ? Quel souci pourrait bien ronger le cœur de qui n'a commerce qu'avec l'âme exquise des morts et les signes immaculés ?

S'avance vers nous, dans son costume lin et soie élégamment froissé, l'esthète las, le jouisseur délicat sans appétit. Premier consommateur moderne, exténué par l'inflation des marchandises ; le seul vrai personnage négatif du livre, a-t-on dit, parce que tous les autres se débattent, eux, avec les tourments et la substance de l'existence (Italo Calvino, *la Machine littéraire*, 1984, Seuil).

Tracez le portrait de ce personnage inattendu dont Voltaire ne peut deviner l'étonnante postérité.

2. Ce voyage caustique dans la culture à travers une bibliothèque imaginaire a des précédents, pour ne citer que les *Lettres persanes* (lettres 133-137).
Pas plus que Montesquieu, Voltaire ne pratique le culte du passé et les rites de l'admiration obligée.

Quel est le sens, pour Candide, de cette leçon d'hypercritique ? Montrez qu'elle verse son acide décapant sur une disposition d'esprit qui ne relève pas du caractère, de la psychologie individuelle, mais de l'éducation.

Est-ce à dire que Candide devrait surtout apprendre à désapprendre ? Que son voyage vise surtout à le rendre plus blanc ? Que sa candeur est moins le fruit d'une fraîcheur ingénue que de préjugés inculqués, de lectures du monde préétablies ?

3. On ne saurait mettre sur le compte de Voltaire tous les jugements sarcastiques de Pococuranté. On ne peut nier non plus les rapports de l'auteur et du personnage.

Il est impossible, et somme toute peu utile, de départager ici la part de l'un et de l'autre : mieux vaut insister sur la leçon d'irrespect provocant qui se joue dans ce théâtre de la culture, transformé, de nos jours, en temple sacré.

Mais on peut aussi souligner combien l'esthétique voltairienne ignore toute approche historique des faits artistiques, au profit d'un seul critère, aussi vétilleux que difficile à fonder : le goût. En 1759, ce chapitre en fait foi, l'histoire littéraire est encore à naître, qui fera, vers 1800, de la littérature l'incarnation d'une société (Mme de Staël, *De la littérature*, 1800).

Vue de Venise : le Grand Canal devant la Piazetta. Détail d'un tableau attribué à Vanvitelli (début du XVIIIᵉ siècle). Musée municipal de Dole.

Chapitre 26

D'un souper que Candide et Martin firent avec six étrangers, et qui ils étaient.

Un soir que Candide, suivi de Martin, allait se mettre à table avec les étrangers qui logeaient dans la même hôtellerie, un homme à visage couleur de suie[1] l'aborda par-derrière, et, le prenant par le bras, lui dit : « Soyez prêt à partir avec nous, n'y manquez pas. » Il se retourne et voit Cacambo. Il n'y avait que la vue de Cunégonde qui pût l'étonner et lui plaire davantage. Il fut sur le point de devenir fou de joie. Il embrasse son cher ami. « Cunégonde est ici, sans doute, où est-elle ? Mène-moi vers elle, que je meure de joie avec elle. — Cunégonde n'est point ici, dit Cacambo, elle est à Constantinople. — Ah, Ciel ! à Constantinople ! mais, fût-elle à la Chine, j'y vole, partons. — Nous partirons après souper, reprit Cacambo, je ne peux vous en dire davantage ; je suis esclave, mon maître m'attend ; il faut que j'aille le servir à table : ne dites mot ; soupez et tenez-vous prêt. »

Candide, partagé entre la joie et la douleur, charmé d'avoir revu son agent fidèle, étonné de le voir esclave, plein de l'idée de retrouver sa maîtresse, le cœur agité, l'esprit bouleversé, se mit à table avec Martin, qui voyait de sang-froid toutes ces aventures, et avec six étrangers qui étaient venus passer le carnaval à Venise.

1. *Visage couleur de suie :* Voltaire ne fait guère de différence entre le métis Cacambo et les esclaves noirs.

Cacambo, qui versait à boire à l'un de ces étrangers, s'approcha de l'oreille de son maître, sur la fin du repas,
25 et lui dit : « Sire, Votre Majesté partira quand elle voudra, le vaisseau est prêt. » Ayant dit ces mots, il sortit. Les convives, étonnés, se regardaient sans proférer une seule parole, lorsqu'un autre domestique, s'approchant de son maître, lui dit : « Sire, la chaise de Votre Majesté est à
30 Padoue[1], et la barque est prête. » Le maître fit un signe, et le domestique partit. Tous les convives se regardèrent encore, et la surprise commune redoubla. Un troisième valet, s'approchant aussi d'un troisième étranger, lui dit : « Sire, croyez-moi, Votre Majesté ne doit pas rester ici plus
35 longtemps : je vais tout préparer » ; et aussitôt il disparut.

Candide et Martin ne doutèrent pas alors que ce ne fût une mascarade[2] du carnaval. Un quatrième domestique dit au quatrième maître : « Votre Majesté partira quand elle voudra », et sortit comme les autres. Le cinquième valet en
40 dit autant au cinquième maître. Mais le sixième valet parla différemment au sixième étranger, qui était auprès de Candide ; il lui dit : « Ma foi, Sire, on ne veut plus faire crédit à Votre Majesté, ni à moi non plus ; et nous pourrions bien être coffrés cette nuit, vous et moi : je vais pourvoir
45 à mes affaires ; adieu. »

Tous les domestiques ayant disparu, les six étrangers, Candide et Martin demeurèrent dans un profond silence. Enfin Candide le rompit. « Messieurs, dit-il, voilà une singulière plaisanterie : pourquoi êtes-vous tous rois ? Pour
50 moi je vous avoue que ni moi ni Martin nous ne le sommes. »

Le maître de Cacambo prit alors gravement la parole, et dit en italien : « Je ne suis point plaisant, je m'appelle

1. *Padoue* : ville proche de Venise.
2. *Mascarade* : divertissement où les participants se déguisent.

Achmet III[1]. J'ai été grand sultan plusieurs années ; je détrônai mon frère ; mon neveu m'a détrôné ; on a coupé le cou à
55 mes visirs[2] ; j'achève ma vie dans le vieux sérail ; mon neveu le grand sultan Mahmoud me permet de voyager quelquefois pour ma santé, et je suis venu passer le carnaval à Venise. »

Un jeune homme qui était auprès d'Achmet parla après lui, et dit : « Je m'appelle Ivan[3] ; j'ai été empereur de toutes
60 les Russies ; j'ai été détrôné au berceau ; mon père et ma mère ont été enfermés ; on m'a élevé en prison ; j'ai quelquefois la permission de voyager, accompagné de ceux qui me gardent, et je suis venu passer le carnaval à Venise. »

Le troisième dit : « Je suis Charles-Édouard[4], roi
65 d'Angleterre ; mon père m'a cédé ses droits au royaume ; j'ai combattu pour les soutenir ; on a arraché le cœur à huit cents de mes partisans, et on leur en a battu les joues. J'ai été mis en prison ; je vais à Rome faire une visite au roi mon père, détrôné ainsi que moi et mon grand-père, et je
70 suis venu passer le carnaval à Venise. »

Le quatrième prit alors la parole et dit : « Je suis roi des Polaques[5] ; le sort de la guerre m'a privé de mes États héréditaires ; mon père a éprouvé les mêmes revers ; je me

1. *Achmet III* : sultan de 1703 à 1730. Il mourut en 1736 dans le vieux sérail réservé aux sultans déposés.
2. *Visir* : on écrit aujourd'hui « vizir ».
3. *Ivan VI* : fils d'une nièce de la tsarine Anna, fut proclamé tsar par celle-ci l'année de sa naissance (1740) et déposé dès 1741 par Élisabeth, fille de Pierre le Grand. Il fut assassiné sous Catherine II, en 1764.
4. *Charles-Édouard (1720-1788)* : petit-fils de Jacques II, roi d'Angleterre détrôné en 1688. Il tenta de reconquérir l'Écosse en 1745, mais fut vaincu à Culloden. Son père (1688-1766) vivait à Rome. Dans le *Précis du siècle de Louis XV*, Voltaire ne parle que de 166 pendus.
5. *Auguste II (1696-1763)* : Électeur de Saxe, roi de Pologne de 1733 à 1763. En 1756, les armées de Frédéric II de Prusse l'obligent à quitter ses « États héréditaires », c'est-à-dire la Saxe.

191

résigne à la Providence comme le sultan Achmet, l'empereur
75 Ivan et le roi Charles-Édouard, à qui Dieu donne une longue
vie, et je suis venu passer le carnaval à Venise. »

Le cinquième dit : « Je suis aussi roi des Polaques[1] ; j'ai
perdu mon royaume deux fois ; mais la Providence m'a
donné un autre État, dans lequel j'ai fait plus de bien que
80 tous les rois des Sarmates ensemble n'en ont jamais pu faire
sur les bords de la Vistule ; je me résigne aussi à la Providence,
et je suis venu passer le carnaval à Venise. »

Il restait au sixième monarque à parler. « Messieurs, dit-il,
je ne suis pas si grand seigneur que vous ; mais enfin j'ai
85 été roi tout comme un autre. Je suis Théodore[2] ; on m'a élu
roi en Corse ; on m'a appelé *Votre Majesté,* et à présent à
peine m'appelle-t-on *Monsieur.* J'ai fait frapper de la monnaie,
et je ne possède pas un denier ; j'ai eu deux secrétaires d'État,
et j'ai à peine un valet ; je me suis vu sur un trône, et j'ai
90 longtemps été à Londres en prison, sur la paille. J'ai bien
peur d'être traité de même ici, quoique je suis venu comme
Vos Majestés passer le carnaval à Venise. »

Les cinq autres rois écoutèrent ce discours avec une noble
compassion. Chacun d'eux donna vingt sequins au roi
95 Théodore pour avoir des habits et des chemises ; Candide
lui fit présent d'un diamant de deux mille sequins[3]. « Quel

1. *Stanislas Leszczynski (1677-1766) :* élu roi de Pologne en 1704,
mais chassé au bout de quelques années par Pierre le Grand. Poussé
par Louis XV, qui avait épousé sa fille en 1725, il est de nouveau élu
en 1733, mais aussitôt chassé par les Russes et les Prussiens. Il reçut
à vie, en 1738, les duchés de Lorraine et de Bar, qu'il administra en
roi-philosophe. *Les Sarmates :* ancien nom des Polonais. *La Vistule :*
fleuve qui traverse Varsovie.
2. *Théodore de Neuhoff (1694-1756) :* aventurier allemand qui se
fit élire roi de Corse en 1736 avec l'aide du dey de Tunis. Il s'enfuit
au bout de huit mois en Angleterre, où il fut emprisonné pour dettes
pendant sept ans.
3. *Sequin :* monnaie d'or vénitienne.

est donc, disaient les cinq rois, ce simple particulier qui est
en état de donner cent fois autant que chacun de nous, et
qui le donne ? »

100 Dans l'instant qu'on sortait de table, il arriva dans la même
hôtellerie quatre altesses sérénissimes qui avaient aussi perdu
leurs États par le sort de la guerre, et qui venaient passer
le reste du carnaval à Venise. Mais Candide ne prit pas
seulement garde à ces nouveaux venus. Il n'était occupé que

105 d'aller trouver sa chère Cunégonde à Constantinople.

Chapitre 26

VENISE OU LE CARNAVAL

1. De frère Giroflée professionnellement caressé par Paquette à Pococuranté et aux six rois en débine, on voit bien le rapport à la question du bonheur.
Mais n'y a-t-il pas, entre ces trois chapitres, un lien moins apparent, appelé par le carnaval vénitien : est-il impossible en effet de les rattacher à la figure du masque ?
Que peut-on dire à l'appui de cette hypothèse ?

2. C'est pourtant dans le chapitre 26 que cette figure travaille le plus subtilement l'économie romanesque : selon quelles modalités ?
Candide et Martin (paragraphe 4) sont convaincus d'assister à « une mascarade de carnaval » : mais Candide n'y a-t-il pas déjà été entraîné dès le premier paragraphe ?
C'est l'occasion de réfléchir sur l'économie de l'art du récit : jeux de glaces, gammes et variations au service de la curiosité, du piquant et du comique. Il faudra évidemment insister sur le sixième message du sixième valet (paragraphe 4), si soigneusement préparé, et se demander si le sixième discours royal vise le même effet de décrochement et de surprise.
L'écriture comique affectionne la surenchère : comment peut-on définir le gag final ?

3. Faux-semblants de la volupté (chapitre 24), mirages de l'épicurisme (chapitre 25) ; fumées de la grandeur (chapitre 26) : de ces trois expériences vénitiennes (sensualité, goût, ambition), si diversement mises en scène, Candide tire-t-il la même leçon ?
Mais le lecteur, poussé par le récit vers les conclusions de Martin, n'est-il pas lui aussi, lorsqu'il s'étonne, se moque ou s'exaspère des candeurs de Candide, la dupe d'une mascarade qui l'égare en feignant de le rendre complice du narrateur trop vite identifié à Martin ?
Car le narrateur dissimule soigneusement la fin de l'histoire (chapitre 30), tout en la préparant dès maintenant dans ces trois chapitres sur Venise : en quoi ?

Chapitre 27

Voyage de Candide à Constantinople.

L<small>E FIDÈLE</small> Cacambo avait déjà obtenu du patron turc qui
allait reconduire le sultan Achmet à Constantinople qu'il
recevrait Candide et Martin sur son bord. L'un et l'autre s'y
rendirent après s'être prosternés devant Sa misérable
5 Hautesse. Candide, chemin faisant, disait à Martin : « Voilà
pourtant six rois détrônés, avec qui nous avons soupé, et
encore dans ces six rois il y en a un à qui j'ai fait l'aumône.
Peut-être y a-t-il beaucoup d'autres princes plus infortunés.
Pour moi, je n'ai perdu que cent moutons, et je vole
10 dans les bras de Cunégonde. Mon cher Martin, encore
une fois, Pangloss avait raison : tout est bien. – Je le
souhaite, dit Martin. – Mais, dit Candide, voilà une
aventure bien peu vraisemblable que nous avons eue à
Venise. On n'avait jamais vu ni ouï conter que six rois
15 détrônés soupassent ensemble au cabaret. – Cela n'est pas
plus extraordinaire, dit Martin, que la plupart des choses
qui nous sont arrivées. Il est très commun que des rois soient
détrônés ; et à l'égard de l'honneur que nous avons eu de
souper avec eux, c'est une bagatelle qui ne mérite pas notre
20 attention. »

À peine Candide fut-il dans le vaisseau qu'il sauta au
cou de son ancien valet, de son ami Cacambo. « Eh bien,
lui dit-il, que fait Cunégonde ? Est-elle toujours un prodige
de beauté ? M'aime-t-elle toujours ? Comment se porte-
25 t-elle ? Tu lui as sans doute acheté un palais à
Constantinople ?

 — Mon cher maître, répondit Cacambo, Cunégonde lave
les écuelles sur le bord de la Propontide[1], chez un prince
qui a très peu d'écuelles ; elle est esclave dans la maison
30 d'un ancien souverain nommé Ragotski[2], à qui le Grand Turc
donne trois écus par jour dans son asile ; mais ce qui est
bien plus triste, c'est qu'elle a perdu sa beauté et qu'elle est
devenue horriblement laide. — Ah ! belle ou laide, dit
Candide, je suis honnête homme, et mon devoir est de
35 l'aimer toujours. Mais comment peut-elle être réduite à un
état si abject avec les cinq ou six millions que tu avais
apportés ? — Bon, dit Cacambo, ne m'en a-t-il pas fallu donner
deux millions au señor don Fernando d'Ibaraa, y Figueora,
y Mascarenes, y Lampourdos, y Souza, gouverneur de
40 Buenos Aires, pour avoir la permission de reprendre
mademoiselle Cunégonde ? Et un pirate ne nous a-t-il pas
bravement dépouillés de tout le reste ? Ce pirate ne nous
a-t-il pas menés au cap de Matapan, à Milo, à Nicarie, à
Samos, à Petra, aux Dardanelles, à Marmora, à Scutari[3] ?
45 Cunégonde et la vieille servent chez ce prince dont je vous
ai parlé, et moi je suis esclave du sultan détrôné. — Que
d'épouvantables calamités enchaînées les unes aux autres !
dit Candide. Mais, après tout, j'ai encore quelques diamants ;
je délivrerai aisément Cunégonde. C'est bien dommage
50 qu'elle soit devenue si laide. »

 Ensuite, se tournant vers Martin : « Que pensez-vous, dit-il,
qui soit le plus à plaindre, de l'empereur Achmet, de
l'empereur Ivan, du roi Charles-Édouard, ou de moi ? — Je
n'en sais rien, dit Martin ; il faudrait que je fusse dans vos

1. *La Propontide :* la mer de Marmara.
2. *Ragotski :* prince hongrois (1676-1735) qui se souleva contre les
Autrichiens avec l'aide de la France (1705-1710), devint roi de
Transylvanie et se retira en Turquie après sa défaite.
3. Tous ces noms se situent en Méditerranée orientale. Scutari est
un faubourg de Constantinople.

55 cœurs pour le savoir. – Ah ! dit Candide, si Pangloss était
ici, il le saurait et nous l'apprendrait. – Je ne sais, dit Martin,
avec quelles balances votre Pangloss aurait pu peser les
infortunes des hommes et apprécier leurs douleurs. Tout ce
que je présume, c'est qu'il y a des millions d'hommes sur
60 la terre cent fois plus à plaindre que le roi Charles-Édouard,
l'empereur Ivan et le sultan Achmet. – Cela pourrait bien
être », dit Candide.

 On arriva en peu de jours, sur le canal de la mer Noire.
Candide commença par racheter Cacambo fort cher, et, sans
65 perdre de temps, il se jeta dans une galère, avec ses
compagnons, pour aller sur le rivage de la Propontide
chercher Cunégonde, quelque laide qu'elle pût être.

 Il y avait dans la chiourme[1] deux forçats qui ramaient fort
mal, et à qui le levanti[2] patron appliquait de temps en temps
70 quelques coups de nerf de bœuf sur les épaules nues ;
Candide, par un mouvement naturel, les regarda plus
attentivement que les autres galériens et s'approcha d'eux
avec pitié. Quelques traits de leurs visages défigurés lui
parurent avoir un peu de ressemblance avec Pangloss et avec
75 ce malheureux jésuite, ce baron, ce frère de mademoiselle
Cunégonde. Cette idée l'émut et l'attrista. Il les considéra
encore plus attentivement. « En vérité, dit-il à Cacambo, si
je n'avais pas vu pendre maître Pangloss, et si je n'avais pas
eu le malheur de tuer le baron, je croirais que ce sont eux
80 qui rament dans cette galère. »

 Au nom du baron et de Pangloss les deux forçats
poussèrent un grand cri, s'arrêtèrent sur leur banc et laissèrent
tomber leurs rames. Le levanti patron accourait sur eux, et
les coups de nerf de bœuf redoublaient. « Arrêtez, arrêtez,

1. *La chiourme* : l'ensemble des forçats qui rament sur la galère.
2. *Levanti* : natif des pays du Levant (du côté où le soleil se lève,
par rapport à la France – Proche et Moyen-Orient).

85 Seigneur, s'écria Candide, je vous donnerai tant d'argent que
vous voudrez. – Quoi ! c'est Candide ! disait l'un des forçats.
– Quoi ! c'est Candide ! disait l'autre. – Est-ce un songe ?
dit Candide ; veillé-je ? suis-je dans cette galère ? Est-ce là
M. le baron que j'ai tué ? Est-ce là maître Pangloss que j'ai
90 vu pendre ?

 – C'est nous-mêmes, c'est nous-mêmes, répondaient-ils.
– Quoi ! c'est là ce grand philosophe ? disait Martin. – Eh !
monsieur le levanti patron, dit Candide, combien voulez-vous
d'argent pour la rançon de M. de Thunder-ten-tronckh, un
95 des premiers barons de l'Empire, et de M. Pangloss, le plus
profond métaphysicien d'Allemagne ? – Chien de chrétien,
répondit le levanti patron, puisque ces deux chiens de forçats
chrétiens sont des barons et des métaphysiciens, ce qui est
sans doute une grande dignité dans leur pays, tu m'en
100 donneras cinquante mille sequins. – Vous les aurez,
Monsieur ; ramenez-moi comme un éclair à Constantinople,
et vous serez payé sur-le-champ. Mais non, menez-moi chez
Mlle Cunégonde. » Le levanti patron, sur la première offre
de Candide, avait déjà tourné la proue vers la ville, et il faisait
105 ramer plus vite qu'un oiseau ne fend les airs.

 Candide embrassa cent fois le baron et Pangloss. « Et
comment ne vous ai-je pas tué, mon cher baron ? et mon
cher Pangloss, comment êtes-vous en vie après avoir été
pendu ? et pourquoi êtes-vous tous deux aux galères en
110 Turquie ? – Est-il bien vrai que ma chère sœur soit dans ce
pays ? disait le baron. – Oui, répondait Cacambo. – Je revois
donc mon cher Candide », s'écria Pangloss. Candide leur
présentait Martin et Cacambo. Ils s'embrassaient tous, ils
parlaient tous à la fois. La galère volait, ils étaient déjà dans
115 le port. On fit venir un Juif, à qui Candide vendit pour
cinquante mille sequins un diamant de la valeur de cent mille,
et qui lui jura par Abraham qu'il n'en pouvait donner
davantage. Il paya incontinent la rançon du baron et de
Pangloss. Celui-ci se jeta aux pieds de son libérateur et les

120 baigna de larmes ; l'autre le remercia par un signe de tête,
et lui promit de lui rendre cet argent à la première occasion.
« Mais est-il bien possible que ma sœur soit en Turquie ?
disait-il. – Rien n'est si possible, reprit Cacambo, puisqu'elle
écure la vaisselle chez un prince de Transylvanie. » On fit
125 aussitôt venir deux Juifs ; Candide vendit encore des
diamants ; et ils repartirent tous dans une autre galère pour
aller délivrer Cunégonde.

La mosquée Nusretiye Çamü, à Constantinople
(gravure du début du XIXᵉ siècle).

Chapitre 28

Ce qui arriva à Candide, à Cunégonde, à Pangloss, à Martin, etc.

« PARDON, encore une fois, dit Candide au baron ; pardon, mon révérend père, de vous avoir donné un grand coup d'épée au travers du corps. – N'en parlons plus, dit le baron ; je fus un peu trop vif, je l'avoue ; mais, puisque vous voulez
5 savoir par quel hasard vous m'avez vu aux galères, je vous dirai qu'après avoir été guéri de ma blessure par le frère apothicaire du collège je fus attaqué et enlevé par un parti espagnol ; on me mit en prison à Buenos Aires dans le temps que ma sœur venait d'en partir. Je demandai à retourner à
10 Rome auprès du père général. Je fus nommé pour aller servir d'aumônier à Constantinople auprès de monsieur l'ambassa-deur de France. Il n'y avait pas huit jours que j'étais entré en fonctions, quand je trouvai sur le soir un jeune icoglan[1] très bien fait. Il faisait fort chaud : le jeune homme voulut
15 se baigner[2] ; je pris cette occasion de me baigner aussi. Je ne savais pas que ce fût un crime capital pour un chrétien d'être trouvé tout nu avec un jeune musulman. Un cadi[3] me fit donner cent coups de bâton sous la plante des pieds et me condamna aux galères. Je ne crois pas qu'on ait fait
20 une plus horrible injustice. Mais je voudrais bien savoir

1. *Icoglans* : jeunes hommes élevés dans le sérail pour remplir des charges importantes. Équivalent turc des jeunes pages occidentaux.
2. *Se baigner* : se baigner dans une étuve (l'équivalent du sauna).
3. *Cadi :* un juge musulman.

pourquoi ma sœur est dans la cuisine d'un souverain de Transylvanie réfugié chez les Turcs.

— Mais vous, mon cher Pangloss, dit Candide, comment se peut-il que je vous revoie ? – Il est vrai, dit Pangloss, que
25 vous m'avez vu pendre ; je devais naturellement être brûlé ; mais vous vous souvenez qu'il plut à verse lorsqu'on allait me cuire : l'orage fut si violent qu'on désespéra d'allumer le feu ; je fus pendu, parce qu'on ne put mieux faire : un chirurgien acheta mon corps, m'emporta chez lui, et me
30 disséqua. Il me fit d'abord une incision cruciale[1] depuis le nombril jusqu'à la clavicule. On ne pouvait pas avoir été plus mal pendu que je l'avais été. L'exécuteur des hautes œuvres[2] de la sainte Inquisition, lequel était sous-diacre, brûlait à la vérité les gens à merveille, mais il n'était pas
35 accoutumé à pendre : la corde était mouillée et glissa mal, elle fut nouée ; enfin je respirais encore : l'incision cruciale me fit jeter un si grand cri que mon chirurgien tomba à la renverse, et, croyant qu'il disséquait le diable[3], il s'enfuit en mourant de peur, et tomba encore sur l'escalier en fuyant.
40 Sa femme accourut au bruit, d'un cabinet voisin ; elle me vit sur la table étendu avec mon incision cruciale : elle eut encore plus de peur que son mari, s'enfuit et tomba sur lui. Quand ils furent un peu revenus à eux, j'entendis la chirurgienne qui disait au chirurgien : « Mon bon, de quoi
45 vous avisez-vous aussi de disséquer un hérétique ? Ne savez-vous pas que le diable est toujours dans le corps de ces gens-là ? Je vais vite chercher un prêtre pour l'exorciser. »

1. *Incision cruciale :* une incision en forme de croix.
2. *Exécuteur des hautes œuvres :* le bourreau, parce que son office dépendait de la haute justice.
3. Le chirurgien s'imagine que la croix de son incision a réveillé les diables tapis dans le corps de l'hérétique condamné par l'Inquisition. La croix aurait pourtant dû les faire fuir !

Je frémis à ce propos, et je ramassai le peu de forces qui
me restaient, pour crier : « Ayez pitié de moi ! » Enfin le
50 barbier[1] portugais s'enhardit ; il recousit ma peau ; sa femme
même eut soin de moi ; je fus sur pied au bout de quinze
jours. Le barbier me trouva une condition, et me fit laquais
d'un chevalier de Malte qui allait à Venise ; mais mon maître
n'ayant pas de quoi me payer, je me mis au service d'un
55 marchand vénitien, et je le suivis à Constantinople.

« Un jour il me prit fantaisie d'entrer dans une mosquée ;
il n'y avait qu'un vieil iman[2] et une jeune dévote très jolie
qui disait ses patenôtres ; sa gorge était toute découverte :
elle avait entre ses deux tétons un beau bouquet de tulipes,
60 de roses, d'anémones, de renoncules, d'hyacinthes et
d'oreilles-d'ours ; elle laissa tomber son bouquet ; je le
ramassai, et je le lui remis avec un empressement très
respectueux[3]. Je fus si longtemps à le lui remettre que l'iman
se mit en colère, et, voyant que j'étais chrétien, il cria à l'aide.
65 On me mena chez le cadi, qui me fit donner cent coups
de latte sur la plante des pieds et m'envoya aux galères[4].
Je fus enchaîné précisément dans la même galère et au même
banc que M. le baron. Il y avait dans cette galère quatre
jeunes gens de Marseille, cinq prêtres napolitains, et deux
70 moines de Corfou, qui nous dirent que de pareilles aventures
arrivaient tous les jours. M. le baron prétendait qu'il avait
essuyé une plus grande injustice que moi ; je prétendais, moi,
qu'il était beaucoup plus permis de remettre un bouquet sur

1. Les barbiers faisaient aussi un peu de chirurgie, et réciproquement
(voir *le Barbier de Séville*, I, 2).
2. *Iman* : ici, un prêtre (au sens strict, l'iman n'est pas un prêtre, mais
un fonctionnaire laïc, employé dans une mosquée comme chef de
prière).
3. Détails contraires à la loi musulmane, mais conformes aux mœurs
européennes.
4. Car un chrétien ne doit pas pénétrer dans une mosquée.

la gorge d'une femme que d'être tout nu avec un icoglan.
75 Nous disputions sans cesse, et nous recevions vingt coups
de nerf de bœuf par jour, lorsque l'enchaînement des
événements de cet univers vous a conduit dans notre galère,
et que vous nous avez rachetés.

— Eh bien, mon cher Pangloss, lui dit Candide, quand vous
80 avez été pendu, disséqué, roué de coups, et que vous avez
ramé aux galères, avez-vous toujours pensé que tout allait
le mieux du monde ? — Je suis toujours de mon premier
sentiment, répondit Pangloss, car enfin je suis philosophe :
il ne me convient pas de me dédire, Leibniz ne pouvant
85 pas avoir tort, et l'harmonie préétablie étant d'ailleurs la plus
belle chose du monde, aussi bien que le plein et la matière
subtile[1]. »

1. L'harmonie préétablie est une célèbre thèse leibnizienne, liée à
l'optimisme. Le plein et la matière subtile renvoient plutôt à Descartes,
mais ont aussi des rapports avec la philosophie de Leibniz. Newton
avait réfuté ces concepts de la physique de Descartes.

Chapitres 27 et 28

LE VIOL DU LECTEUR

Impitoyable narrateur : les coups de nerf de bœuf cinglent les illusions, les rêves, les attentes que tout lecteur porte en lui, malgré qu'il en ait. Une sorte de rage destructrice, presque forcenée, s'acharne à défigurer l'espérance.

On se doutait bien que l'amour tournerait au vinaigre dans la déconfiture générale : mais ce qui est proprement voltairien, ou propre à *Candide,* c'est la violence presque insoutenable de la dérision, sans équivalent dans la littérature classique.

« Hideux sourire », se lamentait Musset ; « gaieté infernale », disait Mme de Staël ; « désespoir dans le cœur », constatait Fréron dès 1760. Est-ce votre avis ?

L'ÉCRITURE COMIQUE

1. Comment rendre compte de ce paradoxe : disparu dès le chapitre 6, retrouvé sur une galère au chapitre 27, Pangloss reste pourtant une figure inoubliable.

Vous tenterez d'expliquer pourquoi, en distinguant dans *Candide* l'action (l'intrigue) et le thème, et en montrant que le personnage juxtapose, dès le chapitre premier et ici même, deux traits comiques constamment rappelés (pour être optimiste, le philosophe n'en est pas moins homme...).

2. Mais il ne suffit pas, pour un auteur comique, de jouer sur le gag de la répétition ; il faut aussi se renouveler, inventer des variations : on pourra alors étudier les effets comiques tirés du parallèle entre le baron et le métaphysicien (raisons de leurs mésaventures, situation sur la galère, récit tout en litotes et dénégations de leur condamnation).

Le baron, Pangloss, Candide, malgré leurs discussions métaphysiques, malgré leurs aventures, ont-ils changé ? Quel gag est ainsi préparé ?

3. Homosexualité du baron, sensualité optimiste mais peu métaphysique de Pangloss, sentimentalisme romanesque de Candide, abstinence désabusée de Martin : comment expliquez-vous qu'il y ait presque toujours, dans les grandes œuvres comiques (comme dans Rabelais, par exemple), un rapport étroit entre le sexe et le rire, entre le corps et l'esprit ?

Candide.....recula trois pas faifi d'horreur,
et avança enfuite par bon procédé.

Illustration de Moreau le Jeune pour *Candide* (chap. 29),
gravée par J.-L. Delignon (1755-1884). B.N. Paris.

Chapitre 29

Comment Candide retrouva
Cunégonde et la vieille.

Pendant que Candide, le baron, Pangloss, Martin et
Cacambo contaient leurs aventures, qu'ils raisonnaient sur les
événements contingents ou non contingents de cet univers,
qu'ils disputaient sur les effets et les causes, sur le mal moral
5 et sur le mal physique, sur la liberté et la nécessité[1], sur les
consolations que l'on peut éprouver lorsqu'on est aux galères
en Turquie, ils abordèrent sur le rivage de la Propontide à la
maison du prince de Transylvanie. Les premiers objets[2] qui se
présentèrent furent Cunégonde et la vieille, qui étendaient des
10 serviettes sur des ficelles pour les faire sécher.

Le baron pâlit à cette vue. Le tendre amant Candide, en
voyant sa belle Cunégonde rembrunie, les yeux éraillés[3], la
gorge sèche, les joues ridées, les bras rouges et écaillés, recula
de trois pas saisi d'horreur, et avança ensuite par bon
15 procédé[4]. Elle embrassa Candide et son frère ; on embrassa
la vieille : Candide les racheta toutes deux.

1. *Liberté et nécessité :* termes consacrés du vocabulaire philosophi-
que. Les événements contingents sont ceux qui peuvent se produire
ou ne pas se produire, les non-contingents ceux qui doivent
nécessairement survenir.
2. *Objets :* ce qui se présente à l'œil (sens classique).
3. *Éraillés :* striés de filets rouges, ou aux paupières renversées.
Gorge : la poitrine.
4. *Procédé :* façon d'agir, de se conduire à l'égard d'autrui. *Par
bon procédé :* par civilité, par honnêteté.

Il y avait une petite métairie[1] dans le voisinage ; la vieille proposa à Candide de s'en accommoder, en attendant que toute la troupe eût une meilleure destinée. Cunégonde ne
20 savait pas qu'elle était enlaidie, personne ne l'en avait avertie : elle fit souvenir Candide de ses promesses avec un ton si absolu que le bon Candide n'osa pas la refuser. Il signifia donc au baron qu'il allait se marier avec sa sœur. « Je ne souffrirai jamais, dit le baron, une telle bassesse de sa part
25 et une telle insolence de la vôtre ; cette infamie ne me sera jamais reprochée : les enfants de ma sœur ne pourraient entrer dans les chapitres[2] d'Allemagne. Non, jamais ma sœur n'épousera qu'un baron de l'Empire. » Cunégonde se jeta à ses pieds et les baigna de larmes. Il fut inflexible. « Maître
30 fou, lui dit Candide, je t'ai réchappé des galères, j'ai payé ta rançon, j'ai payé celle de ta sœur ; elle lavait ici des écuelles, elle est laide, j'ai la bonté d'en faire ma femme, et tu prétends encore t'y opposer ! Je te retuerais si j'en croyais ma colère.
35 — Tu peux me tuer encore, dit le baron, mais tu n'épouseras pas ma sœur de mon vivant. »

1. *Métairie :* domaine de médiocre étendue. Candide n'est pas un « métayer », mais le propriétaire d'un petit domaine.
2. *Chapitres :* assemblées de dignitaires religieux et des ordres royaux et militaires, plus stricts sur les généalogies et les mésalliances en Allemagne qu'en France.

Chapitre 29

FLAPIE END ?

Le plus court chapitre du livre (avec le chapitre 6), et sans doute le plus cruel : violence de la brièveté. Mais quel art, aussi, de la densité dans ces quelques lignes vitriolées. Un sommet du comique noir.

1. Le premier paragraphe nous propose un refrain (le bavardage métaphysique) et une parodie (la rencontre d'Ulysse et de Nausicaa dans *l'Odyssée*).
Quel est l'effet produit par la dissymétrie soulignée de la principale et de la subordonnée dans la première phrase (raisonner/aborder) ?

2. On a eu beau apprendre que Cunégonde était devenue horriblement laide, l'effet de choc reste saisissant : pourquoi ?
« L'objet de la terre le plus hideux est une décrépite », écrit Voltaire dans l'article « Homme » des *Questions sur l'Encyclopédie* (1771), et Italo Calvino se demande quel autre romancier aurait le courage de nous présenter la fraîche, l'appétissante Cunégonde des amours adolescentes devenue la souillon d'un prince décavé. C'est qu'il s'agit de détruire sans pitié toutes les illusions romanesques, et celle-ci est une des plus vitales parce qu'elle se rapporte à la peur du vieillissement et de la mort. À lire *Candide*, à relever même les mentions temporelles, a-t-on eu le sentiment que tant d'années avaient coulé ?
Le vieillissement pétrifiant de Cunégonde, comme en un instantané, confère donc au voyage une signification symbolique : laquelle ?
Mais tout noir et grinçant qu'il est, le comique n'est pas absent de ce paragraphe, en touches incisives et discrètes : lesquelles ?
La dernière phrase mérite une anatomie précise : sujets, temps, coupes...

3. C'est le dernier paragraphe qui se charge de diluer la noirceur du trait dans une veine comique plus supportable, dont on analysera avec soin la technique.
On pourra se demander si, dans cette mise en scène virulente du changement, les personnages et leurs conflits ont suivi le mouvement du temps... La scène serait alors à lire dans la lumière ironique des chapitres premier, 9 et 15.

Voltaire à Ferney,
détail d'une gravure de Prévost (1747-1804), B.N., Paris.

Chapitre 30

Conclusion.

CANDIDE, dans le fond de son cœur, n'avait aucune envie
d'épouser Cunégonde. Mais l'impertinence extrême du baron
le déterminait à conclure le mariage et Cunégonde le pressait
si vivement qu'il ne pouvait s'en dédire. Il consulta Pangloss,
5 Martin et le fidèle Cacambo. Pangloss fit un beau mémoire
par lequel il prouvait que le baron n'avait nul droit sur sa
sœur, et qu'elle pouvait, selon toutes les lois de l'Empire,
épouser Candide de la main gauche[1]. Martin conclut à jeter
le baron dans la mer. Cacambo décida qu'il fallait le rendre
10 au levanti patron et le remettre aux galères ; après quoi on
l'enverrait à Rome au père général par le premier vaisseau.
L'avis fut trouvé fort bon ; la vieille l'approuva ; on n'en dit
rien à sa sœur ; la chose fut exécutée pour quelque argent,
et on eut le plaisir d'attraper un jésuite et de punir l'orgueil
15 d'un baron allemand.

Il était tout naturel d'imaginer qu'après tant de désastres,
Candide, marié avec sa maîtresse et vivant avec le philosophe
Pangloss, le philosophe Martin, le prudent Cacambo et la
vieille, ayant d'ailleurs rapporté tant de diamants de la patrie
20 des anciens Incas, mènerait la vie du monde la plus agréable ;

1. L'aîné, seul héritier du nom, pouvait avoir un droit de regard
(variable selon les pays) sur les mariages (c'est-à-dire les risques de
mésalliances) de ses frères et sœurs. *Épouser de la main gauche :*
cérémonie spéciale de mariage, conservée en Allemagne (en cas de
mésalliance, un prince qui donnait à l'épouse la main gauche
n'engageait pas absolument ses biens et titres, ni même sa parole).

mais il fut tant friponné par les Juifs qu'il ne lui resta plus rien que sa petite métairie ; sa femme, devenant tous les jours plus laide, devint acariâtre et insupportable ; la vieille était infirme et fut encore de plus mauvaise humeur que

25 Cunégonde. Cacambo, qui travaillait au jardin, et qui allait vendre des légumes à Constantinople, était excédé de travail et maudissait sa destinée. Pangloss était au désespoir de ne pas briller dans quelque université d'Allemagne. Pour Martin, il était fermement persuadé qu'on est également mal partout ;

30 il prenait les choses en patience. Candide, Martin et Pangloss disputaient quelquefois de métaphysique et de morale. On voyait souvent passer sous les fenêtres de la métairie des bateaux chargés d'effendis, de bachas, de cadis, qu'on envoyait en exil à Lemnos, à Mytilène, à Erzeroum[1]. On

35 voyait venir d'autres cadis, d'autres bachas, d'autres effendis[2], qui prenaient la place des expulsés et qui étaient expulsés à leur tour. On voyait des têtes proprement empaillées[3] qu'on allait présenter à la Sublime-Porte. Ces spectacles faisaient redoubler les dissertations ; et quand on ne disputait pas,

40 l'ennui était si excessif que la vieille osa un jour leur dire : « Je voudrais savoir lequel est le pire, ou d'être violée cent fois par des pirates nègres, d'avoir une fesse coupée, de passer par les baguettes chez les Bulgares, d'être fouetté et pendu dans un auto-da-fé, d'être disséqué, de ramer en galère,

45 d'éprouver enfin toutes les misères par lesquelles nous avons tous passé, ou bien de rester ici à ne rien faire ? – C'est une grande question », dit Candide.

Ce discours fit naître de nouvelles réflexions, et Martin surtout conclut que l'homme était né pour vivre dans les

1. *Lemnos et Mytilène :* îles actuellement grecques. *Erzeroum :* ville de Turquie orientale.
2. *Effendis, bachas et cadis :* hauts personnages de l'Empire ottoman.
3. *Têtes proprement empaillées :* détail rapporté par certaines lectures de Voltaire.

50 convulsions de l'inquiétude, ou dans la léthargie de l'ennui.
Candide n'en convenait pas, mais il n'assurait rien. Pangloss
avouait qu'il avait toujours horriblement souffert ; mais ayant
soutenu une fois que tout allait à merveille, il le soutenait
toujours, et n'en croyait rien.

55 Une chose acheva de confirmer Martin dans ses détestables
principes, de faire hésiter plus que jamais Candide, et
d'embarrasser Pangloss. C'est qu'ils virent un jour aborder
dans leur métairie Paquette et le frère Giroflée, qui étaient
dans la plus extrême misère ; ils avaient bien vite mangé leurs

60 trois mille piastres, s'étaient quittés, s'étaient raccommodés,
s'étaient brouillés, avaient été mis en prison, s'étaient enfuis,
et enfin frère Giroflée s'était fait Turc. Paquette continuait
son métier partout, et n'y gagnait plus rien. « Je l'avais bien
prévu, dit Martin à Candide, que vos présents seraient bientôt

65 dissipés et ne les rendraient que plus misérables. Vous avez
regorgé de millions de piastres, vous et Cacambo, et vous
n'êtes pas plus heureux que frère Giroflée et Paquette. – Ah,
ah ! dit Pangloss à Paquette, le Ciel vous ramène donc ici
parmi nous, ma pauvre enfant ! Savez-vous bien que vous

70 m'avez coûté le bout du nez, un œil et une oreille ? Comme
vous voilà faite ! Eh ! qu'est-ce que ce monde ! » Cette
nouvelle aventure les engagea à philosopher plus que jamais.

Il y avait dans le voisinage un derviche[1] très fameux, qui
passait pour le meilleur philosophe de la Turquie ; ils allèrent

75 le consulter ; Pangloss porta la parole, et lui dit : « Maître,
nous venons vous prier de nous dire pourquoi un aussi
étrange animal que l'homme a été formé.

– De quoi te mêles-tu ? dit le derviche, est-ce là ton
affaire ? – Mais, mon révérend père, dit Candide, il y a

1. *Derviche :* pour Voltaire, les derviches sont les équivalents turcs
des moines mendiants.

80 horriblement de mal sur la terre. – Qu'importe, dit le
derviche, qu'il y ait du mal ou du bien ? Quand Sa Hautesse[1]
envoie un vaisseau en Égypte, s'embarrasse-t-elle si les souris
qui sont dans le vaisseau sont à leur aise ou non ? – Que
faut-il donc faire ? dit Pangloss. – Te taire, dit le derviche.
85 – Je me flattais, dit Pangloss, de raisonner un peu avec vous
des effets et des causes, du meilleur des mondes possibles,
de l'origine du mal, de la nature de l'âme et de l'harmonie
préétablie. » Le derviche, à ces mots, leur ferma la porte
au nez.
90 Pendant cette conversation, la nouvelle s'était répandue
qu'on venait d'étrangler à Constantinople deux visirs du banc
et le muphti[2], et qu'on avait empalé plusieurs de leurs amis.
Cette catastrophe faisait partout un grand bruit pendant
quelques heures. Pangloss, Candide et Martin, en retournant
95 à la petite métairie, rencontrèrent un bon vieillard qui prenait
le frais à sa porte sous un berceau d'orangers. Pangloss, qui
était aussi curieux que raisonneur, lui demanda comment
se nommait le muphti qu'on venait d'étrangler. « Je n'en
sais rien, répondit le bonhomme, et je n'ai jamais su le nom
100 d'aucun muphti ni d'aucun visir. J'ignore absolument
l'aventure dont vous me parlez ; je présume qu'en général
ceux qui se mêlent des affaires publiques périssent quelque-
fois misérablement, et qu'ils le méritent ; mais je ne
m'informe jamais de ce qu'on fait à Constantinople ; je me
105 contente d'y envoyer vendre les fruits du jardin que je
cultive. » Ayant dit ces mots, il fit entrer les étrangers dans
sa maison : ses deux filles et ses deux fils leur présentèrent

1. *Sa Hautesse :* le Sultan.
2. *Visirs du banc :* ministres siégeant à la Cour suprême. *Le muphti :* chef religieux de l'Islam pour la Turquie. Exils et étranglements font sans doute allusion, en outre, aux remaniements ministériels consé-cutifs aux défaites de la France dans la guerre de Sept Ans.

plusieurs sortes de sorbets[1] qu'ils faisaient eux-mêmes, du
kaïmac piqué d'écorces de cédrat confit, des oranges, des
110 citrons, des limons, des ananas, des pistaches, du café de
Moka qui n'était point mêlé avec le mauvais café de Batavia
et des îles[2]. Après quoi les deux filles de ce bon musulman
parfumèrent les barbes de Candide, de Pangloss et de Martin.

« Vous devez avoir, dit Candide au Turc, une vaste et
115 magnifique terre ? – Je n'ai que vingt arpents[3], répondit le
Turc ; je les cultive avec mes enfants ; le travail éloigne de
nous trois grands maux : l'ennui, le vice et le besoin. »

Candide, en retournant dans sa métairie, fit de profondes
réflexions sur le discours du Turc. Il dit à Pangloss et à
120 Martin : « Ce bon vieillard me paraît s'être fait un sort bien
préférable à celui des six rois avec qui nous avons eu
l'honneur de souper. – Les grandeurs, dit Pangloss, sont fort
dangereuses, selon le rapport de tous les philosophes : car
enfin Églon, roi des Moabites, fut assassiné par Aod ; Absalon
125 fut pendu par les cheveux et percé de trois dards ; le roi
Nadab, fils de Jéroboam, fut tué par Baasa ; le roi Éla, par
Zambri ; Ochosias, par Jéhu ; Athalia, par Joïada[4] ; les rois
Joachim, Jéchonias, Sédécias, furent esclaves. Vous savez
comment périrent Crésus, Astyage, Darius, Denys de
130 Syracuse, Pyrrhus, Persée, Annibal, Jugurtha, Arioviste,
César, Pompée, Néron, Othon, Vitellius, Domitien[5],
Richard II d'Angleterre, Édouard II, Henri VI, Richard III,
Marie Stuart, Charles Ier, les trois Henri de France, l'empereur
Henri IV [6] ? Vous savez... – Je sais aussi, dit Candide, qu'il

1. *Sorbet :* mélange de jus de citron (ou d'autres fruits), de sucre
et d'eau, servi à demi glacé.
2. *Batavia :* l'actuelle Jakarta, en Indonésie. *Les îles :* les Antilles.
3. *Vingt arpents :* de sept à huit hectares (un arpent = 35 à 50 ares).
4. Noms de l'Ancien Testament.
5. Noms de l'histoire antique.
6. Noms de l'histoire moderne.

135 faut cultiver notre jardin. – Vous avez raison, dit Pangloss :
car, quand l'homme fut mis dans le jardin d'Éden, il y fut
mis *ut operaretur eum*, pour qu'il travaillât[1] ; ce qui prouve que
l'homme n'est pas né pour le repos. – Travaillons sans
raisonner, dit Martin ; c'est le seul moyen de rendre la vie
140 supportable. »

Toute la petite société entra dans ce louable dessein ;
chacun se mit à exercer ses talents. La petite terre rapporta
beaucoup. Cunégonde était à la vérité bien laide ; mais elle
devint une excellente pâtissière ; Paquette broda ; la vieille
145 eut soin du linge. Il n'y eut pas jusqu'à frère Giroflée qui
ne rendît service ; il fut un très bon menuisier, et même
devint honnête homme[2] ; et Pangloss disait quelquefois à
Candide : « Tous les événements sont enchaînés dans le
meilleur des mondes possibles ; car enfin, si vous n'aviez
150 pas été chassé d'un beau château à grands coups de pied
dans le derrière pour l'amour de Mlle Cunégonde, si vous
n'aviez pas été mis à l'Inquisition, si vous n'aviez pas couru
l'Amérique à pied, si vous n'aviez pas donné un bon coup
155 d'épée au baron, si vous n'aviez pas perdu tous vos moutons
du bon pays d'Eldorado, vous ne mangeriez pas ici des
cédrats[3] confits et des pistaches. – Cela est bien dit, répondit
Candide, mais il faut cultiver notre jardin. »

1. Citation de la Genèse (II, 15).
2. *Honnête homme* : non pas homme honnête, mais homme de
bonnes manières et d'esprit, sachant vivre en société.
3. *Cédrat* : énorme citron utilisé en confiserie, fruit du cédratier.

Chapitre 30

Conclusion et conclusions

CONCLUSION Nº 1 : LE TRIOMPHE DE MARTIN

Les quatre premiers paragraphes pourraient, devraient constituer la conclusion logique, « naturelle », du roman : tout nous a préparés au triomphe de Martin, ici couronné et martelé.
On pourra donc étudier comment la narration réactualise deux schèmes essentiels du roman :
a) l'alternance séparation/réunion (exclusion/inclusion) ;
b) l'alternative malheur/bonheur.

1. Le renvoi du baron/jésuite lève le dernier obstacle à ce qui, dans un circuit narratif convenu (contes, romans sentimentaux, comédies) devrait conclure heureusement la quête du héros. Mais on sait déjà (chapitre 29) qu'il a conquis un objet dégradé, dérisoire. Comble d'ironie : chassé du Thunder-ten-tronckh pour violation des convenances, c'est par convenance qu'il épouse celle que l'ordre nobiliaire lui refusait.
Vous pousserez plus loin l'analyse du système de correspondances entre le chapitre premier et le chapitre 30 : en quoi l'expulsion du baron répond-elle à celle de Candide, en quoi diffère-t-elle ?
Quel est le (double) sens symbolique de cette exclusion inaugurale au seuil de la « conclusion » ?

2. Exclusion nécessaire, mais non suffisante : sur l'axe malheur/bonheur, tout va de mal en pis : excès de travail pour Cacambo, excès d'ennui pour les autres (sauf Martin !).
Les schémas antérieurs sont rappelés : revers monétaires ; travers locaux ; dévergondages métaphysiques. N'y a-t-il pas cependant un infléchissement décisif dans l'approche du malheur de vivre ? Peut-on en trouver des traces dans les chapitres antérieurs ? L'inquiétude est-elle pour autant absente ?
Si l'on compare chapitre premier et chapitre 30, à quoi correspondrait, dans le chapitre premier, la « léthargie de l'ennui » ?

3. Martin a donc totalement triomphé, et le narrateur parachève complaisamment cette victoire par le retour démonstratif de Paquette et Giroflée : preuve par deux . Qui protesterait si le conte

217

s'arrêtait sur ce dilemme canonique du XVIIIᵉ siècle en matière de bonheur – inquiétude/léthargie –, s'il s'achevait sur cette dérision sans espoir, sur ce ressassement polémique ?
Et que dire d'autre ? Certes, Candide hésite toujours : mais n'est-ce pas ce qu'il fait depuis qu'il s'est heurté au monde ? Or, le récit repart et refuse d'en rester là. La « conclusion » n'est pas seulement une liquidation des restes, un bilan des faillites. Mais, pour repartir et travailler, elle doit faire appel à des Turcs. Ces gens-là ont des choses à nous dire.

CONCLUSION Nº 2 : LE DERVICHE ET LE VIEILLARD

Deux scènes, deux consultations, deux conversations : comment sont-elles insérées dans le fil du récit ? obéissent-elles au même modèle narratif ? (articulation du récit et du discours, des questions et des réponses, du comique et du sérieux, etc.).
Ces deux paraboles sont-elles exclusives l'une de l'autre, ou bien peut-on les coordonner ?
Leur ordre de succession a-t-il un sens ?
Ont-elles la même portée ?
On montrera en quoi la maxime du bon Turc éclaire l'expulsion du baron.

CONCLUSION Nº 3 : LE JARDIN, MYTHE LITTÉRAIRE

1. Il faut d'abord, si faire se peut, éviter le danger d'un excès de sérieux : car Voltaire tient fermement le fil comique. Par Pangloss, bien entendu, nullement impressionné par la conclusion du derviche, ni par sa porte (litanie des rois malheureux) ; mais aussi, moins visiblement, par le contraste entre les « profondes réflexions » de Candide (à partir d'une maxime évidemment banale) et la constatation triviale dont elles finissent par accoucher (« Ce bon vieillard... »)!
Voltaire, avec un art assez diabolique, retarde donc l'apparition de sa célèbre formule : à quel dessein, pour quel effet ?
Et comment la met-il en valeur et en souligne-t-il la portée ?

2. Cette troisième parabole, sans doute l'une des plus célèbres de la littérature universelle, fait deux fois référence à la Bible, les deux fois par la bouche de Pangloss : parodie du livre des Rois, parodie du récit de la chute d'Adam.

On a donc, dans *Candide*, deux réécritures du mythe de la chute : au chapitre premier, au chapitre 30.
En quoi peut-on dire que la version du chapitre 30 est aussi une inversion du mythe biblique ?

3. *Dernier paragraphe* : à quel paragraphe de la « conclusion » faut-il comparer celui-ci ? Montrez qu'ils se répondent assez exactement, en dressant le tableau des correspondances (présences/absences).

4. L'ultime tirade de l'indestructible Pangloss a évidemment pour fonction de réinscrire une dernière fois le leitmotiv de l'œuvre : finalité comique et musicale. Est-ce pourtant la seule ?
Ne tend-elle point inévitablement à souligner, sous la grimace comique, l'irréductible vitalité, l'irrésistible énergie du tempérament voltairien, qui oblige à laisser le dernier mot au « jeune garçon à qui la nature avait donné les mœurs les plus douces », bâtard ou orphelin ? Il nous a conduits du château dérisoire et fabuleux au jardin terrestre, de la croyance passive au jugement réfléchi, de la guerre des mots à la pratique utile, des quêtes grandioses aux désirs modestes. Comme le dira Hegel du roman moderne : de la poésie du cœur à la prose quotidienne du monde comme il va.
Pourtant, Candide n'a pas désappris la douceur : il ne claque pas la porte au nez de son vieux maître incorrigible !
Mais que cette douceur est loin de la candeur ! Et qu'elle en dit long sur l'enfant devenu homme, et sur les enfantillages du pédagogue resté à l'école !

5. « Il faut cultiver notre jardin. » La formule capitalise le travail critique du roman et le revitalise sous forme d'injonction pratique :
– travail critique : fuir les landes stériles de la métaphysique, les terres brûlées du fanatisme clérical, les champs clos de l'orgueil nobiliaire et des rivalités de cour ; cibles : le noble, le clerc, le métaphysicien, le courtisan, le soldat... ;
– injonction pratique : viser le concret, l'utile, l'efficace ; substituer le mérite à la naissance, l'argent au sang, la division du travail à la hiérarchie des rangs, la science et la morale à la théologie et à la métaphysique.
Tant de choses en si peu de mots ?
À cette question de M. Jourdain, il faut répondre que c'est la faute aux paraboles.

Un épisode de la guerre de Sept Ans : la mort de Montcalm (47 ans)
près de Québec, le 14 septembre 1759.
Détail d'une gravure de Moret,
d'après une peinture de Desfontaines. B.N. Paris.

Documentation thématique

Témoignages sur la question du mal au XVIIIe siècle

Faut-il le redire encore une fois ? La question du mal fait souffrir la philosophie ou plutôt les philosophies des Lumières, qui y répondent, comme nous, avec les moyens du bord. L'optimisme, rendu légendaire par Voltaire, est une de ces réponses, cautionnée par les noms illustres de Leibniz, Malebranche, Pope, etc.

Si Dieu existe, d'où vient le mal ?
S'il n'existe pas, d'où vient le bien ?

• On demande d'abord d'où vient le mal. *Si Deus est, unde malum ? Si non est, unde bonum ?* Les anciens attribuaient la cause du mal à la matière, qu'ils croyaient incréée et indépendante de Dieu ; mais nous qui dérivons tout être de Dieu, où trouverons-nous la source du mal ? La réponse est qu'elle doit être cherchée dans la nature idéale de la créature, autant que cette nature est renfermée dans les vérités éternelles qui sont dans l'entendement de Dieu indépendamment de sa volonté. Car il faut considérer qu'il y a une imperfection originale dans la créature avant le péché, parce que la créature est limitée essentiellement, d'où vient qu'elle ne saurait tout savoir, et qu'elle se peut tromper et faire d'autres fautes. [...]

• On peut prendre le mal métaphysiquement, physiquement et moralement. Le mal métaphysique consiste dans la simple imperfection, le mal physique dans la souffrance,

et le mal moral dans le péché. Or, quoique le mal physique et le mal moral ne soient point nécessaires, il suffit qu'en vertu des vérités éternelles ils soient possibles. Et comme cette région immense des vérités contient toutes les possibilités, il faut qu'il y ait une infinité de mondes possibles, que le mal entre dans plusieurs d'entre eux, et que même le meilleur de tous en renferme : c'est ce qui a déterminé Dieu à permettre le mal. [...]

• Il y a un nombre innombrable de globes, autant et plus grands que le nôtre, qui ont autant de droit que lui à avoir des habitants raisonnables, quoiqu'il ne s'ensuive point que ce soient des hommes. [...] Ainsi la proportion de la partie de l'univers que nous connaissons se perdant presque dans le néant au prix de ce qui nous est inconnu, et que nous avons pourtant sujet d'admettre, et tous les maux qu'on nous peut objecter n'étant que dans ce presque néant, il se peut que tous les maux ne soient aussi qu'un presque néant en comparaison des biens qui sont dans l'univers.

Leibniz,
Essais de théodicée sur la bonté de Dieu,
la liberté de l'homme et l'origine du mal, 1710.

La terre tremble
sous un maître équitable

Le *Poème sur le désastre de Lisbonne ou Examen de cet axiome : « Tout est bien »* fut terminé dès la fin de novembre 1755 et publié en mars 1756, accompagné de notes substantielles. Il connut une vingtaine d'éditions en 1756, et provoqua un débat européen.

Vers pathétiques, nés du choc de l'émotion, mais – le titre l'indique clairement – suscités par un examen de conscience philosophique. Voltaire interroge et renvoie dos à dos les interprétations classiques.

Ô malheureux mortels ! ô terre déplorable !
Ô de tous les mortels assemblage effroyable !
D'inutiles douleurs éternel entretien !
Philosophes trompés qui criez : « Tout est bien » ;
Accourez, contemplez ces ruines affreuses,
Ces débris, ces lambeaux, ces cendres malheureuses,
Ces femmes, ces enfants l'un sur l'autre entassés,
Sous ces marbres rompus ces membres dispersés ;
Cent mille infortunés que la terre dévore,
Qui, sanglants, déchirés, et palpitants encore,
Enterrés sous leurs toits, terminent sans secours
Dans l'horreur des tourments leurs lamentables jours !

...

Direz-vous : « C'est l'effet des éternelles lois
Qui d'un Dieu libre et bon nécessitent le choix » ?
Direz-vous, en voyant cet amas de victimes :
« Dieu s'est vengé, leur mort est le prix de leurs crimes » ?
Quel crime, quelle faute ont commis ces enfants
Sur le sein maternel écrasés et sanglants ?

...

Croyez-moi, quand la terre entrouvre ses abîmes,
Ma plainte est innocente et mes cris légitimes.

...

C'est l'orgueil, dites-vous, l'orgueil séditieux,
Qui prétend qu'étant mal, nous pouvions être mieux.

...

« Tout est bien, dites-vous, et tout est nécessaire. »
Quoi ! l'univers entier, sans ce gouffre infernal,
Sans engloutir Lisbonne, eût-il été plus mal ?

...

L'éternel artisan n'a-t-il pas dans ses mains
Des moyens infinis tout prêts pour ses desseins ?

...

Je respecte mon Dieu, mais j'aime l'univers.
Quand l'homme ose gémir d'un fléau si terrible,
Il n'est point orgueilleux, hélas ! Il est sensible.

...

Non, ne présentez plus à mon cœur agité
Ces immuables lois de la nécessité,
Cette chaîne des corps, des esprits, et des mondes.
 ...

Pourquoi donc souffrons-nous sous un maître équitable ?
Voilà le nœud fatal qu'il fallait délier.
Guérirez-vous nos maux en osant les nier ?
Tous les peuples, tremblant sous une main divine,
Du mal que vous niez ont cherché l'origine.
Si l'éternelle loi qui meut les éléments
Fait tomber les rochers sous les efforts des vents,
Si les chênes touffus par la foudre s'embrasent,
Ils ne ressentent point des coups qui les écrasent :
Mais je vis, mais je sens, mais mon cœur opprimé
Demande des secours au Dieu qui l'a formé.
 ...

« Ce malheur, dites-vous, est le bien d'un autre être. »
De mon corps tout sanglant mille insectes vont naître ;
Quand la mort met le comble aux maux que j'ai soufferts,
Le beau soulagement d'être mangé des vers !
Tristes calculateurs des misères humaines,
Ne me consolez point, vous aigrissez mes peines ;
 ...

Je ne suis du grand *tout* qu'une faible partie :
Oui ; mais les animaux condamnés à la vie,
Tous les êtres sentants, nés sous la même loi,
Vivent dans la douleur, et meurent comme moi.
 ...

Ainsi du monde entier tous les membres gémissent ;
Nés tous pour les tourments, l'un par l'autre ils périssent :
Et vous composerez dans ce chaos fatal
Des malheurs de chaque être un bonheur général !
 ...

Éléments, animaux, humains, tout est en guerre.
Il le faut avouer, le mal est sur la terre :

Son principe secret ne nous est point connu.
De l'auteur de tout bien le mal est-il venu ?

...

De l'Être tout parfait le mal ne pouvait naître ;
Il ne vient point d'autrui, puisque Dieu seul est maître :
Il existe pourtant. Ô tristes vérités !
Ô mélange étonnant de contrariétés !

...

Ou l'homme est né coupable, et Dieu punit sa race,
Ou ce maître absolu de l'être et de l'espace,
Sans courroux, sans pitié, tranquille, indifférent,
De ses premiers décrets suit l'éternel torrent ;
Ou la matière informe, à son maître rebelle,
Porte en soi des défauts *nécessaires* comme elle ;
Ou bien Dieu nous éprouve, et ce séjour mortel
N'est qu'un passage étroit vers un monde éternel.

...

Voltaire,
Poème sur le désastre de Lisbonne
ou Examen de cet axiome : Tout est bien, 1756.

Le bonheur n'est pas un bien,
le malheur n'est pas un mal

La *Correspondance littéraire* de Grimm, à laquelle Diderot contribue énergiquement, répond à Voltaire dès le 1er juillet 1756. On ne s'étonnera pas d'y voir la Nature prendre la place de Dieu et le fatalisme y réduire les aspirations individuelles au profit de l'espèce.

M. de Voltaire a combattu l'axiome *Tout est bien.* J'ai déjà remarqué [...] que sa philosophie est petite, étroite et fausse. [...] Il regarde le malheur et la destruction d'un certain nombre d'individus comme un mal de l'univers. Que

savez-vous si c'en est un ? lui dirai-je. Quel est votre orgueil de vous compter pour quelque chose dans l'immensité et d'attaquer l'ordre général sur l'anéantissement de quelques êtres. [...] Il y a du bonheur et du malheur dans le monde : personne n'en peut douter. Le bien et le mal sont deux mots vides de sens pour le vrai philosophe.

[...] Le bonheur n'est pas un bien, le malheur n'est pas un mal dans l'ordre des choses, du moins nous n'en savons rien ; il n'est tel que par rapport à la situation particulière d'un tel individu. Or cette situation est bien nécessaire, mais elle est en même temps indifférente à l'ordre de l'univers. [...]

Rien ne pouvant nous détacher de notre bonheur, nous croyons que tout l'univers doit y concourir, et nous crions au mal physique et moral dès que les circonstances s'opposent à notre bien-être particulier, ou que les événements y sont contraires. Cependant, si nous voulons voir les choses telles qu'elles sont, nous trouverons que la nature fait tout pour elle-même, et ne fait rien pour nous. Elle songe uniquement au bien-être et à la préservation des espèces, et néglige absolument la conservation des individus. Elle s'inquiète peu de notre bonheur : elle compte pour rien nos douleurs, nos souffrances, et immole sans cesse l'individu au bien de l'espèce. [...] Notre faible raison pourrait-elle résister aux immuables lois de notre destinée ? Il faut nous détacher de notre bonheur ou ne le voir possible qu'autant que nous obéissons à la nature, et que nous remplissons ses vues. Notre bonheur lui est indifférent, mais elle fait tout pour le bien de notre espèce ; tâchons d'y trouver celui qui nous est personnel, et nous aurons rempli notre vocation. [...] Tout ce qui est doit être, par cela même que cela est. Voilà la seule bonne philosophie. Aussi longtemps que nous ne connaîtrons pas cet univers, comme on dit dans l'école, a priori tout est nécessité. La liberté est un mot vide de sens. [...]

Grimm,
Correspondance littéraire, 1^{er} juillet 1756.

Le tout est bien, ou tout est bien pour le tout

Le 18 août 1756, J.-J. Rousseau écrit à Voltaire. Cette lettre ne sera rendue publique qu'en 1759, et Rousseau dira plus tard, dans *les Confessions,* que M. de Voltaire (car Rousseau n'oublie jamais la particule !) lui avait répondu par *Candide.*

« Homme, prends patience », me disent Pope et Leibniz. « Tes maux sont un effet nécessaire de ta nature, et de la constitution de cet univers. [...] S'il (l'Être éternel) n'a pas mieux fait, c'est qu'il ne pouvait mieux faire. »

Que me dit maintenant votre poème ? « Souffre à jamais, malheureux. S'il est un Dieu qui t'ait créé, sans doute il est tout-puissant ; il pouvait prévenir tous tes maux : n'espère donc jamais qu'ils finissent ; car on ne saurait voir pourquoi tu existes, si ce n'est pour souffrir et mourir. » Je ne sais ce qu'une pareille doctrine peut avoir de plus consolant que l'optimisme et que la fatalité.

[...] Je ne vois pas qu'on puisse chercher la source du mal moral ailleurs que dans l'homme libre, perfectionné, partant corrompu ; et, quant aux maux physiques [...], ils sont inévitables dans tout système dont l'homme fait partie ; [...] la plupart de nos maux physiques sont encore notre ouvrage. Sans quitter votre sujet de Lisbonne, convenez, par exemple, que, si la nature n'avait point rassemblé là vingt mille maisons de six à sept étages, et que si les habitants de cette grande ville eussent été dispersés plus également, et plus légèrement logés, le dégât eût été beaucoup moindre, et peut-être nul. [...] Combien de malheureux ont péri dans ce désastre, pour vouloir prendre l'un ses habits, l'autre ses papiers, l'autre son argent ? [...]

Pour revenir, Monsieur, au système que vous attaquez, je crois qu'on ne peut l'examiner convenablement, sans distinguer avec soin le mal particulier, dont aucun

philosophe n'a jamais nié l'existence, du mal général que nie l'optimiste. Il n'est pas question de savoir si chacun de nous souffre, ou non ; mais s'il était bon que l'univers fût, et si nos maux étaient inévitables dans la constitution de l'univers [...], et au lieu de *Tout est bien,* il vaudrait peut-être mieux dire : *Le tout est bien,* ou *Tout est bien pour le tout.* Alors il est très évident qu'aucun homme ne saurait donner des preuves directes ni pour ni contre. [...] Si je ramène ces questions diverses à leur principe commun, il me semble qu'elles se rapportent toutes à celle de l'existence de Dieu. Si Dieu existe, il est parfait ; s'il est parfait, il est sage, puissant et juste ; s'il est juste et puissant, mon âme est immortelle ; si mon âme est immortelle, trente ans de vie ne sont rien pour moi, et sont peut-être nécessaires au maintien de l'univers. Si l'on m'accorde la première proposition, jamais on n'ébranlera les suivantes ; si on la nie, il ne faut point disputer sur ses conséquences.

[...] Toutes les subtilités de la métaphysique ne me feront pas douter un moment de l'immortalité de l'âme, et d'une Providence bienfaisante.

Lettre de J.-J. Rousseau à M. de Voltaire, 18 août 1756.

Il n'est de crime à rien, chère fille...

On se doute que le marquis de Sade a quelque chose à dire sur le mal. Dolmancé, instituteur immoral, retravaille la philosophie des Lumières, et notamment le matérialisme (ou fatalisme), pour des conclusions qui eussent horrifié le généreux Diderot.

DOLMANCÉ. — Il n'est de crime à rien, chère fille, à quoi que ce soit au monde : la plus monstrueuse des actions n'a-t-elle pas un côté par lequel elle nous est propice ?

EUGÉNIE. — Qui en doute ?

DOLMANCÉ. — Eh bien, de ce moment elle cesse d'être un crime ; car, pour que ce qui sert l'un en nuisant à l'autre fût un crime, il faudrait démontrer que l'être lésé est plus précieux à la nature que l'être servi : or tous les individus étant égaux aux yeux de la nature, cette prédilection est impossible ; donc l'action qui sert à l'un en nuisant à l'autre est d'une indifférence parfaite à la nature.

EUGÉNIE. — Mais si l'action nuisait à une très grande majorité d'individus, et qu'elle ne nous rapportât à nous qu'une très légère dose de plaisir, ne serait-il pas affreux de s'y livrer alors ?

DOLMANCÉ. — Pas davantage, parce qu'il n'y a aucune comparaison entre ce qu'éprouvent les autres et ce que nous ressentons ; la plus forte dose de douleur chez les autres doit assurément être nulle pour nous, et le plus léger chatouillement de plaisir éprouvé par nous nous touche ; donc nous devons, à quel prix que ce soit, préférer ce léger chatouillement qui nous délecte à cette somme immense des malheurs d'autrui, qui ne saurait nous atteindre. Mais s'il arrive, au contraire, que la singularité de nos organes, une construction bizarre, nous rendent agréables les douleurs du prochain, ainsi que cela arrive souvent : qui doute alors que nous ne devions incontestablement préférer cette douleur d'autrui qui nous amuse, à l'absence de cette douleur qui deviendrait une privation pour nous ? La source de toutes nos erreurs en morale vient de l'admission ridicule de ce fil de fraternité qu'inventèrent les chrétiens dans leur siècle d'infortune et de détresse. Contraints à mendier la pitié des autres, il n'était pas maladroit d'établir qu'ils étaient tous frères. Comment refuser des secours d'après une telle hypothèse ? Mais il est impossible d'admettre cette doctrine. Ne naissons-nous pas tous isolés ? je dis plus, tous ennemis les uns des autres, tous

dans un état de guerre perpétuelle et réciproque ? Or, je
vous demande si cela serait dans la supposition que les
vertus exigées par ce prétendu fil de fraternité fussent
réellement dans la nature. Si sa voix les inspirait aux
hommes, ils les éprouveraient dès en naissant. Dès lors,
la pitié, la bienfaisance, l'humanité seraient des vertus
naturelles, dont il serait impossible de se défendre, et qui
rendraient cet état primitif de l'homme sauvage totalement
contraire à ce que nous le voyons.

EUGÉNIE. — Mais si, comme vous le dites, la nature fait
naître les hommes isolés, tous indépendants les uns des
autres, au moins m'accorderez-vous que les besoins, en les
rapprochant, ont dû nécessairement établir quelques liens
entre eux ; de là, ceux du sang nés de leur alliance
réciproque, ceux de l'amour, de l'amitié, de la reconnais-
sance ; vous respecterez au moins ceux-là, j'espère ?

DOLMANCÉ. — Pas plus que les autres, en vérité ; mais
analysons-les, je le veux : un coup d'œil rapide, Eugénie,
sur chacun en particulier.

D.A.F. de Sade, *La Philosophie dans le boudoir*
(les Instituteurs immoraux), 1795.

Méchants ?

Voltaire a-t-il la tête philosophique, lui qui pensait que les
Français ne l'avaient pas épique ? Diderot, Grimm et
Rousseau ont du mal à le croire. Ce plaidoyer aussi ingénu
que convaincu a dû bien faire rire le marquis de Sade.

On y notera au moins l'obsession du problème religieux
et le recours inattendu aux statistiques. Mais aussi le
déplacement de la nature vers le social et le politique, pour

aboutir aux conclusions de... Leibniz (et de la lettre XXV sur Pascal des *Lettres philosophiques,* 1734 !). C'est que la nature renvoie à Dieu, et le politique à l'homme.

On nous crie que la nature humaine est essentiellement perverse, que l'homme est né enfant du diable et méchant. Rien n'est plus mal avisé ; car, mon ami, toi qui me prêches que tout le monde est né pervers, tu m'avertis donc que tu es né tel, qu'il faut que je me défie de toi comme d'un renard ou d'un crocodile. — Oh point ! me dis-tu, je suis régénéré, je ne suis ni hérétique ni infidèle, on peut se fier à moi. — Mais le reste du genre humain, qui est ou hérétique ou ce que tu appelles infidèle, ne sera donc qu'un assemblage de monstres ; et toutes les fois que tu parleras à un luthérien, ou à un Turc, tu dois être sûr qu'ils te voleront et qu'ils t'assassineront : car ils sont enfants du diable ; ils sont nés méchants ; l'un n'est point régénéré, et l'autre est dégénéré. Il serait bien plus raisonnable, bien plus beau de dire aux hommes : *Vous êtes tous nés bons ; voyez combien il serait affreux de corrompre la pureté de votre être.* Il eut fallu en user avec le genre humain comme on en use avec tous les hommes en particulier. [...] On devrait dire à chaque individu : « Souviens-toi de ta dignité d'homme. »

Et en effet, malgré qu'on en ait, on en revient toujours là ; car que veut dire ce mot si fréquemment employé chez toutes les nations, *rentrez en vous-même ?* Si vous étiez né enfant du diable, si votre origine était criminelle, si votre sang était formé d'une liqueur infernale, ce mot *rentrez en vous-même* signifierait : consultez, suivez votre nature diabolique, soyez imposteur, voleur, assassin, c'est la loi de votre père.

L'homme n'est point né méchant ; il le devient, comme il devient malade. Des médecins se présentent et lui disent :

« Vous êtes né malade. » Il est bien sûr que ces médecins, quelque chose qu'ils disent et qu'ils fassent, ne le guériront pas si sa maladie est inhérente à sa nature ; et ces raisonneurs sont très malades eux-mêmes.

L'homme n'est donc pas né mauvais. Pourquoi plusieurs sont-ils donc infectés de cette peste de la méchanceté. C'est que ceux qui sont à leur tête, étant pris de la maladie la communiquent au reste des hommes. [...] Le premier ambitieux a corrompu la terre.

Vous m'allez dire que ce premier monstre a déployé le germe d'orgueil, de rapine, de fraude, de cruauté, qui est dans tous les hommes. J'avoue qu'en général la plupart de nos frères peuvent acquérir ces qualités ; mais tout le monde a-t-il la fièvre putride, la pierre et la gravelle parce que tout le monde y est exposé ?

Il y a des nations entières qui ne sont point méchantes : les Philadelphiens, les Banians n'ont jamais tué personne ; les Chinois, les peuples du Tonquin, de Lao, de Siam, du Japon même, depuis plus de cent ans, ne connaissent point la guerre. À peine voit-on en dix ans un de ces grands crimes qui étonnent la nature humaine dans les villes de Rome, de Venise, de Paris, de Londres, d'Amsterdam, villes où pourtant la cupidité, mère de tous les crimes, est extrême.

Si les hommes étaient essentiellement méchants, s'ils naissaient tous soumis à un être aussi malfaisant que malheureux, qui pour se venger de son supplice leur inspirerait toutes ses fureurs, on verrait tous les matins les maris assassinés par leurs femmes, et les pères par leurs enfants, comme on voit à l'aube du jour des poules étranglées par une fouine qui est venue sucer leur sang.

S'il y a un milliard d'hommes sur la terre, c'est beaucoup, cela donne environ cinq cents millions de femmes qui cousent, qui filent, qui nourrissent leurs petits, qui tiennent la maison ou la cabane propre, et qui médisent un peu de

leurs voisines. Je ne vois pas quel grand mal ces pauvres innocentes font sur la terre. Sur ce nombre d'habitants du globe, il y a deux cents millions d'enfants au moins, qui certainement ne tuent ni ne pillent, et environ autant de vieillards ou de malades qui n'en ont pas le pouvoir. Restera tout au plus cent millions de jeunes gens robustes et capables du crime. De ces cent millions il y en a quatre-vingt-dix continuellement occupés à forcer la terre, par un travail prodigieux, à leur fournir la nourriture et le vêtement : ceux-là n'ont guère le temps de mal faire.

Dans les dix millions restants seront compris les gens oisifs et de bonne compagnie, qui veulent jouir doucement ; les hommes à talents, occupés de leurs professions ; les magistrats, les prêtres, visiblement intéressés à mener une vie pure, au moins en apparence. Il ne restera donc de vrais méchants que quelques politiques, soit séculiers, soit réguliers, qui veulent toujours troubler le monde, et quelques milliers de vagabonds qui louent leurs services à ces politiques. Or il n'y a jamais à la fois un million de ces bêtes féroces employées ; et, dans ce nombre, je compte les voleurs de grands chemins. Vous avez donc tout au plus sur la terre, dans les temps les plus orageux, un homme sur mille qu'on peut appeler méchant : encore ne l'est-il pas toujours.

Il y a donc infiniment moins de mal sur la terre qu'on ne dit et qu'on ne croit. Il y en a encore trop, sans doute : on voit des malheurs et des crimes horribles ; mais le plaisir de se plaindre et d'exagérer est si grand qu'à la moindre égratignure vous criez que la terre regorge de sang. Avez-vous été trompé, tous les hommes sont des parjures. Un esprit mélancolique qui a souffert une injustice voit l'univers couvert de damnés, comme un jeune voluptueux soupant avec sa dame, au sortir de l'Opéra, n'imagine pas qu'il y ait des infortunés.

Voltaire,
Dictionnaire philosophique, article « Méchant », 1764.

Philosophes moralistes, brûlez tous vos livres !
Un Dieu furieux, insensé, infernal,
nous déchire en mille morceaux !

Mais les sages statistiques ne contiennent pas longtemps la
rage voltairienne. Car si nous ne sommes pas nés méchants,
nous sommes devenus guerriers. Et il y a les prêtres de la
religion artificielle.

La famine, la peste et la guerre sont les trois ingrédients
les plus fameux de ce bas monde. On peut ranger dans
la classe de la famine toutes les mauvaises nourritures où
la disette nous force d'avoir recours pour abréger notre
vie dans l'espérance de la soutenir.

On comprend dans la peste toutes les maladies conta-
gieuses, qui sont au nombre de deux ou trois mille. Ces
deux présents nous viennent de la Providence. Mais la
guerre, qui réunit tous ces dons, nous vient de l'imagination
de trois ou quatre cents personnes répandues sur la surface
de ce globe sous le nom de princes ou de ministres ; et
c'est peut-être pour cette raison que dans plusieurs
dédicaces on les appelle les images vivantes de la Divinité.

Le plus déterminé des flatteurs conviendra sans peine
que la guerre traîne toujours à sa suite la peste et la famine,
pour peu qu'il ait vu les hôpitaux des armées d'Allemagne,
et qu'il ait passé dans quelques villages où il se sera fait
quelque grand exploit de guerre.

C'est sans doute un très bel art que celui qui désole les
campagnes, détruit les habitations et fait périr, année
commune, quarante mille hommes sur cent mille. [...]

Le merveilleux de cette entreprise infernale, c'est que
chaque chef des meurtriers fait bénir ses drapeaux et
invoque Dieu solennellement avant d'aller exterminer son
prochain. Si un chef n'a eu que le bonheur de faire égorger

deux ou trois mille hommes, il n'en remercie point Dieu ;
mais lorsqu'il y en a eu environ dix mille d'exterminés par
le feu et par le fer, et que, pour comble de grâce, quelque
ville a été détruite de fond en comble, alors on chante à
quatre parties une chanson assez longue, composée dans
une langue inconnue à tous ceux qui ont combattu, et de
plus toute farcie de barbarismes. La même chanson sert
pour les mariages et pour les naissances, ainsi que pour
les meurtres : ce qui n'est pas pardonnable, surtout dans
la nation la plus renommée pour les chansons nouvelles.

La religion naturelle a mille fois empêché des citoyens
de commettre des crimes. Une âme bien née n'en a pas
la volonté ; une âme tendre s'en effraye ; elle se représente
un Dieu juste et vengeur. Mais la religion artificielle
encourage à toutes les cruautés qu'on exerce de compagnie,
conjurations, séditions, brigandages, embuscades, surprises
de villes, pillages, meurtres. Chacun marche gaiement au
crime sous la bannière de son saint.

On paye partout un certain nombre de harangueurs pour
célébrer ces journées meurtrières ; les uns sont vêtus d'un
long justaucorps noir, chargé d'un manteau écourté ; les
autres ont une chemise par-dessus une robe ; quelques-uns
portent deux pendants d'étoffe bigarrée par-dessus leur
chemise. Tous parlent longtemps ; ils citent ce qui s'est
fait jadis en Palestine, à propos d'un combat en Vétéravie.

Le reste de l'année, ces gens-là déclament contre les
vices. Ils prouvent en trois points et par antithèses que les
dames qui étendent légèrement un peu de carmin sur leurs
joues fraîches seront l'objet éternel des vengeances
éternelles de l'Éternel ; que *Polyeucte* et *Athalie* sont les
ouvrages du démon ; qu'un homme qui fait servir sur sa
table pour deux cents écus de marée un jour de carême
fait immanquablement son salut, et qu'un pauvre homme
qui mange pour deux sous et demi de mouton va pour
jamais à tous les diables. [...]

236

Misérables médecins des âmes, vous criez pendant cinq quarts d'heure sur quelques piqûres d'épingle, et vous ne dites rien sur la maladie qui nous déchire en mille morceaux ! Philosophes moralistes, brûlez tous vos livres. Tant que le caprice de quelques hommes fera loyalement égorger des milliers de nos frères, la partie du genre humain consacrée à l'héroïsme sera ce qu'il y a de plus affreux dans la nature entière.

Que deviennent et que m'importent l'humanité, la bienfaisance, la modestie, la tempérance, la douceur, la sagesse, la piété, tandis qu'une demi-livre de plomb tirée de six cents pas me fracasse le corps, et que je meurs à vingt ans dans des tourments inexprimables, au milieu de cinq ou six mille mourants, tandis que mes yeux, qui s'ouvrent pour la dernière fois, voient la ville où je suis né détruite par le fer et par la flamme, et que les derniers sons qu'entendent mes oreilles sont les cris des femmes et des enfants expirants sous des ruines, le tout pour des prétendus intérêts d'un homme que nous ne connaissons pas ?

Ce qu'il y a de pis, c'est que la guerre est un fléau inévitable. Si l'on y prend garde, tous les hommes ont adoré le dieu Mars : Sabaoth, chez les Juifs, signifie le dieu des armes ; mais Minerve, chez Homère, appelle Mars un dieu furieux, insensé, infernal.

<div align="right">

Voltaire, *Dictionnaire philosophique,*
article « Guerre », 1764.

</div>

Le Code noir : par la grâce de Dieu...

En usage depuis 1685 dans les possessions françaises d'Amérique et des Antilles, le Code noir suscita dès 1735 protestations, réfutations et indignations de nombreux écrivains. Il est vrai que cette réglementation, qui fut

appliquée jusqu'à l'abolition de l'esclavage (4 février 1794) par la Convention, donne le frisson : Dieu (et les intérêts économiques qu'une étrange pudeur esquive...) justifie aussi les jarrets coupés, la dénonciation, et la mort, encore.

Louis, par la grâce de Dieu roi de France et de Navarre : à tous, présents et à venir, salut...

Article 1. Voulons et entendons que l'édit du feu roi de glorieuse mémoire notre honoré seigneur et père, du 23 avril 1615, soit exécuté dans nos îles. Ce faisant, enjoignons à tous nos officiers de chasser hors de nos îles tous les juifs qui y ont établi leur résidence, auxquels, comme aux ennemis déclarés du nom chrétien, nous commandons d'en sortir dans trois mois, à compter du jour de la publication des présentes, à peine de confiscation de corps et de biens.

Article 2. Tous les esclaves qui seront dans nos îles seront baptisés et instruits dans la religion catholique, apostolique et romaine. Enjoignons aux habitants qui achèteront des nègres nouvellement arrivés d'en avertir les gouverneurs et intendants des dites îles dans huitaine au plus tard, à peine d'amende arbitraire ; lesquels donneront les ordres nécessaires pour les faire instruire et baptiser dans le temps convenable. [...]

Article 78. L'esclave fugitif qui aura été en fuite pendant un mois à compter du jour que son maître l'aura dénoncé en justice aura les oreilles coupées et sera marqué d'une fleur de lys sur une épaule ; et s'il récidive un autre mois à compter pareillement du jour de la dénonciation, aura le jarret coupé et sera marqué d'une fleur de lys sur l'autre épaule ; et la troisième fois il sera puni de mort.

Quand le mal ramène Voltaire au bercail

En 1775, à quoi Voltaire consacre-t-il son dernier conte, *Histoire de Jenni ou le Sage et l'Athée* ? À la réfutation de l'athéisme, qui appelle la question du mal. Si *Candide* n'a pu s'écrire qu'en faisant l'impasse sur le problème de Dieu, la montée de l'athéisme ramène Voltaire à la source de toutes les difficultés : « Dieu existe, il suffit ; s'il existe, il est juste ». Qu'avaient dit d'autre Leibniz, Pope et Rousseau ? Le patriarche est rentré au bercail.

BIRTON. — S'il existait un Dieu si puissant, si bon, il n'aurait pas mis le mal sur la terre ; il n'aurait pas dévoué ses créatures à la douleur et au crime. S'il n'a pu empêcher le mal, il est impuissant ; s'il l'a pu et ne l'a pas voulu, il est barbare. [...] si l'être fantastique et ridicule qu'on appelle le diable avait voulu faire des hommes à son image, les aurait-il formés autrement ? Cessez donc d'attribuer à un Dieu un ouvrage si abominable.

FREIND. — Je suis bien loin de vous dire, comme certains raisonneurs, que les maux particuliers forment le bien général. Cette extravagance est trop ridicule. Je conviens avec douleur qu'il y a beaucoup de mal moral et de mal physique ; mais puisque l'existence de Dieu est certaine, il est aussi très certain que tous ces maux ne peuvent empêcher que Dieu existe. Il ne peut être méchant, car quel intérêt aurait-il à l'être ? Il y a des maux horribles, mes amis ; eh bien ! n'en augmentons pas le nombre. Il est impossible qu'un Dieu ne soit pas bon ; mais les hommes sont pervers : ils font un détestable usage de la liberté que ce grand Être leur a donnée et dû leur donner, c'est-à-dire de la puissance d'exécuter leurs volontés, sans quoi ils ne seraient que de pures machines formées par un être

méchant pour être brisées par lui. [...]

Vous m'avez parlé, Mr. Birton, des guerres aussi cruelles qu'injustes dont tant de nations se sont rendues coupables ; [...] mais n'est-il pas des peuples entiers qui ont toujours eu l'effusion de sang en horreur ? [...], n'avons-nous pas auprès de nous la Pennsylvanie ? [...] N'avons-nous pas la Caroline ? [...] Dans ces deux patries de la vertu, tous les citoyens sont égaux, toutes les consciences sont libres, toutes les religions sont bonnes pourvu qu'on adore un Dieu ; tous les hommes y sont frères.

BIRTON. — [...] Si Dieu a daigné faire, ou plutôt arranger l'univers, ce ne doit être que dans la vue d'y faire des heureux. Je vous laisse à penser s'il est venu à bout de ce dessein, le seul pourtant qui pût convenir à la nature divine.

FREIND. — [...] Écoutez, je vous prie ; vous conviendrez avec moi que Dieu gouverne le monde par des lois générales. Sa providence générale serait ridicule si elle descendait dans chaque moment à chaque individu ; et cette vérité est si palpable que jamais Dieu ne punit sur-le-champ un criminel par un coup éclatant de sa toute puissance : il laisse luire son soleil sur les bons et sur les méchants. Si quelques scélérats sont morts immédiatement après leurs crimes, ils sont morts par les lois générales qui président au monde. [...] Dieu ne commet, ni n'ordonne, ni ne permet le crime. [...] Tout le physique d'une mauvaise action est l'effet des lois générales imprimées par la main de Dieu à la matière ; tout le mal moral de l'action criminelle est l'effet de la liberté dont l'homme abuse. [...] Dieu existe, il suffit ; s'il existe, il est juste. Soyez donc justes.

Oui, sans doute, il y a réussi avec toutes les âmes honnêtes : elles seront heureuses un jour, si elles ne le sont pas aujourd'hui.

Voltaire,
Histoire de Jenni ou le Sage et l'Athée, chap. IX, 1775.

Oui, mon ami, je me repens

Voltaire s'est façonné, pour les besoins de la cause déiste, un athée à sa mesure. Birton finit par prendre « un air recueilli et modeste » et par reconnaître la vérité : « D'être honnête homme pendant que j'existe ?... oui, je l'avoue ; oui, vous avez raison : c'est le parti qu'il faut prendre » (*Histoire de Jenni,* chap. IX). Les athées de Sade sont un peu plus coriaces.

LE PRÊTRE. — Arrivé à cet instant fatal, où le voile de l'illusion ne se déchire que pour laisser à l'homme séduit le tableau cruel de ses erreurs et de ses vices, ne vous repentez-vous point, mon enfant, des désordres multipliés où vous ont emporté la faiblesse et la fragilité humaine ?

LE MORIBOND. — Oui, mon ami, je me repens.

LE PRÊTRE. — Eh bien, profitez de ces remords heureux pour obtenir du ciel, dans le court intervalle qui vous reste, l'absolution générale de vos fautes, et songez que ce n'est que par la médiation du très saint sacrement de la pénitence qu'il vous sera possible de l'obtenir de l'éternel.

LE MORIBOND. — Je ne t'entends pas plus que tu ne m'as compris.

LE PRÊTRE. — Eh quoi !

LE MORIBOND. — Je t'ai dit que je me repentais.

LE PRÊTRE. — Je l'ai entendu.

LE MORIBOND. — Oui, mais sans le comprendre.

LE PRÊTRE. — Quelle interprétation ?...

LE MORIBOND. — La voici... Créé par la nature avec des goûts très vifs, avec des passions très fortes ; uniquement placé dans ce monde pour m'y livrer et pour les satisfaire,

241

et ces effets de ma création n'étant que des nécessités relatives aux premières vues de la nature ou, si tu l'aimes mieux, que des dérivaisons essentielles à ses projets sur moi, tous en raison de ses lois, je ne me repens que de n'avoir pas assez reconnu sa toute-puissance, et mes uniques remords ne portent que sur le médiocre usage que j'ai fait des facultés (criminelles selon toi, toutes simples selon moi) qu'elle m'avait données pour la servir ; je lui ai quelquefois résisté, je m'en repens. Aveuglé par l'absurdité de tes systèmes, j'ai combattu par eux toute la violence des désirs, que j'avais reçus par une inspiration bien plus divine, et je m'en repens, je n'ai moissonné que des fleurs quand je pouvais faire une ample récolte de fruits... Voilà les justes motifs de mes regrets, estime-moi assez pour ne m'en pas supposer d'autres.

D.A.F. de Sade, « Dialogue entre un prêtre et un moribond », 1782, in *Discours contre Dieu*, 10-18, 1980.

Index
des thèmes principaux
de *Candide ou l'optimisme*

Mort : chap. 3, 5, 6, 8, 9, 11 à 13, 15, 16, 19, 20, 22, 24, 26, 30.

Noblesse : chap. 1, 10 à 13, 15, 29, 30.

Nourriture : chap. 2 à 8, 12, 14 à 18, 24, 25, 30.

Optimisme/providentialisme : chap. 1 à 5, 10, 13, 16, 17, 19, 20, 22 à 24, 27, 28, 30.

Religion : chap. 3, 5, 6, 8 à 10, 14, 15, 18, 19, 22, 24, 28, 30.

Sensibilité : chap. 1, 2, 4 à 8, 10, 12, 14 à 16, 19, 22, 28, 29.

Servitude : *voir* liberté.

Sévices physiques, mutilations : chap. 1 à 5, 7, 8, 11, 12, 15, 19, 22, 24, 27, 28, 30.

Travail : chap. 2 à 4, 8, 12, 14, 19, 24, 27, 28, 30.

Tromperie : chap. 2, 10, 12, 13, 15, 19, 21, 22, 28, 30.

Annexes

Organisations du récit

Addition et alternance

Il y a d'abord un rapport de contradiction direct, une structure de choc. Le conte progresse par accumulation de faits qui détruisent la métaphysique optimiste. Dans cette perspective, le récit n'a pas de fin : on peut toujours rajouter un vol, un meurtre, une trahison...

Cette structure présente deux caractères principaux :
– elle répète inlassablement le même schéma ;
– elle détruit l'effet de réel, puisqu'elle s'avoue perpétuellement orientée et déterminée par un souci démonstratif.

Différence essentielle avec les grands épisodes de *Jacques le Fataliste,* où, à mesure qu'une histoire prend davantage d'ampleur, son lien avec le thème du fatalisme se fait plus ambigu et apparemment inessentiel. Si on compare avec les énormes différences qu'on rencontre dans *Jacques le Fataliste* (anecdote de quelques lignes, historiette, conte, nouvelle, petit roman...), tous les chapitres sont de longueur égale. Notre rapport à l'œuvre reste identique d'un bout à l'autre, tandis que Diderot s'amuse à jouer en virtuose de tous les types de relations entre l'auteur, l'œuvre, le lecteur.

Sur la structure d'addition se superpose une structure d'alternance. Événements malheureux et heureux se suivent et se bousculent. Plus exactement, la cause et l'effet se révèlent constamment contradictoires : du malheur le plus affreux surgit un bien imprévu, qui lui-même est censé déclencher une nouvelle catastrophe. Système différent du premier, mais qui obéit à la même loi de répétition, fondamentale dans *Candide.*

Bienveillance en chaîne

Que dit Pangloss, et à travers lui le providentialisme ? Non pas qu'il n'existe pas d'événements désagréables, mais que

tout malheur est relatif, pris dans une chaîne d'effets et de causes qui l'obligent malgré lui à servir le bien. Une bienveillance générale entraîne l'univers qui, en dernière analyse, fait s'évanouir la réalité du mal.

Or, la structure de *Candide* ne nie pas de tels enchaînements : apparemment, même, elle les souligne.

Où se situe donc l'opposition ?

• Le mouvement reste inflexiblement alternatif : le bien engendre instantanément le mal. Il y a oscillation et pas du tout progression. Il s'agit d'évacuer l'idée d'ordre, de destin, bref, de providence.

• Cette négation de la providence optimiste se trouve ridiculisée par l'enchaînement même des aventures. Là où Pangloss voit la confirmation de son optimisme, Voltaire montre le hasard, l'absence de causalité, en outrant jusqu'à l'absurde la causalité. Le récit joue à fond la carte providentialiste pour discréditer l'idée même d'histoire orientée.

• À l'intérieur de ce système d'alternance, et de causalité parodique, il se produit une disqualification insidieuse : les malheurs (malgré leur accumulation outrancière) apparaissent « réels », alors que les événements heureux relèvent manifestement du plus pur arbitraire romanesque.

C'est le second rapport qui désigne la signification la plus intéressante. Il permet en effet l'utilisation parodique des procédés traditionnels du roman d'aventures et du roman sentimental. L'intention philosophique s'investit immédiatement dans une structure formelle. Si parfaitement, qu'on a pu avancer très souvent que Voltaire poursuivait de front deux parodies : la parodie de l'optimiste et celle du romancier. En fait, Voltaire ne poursuit véritablement ni une interrogation esthétique ni une critique du genre.

Le roman contre le romanesque

La parodie romanesque, dans *Candide*, est servante de la philosophie. Car le roman sert également à dénoncer le

romanesque. *L'optimisme est le roman de la vie, comme le cartésianisme celui de l'esprit* (voir *Lettres philosophiques,* XIV : Descartes « se livra à l'esprit de système. Alors sa Philosophie ne fut plus qu'un roman ingénieux, et tout au plus vraisemblable pour les ignorants ») : on voit ici rapprochées, et quasi confondues, les deux idées de système et de roman qui jouent conjointement dans *Candide,* mais qui ne peuvent jouer qu'à partir du moment où Voltaire dénonce dans l'optimisme à la fois une conception fausse de la vie (critique directe par les faits) et une conception systématique (critique indirecte par la structure parodique qui ordonne les faits).

Puisque l'optimisme est le roman de la vie, au lieu d'en être la vérité, les optimistes sont condamnés à la vie des romans : enlèvements, pirates, guerres, retrouvailles miraculeuses... La profusion de l'imaginaire dénonce la confusion de l'imagination et de la raison.

Les personnages : des relations en miroirs

L'investissement massif du récit par l'idéologie fait de *Candide* une véritable galerie des glaces où le roman se construit dans le redoublement des figures. Le schéma de la page ci-contre, incomplet, suffit à révéler le jeu non dissimulé des symétries :
– Candide sera-t-il Pangloss ou Martin ?
– Cunégonde sera-t-elle la vieille ?
– la position symétrique de Pangloss et Martin leur donne-t-elle une signification identique ? etc.

Le sexe
Il trace une ligne nette dans le miroir. L'univers féminin apparaît :
– secondaire (peu de personnages, peu d'épisodes surtout) ;
– inerte (l'interrogation métaphysique reste essentiellement un privilège viril, la femme subit le désir des hommes) ;

Les personnages

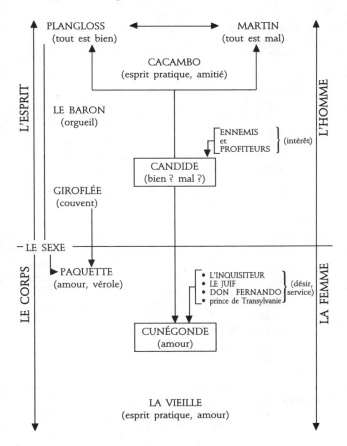

— identique (le destin des trois femmes se fait rigoureuse-
ment écho : objets de convoitise qui circulent de main en
main pour finir objets d'horreur) ;
— figuratif (concubine puis domestique, soumise et vite
fanée, la femme illustre l'horreur du destin humain).

L'amour sert également à établir des symétries entre les
hommes :
— Pangloss et Martin : ils s'y opposent comme en
philosophie ;
— Pangloss et le baron : l'homme à femmes et l'homosexuel
subissent, à la fin du conte (récits sur la galère), un destin
rigoureusement parallèle ;
— Pangloss défiguré par l'amour de Paquette, le beau fiancé
de la vieille tué par le poison, Candide chassé pour un baiser,
etc., préfigurent dans le conte la désillusion du héros
cherchant le bonheur dans l'amour.

Mais on notera que Voltaire s'est refusé la facilité du
parallélisme le plus classique : celui du maître et du valet.
Candide incarne seul l'illusion sentimentale.

Les mutilations
Inutile d'insister sur le sens symbolique de ce thème
singulier : la fesse de la vieille ; l'œil, le bout du nez, l'oreille
de Pangloss ; l'organe non musicien du castrat ; les bons
anthropophages ; la jambe gauche, la main droite du nègre
de Surinam ; Pangloss, le baron, Cunégonde, rendus
méconnaissables ; métaphoriquement : l'argent que perd
Candide après l'Eldorado.

Récits et histoires emboîtées
Chaque fois qu'un personnage se raconte, on voit se
reproduire la même litanie de malheurs. Voltaire obtient et
renforce ces effets en maintenant la mire constamment sur
Candide : les personnages qu'on retrouve sont ainsi obligés
de procéder à des retours en arrière où Voltaire utilise la
technique du récit pour en tirer des effets de dédoublement.

En indiquant par deux fois (sur le bateau vers l'Amérique et à Surinam) que Candide se met à l'écoute des lamentations humaines, Voltaire souligne vigoureusement que les héros du conte sont des figures symboliques. Il suffirait de laisser parler tous les hommes pour multiplier à l'infini l'odyssée des personnages. La technique des récits renvoie donc essentiellement, dans *Candide,* non pas à une difficulté technique (comme au théâtre), mais à une intention philosophique.

Ce système d'échos permet en effet au conte de faire jouer une de ses figures essentielles : celle qui transforme l'extraordinaire et l'individuel en leur contraire, le banal et le symbolique. Si la vieille, Cunégonde et Paquette subissent la même vie extraordinairement horrible, c'est que l'horreur est la banalité de la vie.

Martin exprime une vérité morale et la vérité du récit lorsqu'il déclare : « J'ai tant vu de choses extraordinaires qu'il n'y a plus rien d'extraordinaire. »

Ainsi, l'utilisation affichée d'une structure romanesque permet d'obtenir des effets variés :
– le romanesque de la fiction dénonce les romans de l'esprit ;
– en se répétant et en s'exacerbant, l'extraordinaire s'annule et figure l'horrible banalité de l'horreur ; mais il s'annule pour le lecteur, pas pour tous les personnages dont certains continuent à vivre leur destin comme unique et fascinant. Ultime illusion à laquelle il leur faudra renoncer.

Les épisodes

L'échange

Le monde rejette Candide ; Candide retrouve Pangloss en Hollande ; Candide retrouve Cunégonde au Portugal et perd Pangloss ; Candide perd Cunégonde au Brésil et trouve Cacambo ; Candide perd Cacambo et trouve Martin à Surinam ; Candide retrouve tout le monde et rejette le Baron.

Les jardins
— La Westphalie est un jardin en deçà de la vie réelle ;
— l'Eldorado, un jardin au-delà de la vie terrestre.

L'un, illusion creuse, volera en éclats au premier choc ; l'autre, utopie trop pleine, ne peut s'incarner.

Reste le dernier jardin, qui s'installe entre l'ignorance des réalités et l'utopie du bonheur parfait.

Ce qui frappe, c'est que ces trois moments cruciaux du récit se situent presque en marge de l'action. La frénésie du monde se rue entre trois jardins calmes, où la vie s'étale, où le temps se fige. Deux temps semblent ainsi rythmer *Candide* :
— le temps saccadé des fuites et des malheurs, aux rebondissements cocasses et savants ;
— le temps perpétué du château, de la métairie et de l'Eldorado...

On peut donc se demander si le dilemme brusquement souligné à la fin du conte – léthargie de l'ennui ou convulsion de l'inquiétude – ne règle pas aussi, en partie, le rythme secret du récit...

Les trois cibles

Mais un autre découpage peut paraître plus convaincant parce que plus apparent. Il porterait à dessiner, à travers trois étapes du récit, trois cibles essentielles.

Le monde comme il va
Dans la première partie du récit, il accumule contre Pangloss un véritable déluge de catastrophes : cataclysmes naturels et calamités humaines s'abattent en trombe pour nous convaincre de l'irréductible réalité du mal, qu'aucun système philosophique ne saurait effacer.

Le monde comme on le rêve
L'Amérique émerge au centre du récit comme le continent de l'utopie :

- l'utopie politique des jésuites ;
- l'utopie naturelle des Oreillons ;
- l'utopie philosophique de l'Eldorado.

L'utopie politique se révèle trop politique : le despotisme éclairé dissimule en fait la domination égoïste et tyrannique d'une caste sur un peuple esclave. L'utopie naturelle s'effondre dans le naturisme enfantin et anthropophage des Oreillons. L'utopie des Lumières a toutes les qualités, sauf une, l'existence.

Le monde comme on le retrouve

Cette troisième partie se présente incontestablement comme la plus complexe. D'un côté, en effet, les procédés antérieurs s'y reproduisent (cf., par exemple, le naufrage du capitaine hollandais – qui fait écho au naufrage au large de Lisbonne dans la première partie – ou bien l'exécution de l'amiral Byng : sens symbolique clair et simple, dessin schématique, rythme accéléré, etc.).

Mais les chapitres sur Paris, sur Pococuranté, et même sur les rois détrônés, par leur relative complexité de sens, par leur longueur, introduisent un ton et un rythme nouveaux dans le conte.

Le récit se ralentit : Candide, qui a de l'argent, qui attend Cunégonde, se met à regarder le monde et à écouter les hommes.

Pour la première fois, le théâtre, la littérature, bref, l'activité intellectuelle, font leur entrée dans le conte, comme si Candide, libéré des impulsions élémentaires (nourrir et sauver son corps), s'ouvrait à la vie de l'esprit. L'âpre satire galopante d'avant l'Eldorado tourne à l'observation morale, voire au tableau de mœurs... Un thème nouveau apparaît : on ne se demande plus seulement si tout va bien, mais s'il existe des hommes, un homme heureux. En filigrane perce l'idée que les « chagrins secrets » qui rongent le cœur pourraient bien se révéler aussi cruels que les grandes

catastrophes d'avant l'Eldorado. Au malheur extérieur (tremblement de terre, guerres, naufrages...) a succédé le mal intérieur (l'envie, l'inquiétude, l'attente, la déception...).

Martin triomphe sur toute la ligne, tandis que Candide se raccroche à sa dernière carte : l'amour de Cunégonde.

Pour résumer

On voit donc se dessiner des mouvements nettement contrastés.

Avant l'Eldorado : d'abord écho docile de Pangloss, Candide, devant les catastrophes qui s'abattent, se met à douter de plus en plus de la bonne parole de son maître → structure d'évolution.

Après l'Eldorado : le personnage continue à voyager, mais n'avance plus. Il adopte à tour de rôle chaque terme de l'antinomie → structure d'alternance

Il y a donc **progrès,** dans la mesure où Candide rencontre l'anti-Pangloss, alors que jusque-là il se mouvait précautionneusement à l'intérieur d'une seule métaphysique.

Mais il y a en même temps **recul,** dans la mesure où Candide revient à l'optimisme absolu, malgré le contact de Martin, malgré ses expériences répétées, alors qu'il l'avait mis en doute dans la première partie du conte.

La conclusion : Voltaire – qui a retardé au-delà de toute vraisemblance (psychologique) une évolution ou un choix de Candide – accélère brusquement le mouvement dans le dernier chapitre ; celui-ci contient quatre expériences fondamentales, qui équilibrent largement à elles seules tout le reste du roman :

– l'ennui ;
– le refus des métaphysiques ;
– le refus de la politique ;
– le travail.

De ces quatre expériences, une seule a été préparée explicitement par le conte : l'inanité des interrogations métaphysiques et des systèmes clos. Mais le récit n'a concrètement et nettement incarné ni la valeur du travail, ni cette léthargie de l'ennui qu'on présente brusquement comme l'autre pôle de l'existence humaine, alors que tout le conte a illustré les convulsions de l'inquiétude.

Il apparaît, une fois la conclusion lue, que les thèmes du travail, de l'ennui (cf. Pococuranté), de la politique ont été annoncés. Mais ces annonces ne peuvent se déchiffrer qu'à partir de la conclusion, qui seule leur donne statut.

Le chapitre 30 se présente à la fois comme **une conclusion** (la terminaison du procès narratif et idéologique antérieur : que Candide, par exemple, retrouve Cunégonde et qu'il la découvre laide, tout le conte nous a préparés à ne pas nous en étonner), mais aussi comme un **dépassement** (déplacement) inattendu :

– déplacement de la contradiction (malheur/bonheur) jusqu'ici présentée comme la contradiction essentielle de l'existence au profit de la contradiction ennui/inquiétude ;
– effacement de l'alternative optimisme/pessimisme (jusqu'ici inlassablement répétée) au profit de l'alternative oisiveté/travail ;
– passage du plan métaphysique (qu'est-ce que l'homme, le bien, le mal ?) au plan de la morale pratiquée (comment vivre au mieux ?).

Ainsi envisagée sous l'angle de ses rapports avec Candide, la structure du conte dessine trois figures essentielles :

1. mise en doute progressive de Pangloss (avant l'Eldorado) ;

2. oscillation entre Pangloss et Martin (après l'Eldorado) ;

3. déplacement (partiel mais net) de la problématique antérieure du conte au profit d'une nouvelle, dans un espace textuel extrêmement concentré (chapitre 30).

255

Le front des refus

Une machine à tuer

Voltaire devint, avec l'âge, une formidable machine à tuer :
« Je suis las, disait-il un jour, de leur entendre répéter que
douze hommes ont suffi pour établir le christianisme, et j'ai
envie de leur prouver qu'il n'en faut qu'un pour le détruire »
(Condorcet, *Vie de Voltaire*).

Ni apôtre ni ange exterminateur

Ni apôtre ni ange exterminateur, il ne détruisit pas le
christianisme, pas même l'athéisme qu'il n'avait pas prévu
si menaçant, et avec lequel il batailla ferme en ses dernières
années ; mais, à cheval sur sa frontière, il bombarda l'Europe,
à coups de fusées en papier. Heureuse époque, où les idées
dérangeaient encore...

On ne réduira pas (le contresens serait grave) Voltaire à
ses refus, parfois tournés en rengaines. Il a ses idées sur tout,
et même sur sa métaphysique, dont il ne veut pas démordre.
Et il refait, tout seul, l'*Encyclopédie*, à l'usage des honnêtes
gens qui préfèrent ne pas s'ennuyer (*Questions sur l'Encyclopédie*,
1770-1772). Mais *Candide* est bien d'abord la revue satirique,
gaie-amère, des maux et des erreurs, des vices et des folies
qui ravagent notre petit tas de boue perdu sans boussole
dans l'Univers. Entre le château et la métairie turque, il
accumule, il entasse, il empile, au rythme affolé d'un film
en accéléré, tout le malheur du monde, toutes les détresses
de l'existence. Sous l'œil perplexe du bon Candide, qui ne
sait où donner de la tête, tant les faits s'entêtent à démentir
les discours appris et les systèmes en prêt-à-porter. Tant
l'Histoire condensée en fiction fébrile se moque sans retenue
de la Fable et met à mal la crédulité et le préjugé (c'est-à-dire
la candeur).

L'Apocalypse bureaucratisée

Faim, vol, viol, sévices, anthropophagie, carnages, tremble-
ments de terre, esclavage, galères, prisons et bûchers, ravages
de l'âge et naufrages du désir, etc., manque-t-il quelque chose
à cette recension rageuse du « mal physique et moral » ?
Allons ! que notre siècle ne pèche pas par modestie mal
placée : il a tout de même inventé, en attendant mieux, le
travail d'extermination à la chaîne, la bombe atomique et
les chambres à gaz, dont Roland Barthes supposait que leur
massivité industrielle, anonyme, planifiée, excluait la légèreté
triomphante, allègre et sûre de soi du pamphlet philosophi-
que (*Essais critiques,* « le Dernier des écrivains heureux »,
1964, Seuil). Au temps de l'Apocalypse bureaucratisée,
l'ironie n'est sans doute plus de mise, et la candeur déplacée,
ou inefficace. Lisons donc aussi *Candide* pour retrouver un
temps où, même dans la plus violente dénonciation du mal
concevable au siècle des Lumières, les larmes n'étranglent
pas le rire dans la gorge.

Il n'est peut-être pas trop arbitraire de distinguer, dans cette
stratégie du refus qui organise la guérilla de *Candide*, trois
sortes de rejets décidés.

Le refus de l'âme

Tous les lecteurs des contes voltairiens l'ont éprouvé : les
personnages s'agitent, agissent et réagissent, mais à la façon
mécanique et saccadée de marionnettes privées de liberté et
de conscience.

Peu importe en effet ce qu'ils sentent : le récit n'a pas
le temps de s'intéresser à l'âme, à ses souffrances, à ses
conflits et ses dilemmes, il court avidement derrière
l'événement, il cerne d'un trait vif des comportements, des
décisions, des gestes, tous suscités par la rencontre périlleuse
du monde et des hommes, par des mobiles élémentaires et

impérieux (manger, fuir, se défendre, se venger, désirer, séduire, haïr, jouir, voler, secourir, survivre...).

L'analyse actantielle de la critique moderne y triomphe évidemment à peu de frais, mais s'épuise vite à recenser un gibier proliférant et trop docile. L'histoire de la vieille (chapitres 11-12) vérifie avec complaisance ce refus énergique, et sans doute sarcastique, d'un roman de l'âme fécondée par le malheur, où s'illustrent les romans les plus pathétiques du XVIII^e siècle.

À dire vrai, c'est toute la tradition romanesque, centrée sur l'analyse des conflits sentimentaux et des cas de conscience, qui se trouve rembarrée. De son palais italien aux bouges hollandais, violée, vendue, mangée, exploitée, flétrie, la vieille, dans sa course sans finalité, n'obéit qu'au seul instinct de conservation et figure l'horrible banalité de la destinée féminine (Cunégonde et Paquette en ont autant à notre service), la noirceur burlesque de l'existence humaine à la mode voltairienne. C'est à la tragédie et au vers qu'il revient chez lui d'orchestrer avec talent le pathétique des conflits intérieurs.

L'article « Âme » du *Dictionnaire philosophique* résume on ne peut mieux ce style philosophique, cette philosophie d'un style : « Faibles automates mus par la main invisible qui nous dirige sur cette scène du monde, qui de nous a pu apercevoir le fil qui nous conduit ? » L'interminable (mais laconique) rabâchage métaphysique de Candide jusqu'au renoncement final (travailler sans penser, ou du moins sans parler) se gausse de cette complaisance narcissique où s'abîment les romans à cette première personne, si chère aux lecteurs du XVIII^e siècle (pseudo-Mémoires, romans épistolaires).

Ténacité de la candeur
À la différence de *l'Ingénu* (1767), on se gardera donc d'espérer ou de repérer chez Candide le moindre progrès dans la connaissance de soi ou du monde. Candide il naît,

candide il restera, malgré le déluge des épreuves, la prolifération des démentis, la sollicitude des pédagogues formés à l'école de la vie (Jacques, la vieille, Cacambo, Martin, Pococuranté, les rois...).

Il est tentant, mais illusoire, de lire son périple comme l'esquisse, l'épure comique et stylisée d'un roman d'apprentissage. Le récit pousse tout au contraire l'hésitation (Pangloss a-t-il tort, a-t-il raison ?) ou l'oscillation (Pangloss ? Martin ?) bien au-delà de toute vraisemblance psychologique. Nous ne sommes pas là dans l'orbite de la psychologie, mais devant des figures engendrées par la philosophie voltairienne et par l'ironie : la résistance de Candide, la ténacité de sa candeur (jusqu'en plein cœur de la Propontide) miment la sottise des hommes, la persistance des préjugés, l'absurde chaos de l'Histoire. Histoire qui s'éclaire pourtant. Un peu. Çà et là.

Toute interprétation de *Candide* à la lumière de la psychologie, d'une pédagogie de l'apprentissage ou d'une idéologie du progrès ne résiste pas à l'épreuve du texte. Il semble que l'accord se fasse, actuellement, sur ces thèses encore provocantes il y a peu. Un portrait de Candide (ou de Voltaire composant *Candide* !) ne sera donc pas d'un grand secours.

Le conte nous refuse le plaisir romanesque de l'identification au profit de jouissances plus grinçantes et plus distanciées. Rien ici ne travaille à produire l'illusion du vrai : ni les noms, ni les situations, ni les discours, ni les références à l'Histoire et à l'espace qui, en fait, déréalisent le texte à mesure qu'elles le saturent.

Mais nous n'oublions pas un moment que si le comique dissout le réel et coupe le cou à l'éloquence pathétique, à l'émotion participative, sa grimace renvoie bien à l'enfer du monde et aux malheurs humains comme une caricature à son modèle.

Le refus des systèmes

On ne le redira jamais assez : l'optimisme (néologisme technique formé en 1737 à partir du superlatif latin *optimus*, le meilleur) ne définit pas un tempérament positif, une pente du caractère, mais un système philosophique, une manière de concilier la bonté, la perfection de Dieu et l'existence du mal : « C'est le nom qu'on donne au système de ceux qui prétendent que tout est bien, que le monde est le meilleur que Dieu ait pu créer. [...] Le père Malebranche est un des plus célèbres optimistes » (*Dictionnaire de Trévoux*, édition de 1771).

Et le célèbre dictionnaire jésuite, hostile à Leibniz et Malebranche, de poursuivre : « Mais pourquoi faut-il que dans le meilleur des mondes, les vertus soient produites par des crimes ? D'ailleurs, l'optimisme règle Dieu comme un automate. Comment accorder cette opinion avec sa liberté ? Il paraît [il apparaît] que ce n'est qu'un matérialisme déguisé, un spinozisme spirituel [admettant Dieu]. » La doctrine de l'optimisme (en ses diverses versions : leibniziens, chrétiens orthodoxes, déistes à la Pope ou à la Rousseau) est donc l'objet d'un débat philosophique qui met en jeu la conception ou l'existence de Dieu, le péché originel, la liberté de l'homme, bref, l'ordre du monde... Le *Poème sur le désastre de Lisbonne ou Examen de cet axiome : « Tout est bien »* (1756), accompagné de notes importantes, prouvait une connaissance précise du dossier.

Mais on ne s'imaginera pas trouver dans *Candide* une réfutation philosophique de l'optimisme : la litanie des malheurs et des horreurs pose (inoubliablement) le problème qu'affronte l'optimisme, et ne le résout pas. Car les optimistes ne nient pas le mal ; ils cherchent à le concilier, sous le regard de la raison, avec l'idée de Dieu. Voltaire ne peut écrire *Candide* qu'en faisant l'impasse sur la question de Dieu, c'est-à-dire en abordant la réalité du mal du seul point de

vue de l'homme souffrant. Mais, lorsque, quelques années plus tard, découvrant brusquement la montée de l'athéisme chez les philosophes parisiens, il lui faut à son tour justifier l'existence et la bonté de Dieu malgré la présence du mal, on le voit contraint de reprendre, bon gré mal gré, un à un, tous les arguments optimistes et panglossiens (*Histoire de Jenni*, 1775), comme Rousseau l'en avait averti dès 1756 : « Si je ramène ces questions diverses à leur principe commun, il me semble qu'elles se rapportent toutes à celle de l'existence de Dieu. [...] Si on la nie, il ne faut point disputer sur ses conséquences » (*Lettre de J.-J. Rousseau à M. de Voltaire*, 18 août 1756).

La philosophie par terre

Le problème n'est donc pas de savoir si Voltaire connaît ou ne connaît pas Leibniz : on tiendra pour assuré qu'il en sait plus que la plupart de ses lecteurs et de ses critiques. *Candide* ridiculise l'optimisme en juxtaposant la béatitude panglossienne et l'amoncellement des catastrophes.

Ce n'est peut-être pas de très bonne méthode philosophique, mais il faut parfois ramener la philosophie sur terre quand, comme Leibniz, elle réduit le mal à un « presque néant »... dans l'infinité du cosmos dont Dieu a la gestion : « Il se peut que tous les maux ne soient aussi qu'un presque néant, en comparaison des biens qui sont dans l'univers » (Leibniz, *Essais de théodicée,* 1710, publié par Garnier-Flammarion).

Il n'est pas mauvais non plus, parfois, et c'est une des fonctions de la littérature, de rappeler l'existence des individus, ici et maintenant, quand une grandiose philosophie de l'Histoire tend à dissoudre les médiocres souffrances du présent dans la lumière chantante des lendemains (« Le crime de Tarquin qui viola Lucrèce produisit la liberté de Rome, et par conséquent toutes les vertus de la République

ANNEXES

romaine », *Dictionnaire de Trévoux*, article « Optimisme »).
Voltaire, dans *Candide*, casse ces causalités à longue portée
au profit de causalités courtes et immédiates (on ne sait même
pas pourquoi les Abares et les Bulgares se font la guerre)
ou bien les parodie (récapitulatif de l'histoire de Candide
par Pangloss dans la « Conclusion »).

Mais la polémique voltairienne et la schématisation
comique font beaucoup plus. Elles déplacent l'enjeu et
produisent alors un sens nouveau, qui s'ordonne à un thème
majeur des Lumières : Pangloss figure l'esprit de système,
le refus invétéré de prendre en compte la diversité concrète
des expériences, la force des sensations, la vivacité des
rapports de l'homme au monde. Péché capital, stigmatisé
tout au long du siècle sous le nom de « métaphysique ».
Comme tous les « métaphysiciens », Pangloss invente des
« romans », ou plutôt les récite, au lieu de regarder la réalité
et de se soumettre à l'expérience, au contrôle des vérifications
empiriques. Hypertrophie de la langue (Pan-gloss : Tout-
langue) qui appelle un châtiment : philosophe d'ancien style
au siècle des Lumières, il perd aussitôt un œil qui ne lui
sert de rien.

Système et expérience
La candeur de Candide est donc aussi une forme de
révérence, une conformité docile aux interprétations toutes
faites, prestigieuses et archaïques, au principe d'autorité où
s'enracine le préjugé.

Peu importent alors la doctrine de l'optimisme et sa
caricature panglossienne. Il s'agit de tout autre chose : de
la notion de système (métaphysique) opposée à la philoso-
phie expérimentale dont le siècle se crédite un peu vite à
longueur de discours et d'éloges académiques. C'est pour-
quoi, malgré son triomphe apparent, Martin ne peut drainer
vers le manichéisme (qu'on dira *pessimiste* par anachronisme,
le mot n'est pas encore inventé) la vérité du conte : lui aussi

262

relève de l'esprit de système, de la métaphysique ingénieuse mais stérile. Moins fou que l'optimisme, mieux frotté au monde, le manichéisme figure une fausse solution, un trompe-l'œil séduisant qu'il faudra dépasser, ou contourner, ou décevoir, *in extremis.* Tout est bien, tout est mal : systèmes tout faits, réponses trop mécaniques, trop bien huilées.

Paroles, paroles... L'homme a la rage de répondre sans cesse aux questions sans réponse. Telles l'origine du mal ou la nature de l'âme. La porte du derviche claque au nez des « romans métaphysiques » (Platon, saint Thomas, Descartes, Malebranche, Leibniz...) qui prétendent savoir ce que Dieu seul sait : le sens du Tout, la chaîne entière des effets et des causes, l'essence des choses. La sagesse est de se rabattre sur ce qui compte sur terre, entre hommes : la morale pratique, dont tous les hommes de bonne volonté ont idée, depuis toujours et partout.

Tartes et confitures

C'est un des meilleurs sens possibles du jardin, un des dogmes de l'idéologie voltairienne, un postulat des Lumières que Candide ne se lasse pas de bêcher et de rabâcher.

Maigre pécule, et chiche leçon, après tant de courses éperdues ? Sans doute. Mais plus facile à railler qu'à cultiver. Il faut décevoir l'imagination, maîtresse d'erreur et d'illusion, il faut épuiser la soif d'absolu qui impulse la quête du héros (les Eldorados de l'amour, du savoir, de l'avoir) pour goûter le prix des tartes mélancoliques et des confitures crépusculaires du troisième âge ! Est-ce bien à ceux qu'on veut armer pour la guerre économique (pas de quartier pour les faibles et les candides !), que de telles leçons s'adressent ? Rousseau se posait, dans l'*Émile*, la même question à propos des *Fables* de La Fontaine, et Angélique Diderot, fine mouche de dix-sept ans, déclarait d'une voix ingénue, à son papa ravi et rassuré, que *Candide* était bien « un livre infâme » *(Mémoires pour Catherine II).*

263

Les ténèbres de l'Histoire
et le refus du pessimisme

La prose comique des contes voltairiens, de *Candide* en tout cas, s'acharne donc à réduire la psychologie et l'intériorité à des pulsions immédiates, à des besoins bruts, à des conflits élémentaires : des silhouettes sans épaisseur mais inoubliables (là est tout l'art du caricaturiste), férocement découpées par la lanterne magique, prennent en charge les plus lourdes questions de l'humanité, réduites elles-mêmes à leur plus simple expression – tic, scie, slogan (on est tenté de dire : bulle de bande dessinée comique).

Nul doute que *Candide* ne se caractérise d'abord par le double rejet du pathétique romanesque (qui appelle la saturation parodique des archétypes traditionnels du roman) et de la métaphysique, lorsque celle-ci s'entête à imaginer des réponses catégoriques plutôt que d'avouer ses ignorances. Car l'ignorance est la loi de l'homme (*le Philosophe ignorant*, 1766)...

Mais *Candide* est également une traversée de l'Histoire et de ses ténèbres. Les voyages de Candide, de Cunégonde, de la vieille, de Pangloss, de Martin, à travers le monde sont aussi une figure de l'Histoire des hommes, telle que Voltaire vient de la décrire, sur mille ans, dans l'*Essai sur les mœurs*, qu'il révise justement en 1758. N'oublions pas en effet le titre de ce livre essentiel : *Essai sur les mœurs et l'esprit des nations*, titre sur lequel Voltaire s'explique longuement.

C'est par cette insertion de l'Histoire dans une histoire que *Candide* se distingue profondément de *Zadig* et de *Micromégas*, fictions philosophiques situées dans un espace abstrait et un temps sans épaisseur. La profusion des aventures, des personnes, des pays, des mœurs, des références historiques (qu'on examine seulement le lexique des monnaies !), les ironiques distorsions chronologiques

(voir le souper des six rois à Venise), etc., signalent cette transposition de l'*Essai* en fiction comique. *Candide* s'écrit et se structure en fonction d'une psychologie, d'une philosophie de la connaissance et d'une philosophie de l'Histoire.

Réussite prodigieuse, que Voltaire ne rééditera jamais. Il faut lire *les Voyages de Scarmentado* (1756) et *la Princesse de Babylone* (1768) pour comprendre le prix et la difficulté du roman de 1759. C'est qu'il s'agissait de transposer et d'ordonner en récit l'énorme épaisseur brute de l'Histoire universelle, le chaotique entassement des faits, la bigarrure des nations et des mœurs, une philosophie de l'Histoire.

Ruine et amour de l'ordre

Cette philosophie de l'Histoire postule l'unité de la nature humaine, la diversité des mœurs, la permanence de la morale. Faisant le bilan de mille ans d'histoire universelle, Voltaire écrit en effet :

« Il résulte de ce tableau que tout ce qui tient intimement à la nature humaine se ressemble d'un bout de l'univers à l'autre ; que tout ce qui peut dépendre de la coutume est différent, et que c'est un hasard s'il se ressemble. L'empire de la coutume est bien plus vaste que celui de la nature ; il s'étend sur les mœurs, sur tous les usages ; il répand la variété sur la scène de l'univers : la nature y répand l'unité ; elle établit partout un petit nombre de principes invariables : ainsi le fonds est partout le même, et la culture produit des fruits divers.

Puisque la nature a mis dans le cœur des hommes l'intérêt, l'orgueil et toutes les passions, il n'est pas étonnant que nous ayons vu, dans une période d'environ dix siècles, une suite presque continue de crimes et de désastres. Si nous remontons aux temps précédents, ils ne sont pas meilleurs. La coutume a fait que le mal a été opéré partout d'une manière différente. [...]

265

Au milieu de ces saccagements et de ces destructions que nous observons dans l'espace de neuf cents années, nous voyons un amour de l'ordre qui anime en secret le genre humain et qui a prévenu sa ruine totale. [...]

On voit dans l'histoire ainsi conçue les erreurs et les préjugés succéder tour à tour et chasser la vérité et la raison. On voit les habiles et les heureux enchaîner les imbéciles et écraser les infortunés ; et encore ces habiles et ces heureux sont eux-mêmes les jouets de la fortune ainsi que les esclaves qu'ils gouvernent. Enfin les hommes s'éclairent un peu par ce tableau de leurs malheurs et de leurs sottises. Les sociétés parviennent avec le temps à rectifier leurs idées ; les hommes apprennent à penser. »

Essai sur les mœurs,
éd. R. Pomeau, Garnier, (pp. 905-906).

Texte capital pour la compréhension de *Candide*, dont l'histoire accumule, comme l'Histoire, les crimes et les désordres, les erreurs et les préjugés, les malheurs et les sottises.

La béatitude panglossienne apparaît effectivement bouffonne quand on survole l'horrible histoire des hommes, et qu'on y dénombre les raisons de désespérer : le monde semble bien abandonné au diable. « Croyez-vous, dit Candide, que les hommes se soient toujours mutuellement massacrés comme ils font aujourd'hui ? [...] – Croyez-vous, dit Martin, que les éperviers aient toujours mangé des pigeons quand ils en ont trouvés ? – Oui, sans doute, dit Candide. – Eh bien ! dit Martin, si les éperviers ont toujours eu le même caractère, pourquoi voulez-vous que les hommes aient changé le leur ? » (chapitre 21).

Ni Pangloss, ni Martin

Mais, comme Candide, Voltaire refuse de devenir Martin. Car, si la nature de l'homme le pousse à détruire et à saccager, à fuir la vérité et la raison, il y a aussi en lui (trace ineffaçable de Malebranche sur Voltaire !) un « amour de l'ordre qui anime en secret le genre humain et qui a prévenu sa ruine totale ».

Au bout du compte (et du conte), il y a aussi des îlots de tranquillité, des moments de répit, quelques havres de bon sens, quelques règnes consolants (siècles de Périclès, des Médicis, de Louis XIV...), un recul lent, fragile et incertain mais perceptible, des ténèbres de la superstition, un essor du bien-être... Est-il judicieux d'oublier tout cela en parlant du jardin ? Et ne devrait-on pas en tenir compte pour réfléchir sur le parcours de Candide ?

Traversées les utopies américaines (despotisme éclairé des jésuites, primitivisme des Oreillons, cité idéale), l'enquête philosophique sur le sens du monde, mais surtout la quête sentimentale ramènent le héros en Europe. Cependant, ce retour n'est pas pure réitération. Enrichi, Candide ne risque plus sa vie mais sa fortune : l'or se substitue au corps comme monnaie d'échange avec le monde ; il accède à une certaine maîtrise (mission de Cacambo, visite de Paris) ; au lieu de fuir, il cherche (Cunégonde), interroge (le meilleur des mondes), finance le concours du plus malheureux des hommes, ou tout simplement écoute (Paris, Venise) : d'acteur pourchassé et hagard, il devient témoin et spectateur, étonné ou berné. À Paris, pour la première fois, le débat d'idées ne concerne pas la question de l'optimisme, la littérature fait son entrée dans le récit, tardivement, comme dans le cours de l'histoire des hommes.

Dégoût, rage et espoir

Comme Voltaire, Candide juxtapose l'horreur et la confiance. Comme la conclusion de l'*Essai*, le conte finit, cahin-caha,

par établir un ordre, dérisoire et précaire, triste et décevant, tant qu'on voudra – mais à qui la faute ? Et qui interdit aux lecteurs de s'éclairer « un peu par ce tableau de leurs malheurs et de leurs sottises, [de] rectifier leurs idées », comme Candide semble bien se décider, enfin, un peu, mi-ahuri, mi-narquois, à le faire.

On voit ici on ne peut plus clairement combien l'histoire de Candide ne se propose pas de suivre les sinuosités spécifiques, les étapes concrètes d'un apprentissage indivi-duel, mais inscrit dans un récit une philosophie de l'Histoire, partagée entre le dégoût, la rage et l'espoir. Le piétinement exaspérant de Candide, psychologiquement invraisemblable, mime la lenteur effrayante, enrageante, bouffonne, des hommes à voir ces vérités de bon sens qui devraient leur crever les yeux, ce « petit nombre de principes invariables » que la nature « établit partout » (à preuve, les Oreillons distinguent fort bien le juste et l'injuste...).

La philosophie de l'Histoire jetterait même un jour singulier sur la « Conclusion » du voyage qui, étrangement, dépose notre troupe éclopée en... Turquie. Une des ambitions majeures de Voltaire fut en effet de décentrer l'Histoire, de l'arracher à la fascination de l'Europe, des quelques nations qui se croient le nombril du monde (voir Bossuet, *Discours sur l'Histoire universelle*, dont l'*Essai* se démarque). L'*Essai* revient constamment sur cette idée essentielle qui frappa les contemporains : « Les mauvais plaisants disent que l'auteur ira se faire circoncire à Constantinople, et que ce sera la fin de son roman [de son existence] » (*Correspondance littéraire*, 1er janvier 1754, à propos d'une édition frauduleuse de l'*Essai*).

Qu'on se souvienne de l'admirable description du château westphalien, bulle de savon qui se prend pour une planète, et de « maître Pangloss, le plus grand philosophe de la province, et par conséquent de toute la terre ». Nous avons pratiqué ce ridicule typiquement humain dans nos livres

d'histoire, nous croyons que Dieu ne s'est révélé qu'à nous : les premiers chapitres de *l'Ingénu* orchestrent ce thème voltairien essentiel.

Ces quelques indications (qu'on pourrait multiplier) suffisent, semble-t-il, pour nous assurer que l'*Essai sur les mœurs* compte au moins autant, dans *Candide*, que les *Essais de théodicée* de Leibniz. Pourquoi donc la critique en parle-t-elle si peu ?

C'est que le conte bataille bruyamment contre l'optimisme et la métaphysique, que la mécanisation de la psychologie saute aux yeux, mais que le rapport à l'Histoire doit se déchiffrer : c'est une structure invisible du texte, une de ses conditions de possibilité, souterraine et toute-puissante.

Du discours à la fiction

C'est aussi un de ses écueils. Comment réécrire en fiction gaie, vive et piquante, le discours philosophique ou historique ? Le conte voltairien n'existe qu'à ce prix et multiplie les solutions, avec des fortunes diverses. Dans *Candide* comme dans *la Princesse de Babylone* (1768), la difficulté était de transposer la matière de l'*Essai* dans un récit sans l'écraser.

Car la solution la plus simple, la plus directe, consistait à traduire tous les chapitres du livre d'histoire en tableaux satiriques des nations.

Voltaire s'est efforcé de parer à ce danger, en évitant soigneusement toute description synthétique en forme de tableau, en émiettant les notations, en les dissimulant dans le récit. Par exemple : l'esprit de la nation espagnole nous est suggéré par le portrait du gouverneur de Buenos Aires, Don Fernando d'Ibaraa et l'Inquisition portugaise ; celui de la Hollande par les activités commerciales de l'anabaptiste Jacques et les querelles de sectes ; l'Italie, terre des arts et des fêtes, pénètre dans le roman à travers le jardin de Pococuranté, etc.

Le chapitre 22 sur Paris apparaît par contre dans cette perspective comme le chapitre limite du conte, le moins réussi esthétiquement – le public en fit aussitôt la remarque – et (parce que ?) le plus proche du tableau de mœurs.

Ce relatif échec, Voltaire en a sans doute eu conscience, puisqu'il élimine quasiment l'Angleterre (chapitre 23), réduite à la sèche description de l'exécution de l'amiral Byng. La France et l'Angleterre incarnent donc deux tentations opposées et symétriques pour résoudre le problème de la transposition de l'*Essai* en roman :
– le tableau de mœurs (chapitre 22) ;
– l'animation d'un épisode politique précis (chapitre 23).

L'Histoire des voyages de Scarmentado a l'intérêt majeur de nous montrer Voltaire s'essayant maladroitement à des formules qu'il transcendera presque complètement dans *Candide*, où l'esprit des nations pénètre, mais masqué derrière l'affrontement bruyant du mal et du bien, derrière les aventures personnelles du héros ; *la Princesse de Babylone*, par contre, assumera toutes les facilités évitées dans *Candide* et mettra en dissertations animées avec esprit les mœurs des nations et les passions des hommes.

La parabole du jardin

« J'ai cherché à être vif, à être léger. Mais notre temps est pesant, très pesant », confesse Leonardo Sciascia dans une « Note de l'auteur » à la fin de son imitation de *Candide* (*Candido ou un rêve fait en Sicile,* 1978). Que dire alors de la critique, labourant inlassablement de ses lourdes charrues le sol du jardin, à la recherche d'un sens dont le trésor se dérobe sans cesse ?...

Mais peut-être ne faut-il pas confondre les genres et accepter stoïquement de jouer les Pangloss. Ou les Candide esquivant discrètement les trop lourdes questions.

Fin optimiste ? pessimiste ? ouverte ? fermée ? constructive ? dérisoire ? bourgeoise ? classique ? etc. On se risquera à distinguer, sans en dissimuler l'arbitraire, trois grands types d'interprétation du fameux jardin.

L'épopée comique de la disette

Candide n'a pas de conclusion positive, de message militant. L'os rongé qu'on nous tend ne contient aucune moelle substantielle. Roman philosophique et roman comique sont des lieux d'interrogation, de corrosion, de dérision.

La meilleure preuve (rarement avancée) s'en trouve dans le célèbre conte de Samuel Johnson, paru quelques mois après *Candide* et sur le même thème : *The Prince of Abyssinia. A tale* (traduit dès 1760). Or Johnson conclut, lui aussi, les aventures du prince Rasselas, mais par une « Conclusion qui ne conclut rien » : « [...] les voyageurs de l'heureuse vallée s'amusèrent à comparer [...] les différents systèmes de bonheur que chacun d'eux s'était formé. [...] Ils savaient tous qu'ils ne réaliseraient pas un des souhaits qu'ils avaient formés. Après avoir délibéré sur ce qu'ils feraient, ils

271

résolurent enfin de s'en retourner en Abyssinie, lorsque l'inondation serait passée » (mais *Candide* se termine-t-il vraiment de cette manière ?).

Le romancier n'est donc pas là pour nous enrôler sous une bannière, ni pour offrir sa musette aux marathoniens en naufrage... Que le lecteur reste sur sa faim d'une fin nourrissante. Est-elle même appétissante ? Pourquoi cherche-t-on toujours, chez Rabelais, chez Voltaire, chez Molière, les passages où l'esprit de sérieux semble (enfin !) délivrer un message ?

Le jardin n'est qu'un pis-aller décentré, excentrique, peut-être aussi fragile que la petite baronnie westphalienne emportée par le vent de la guerre... Usure du temps, usure des désirs, des idées : que sont nos années devenues ? « *Candide* fait d'abord rire l'esprit, et laisse ensuite le désespoir dans le cœur », disait Fréron dès 1760, en le comparant à *Rasselas (Année littéraire).* « Paradis insupportable d'un univers asilaire de personnes déplacées », renchérit Serge Ganzl dans la présentation de son adaptation théâtrale (1977), qui imagine « un terrain vague couvert d'ordures et d'arbres morts, fermé de loin par des poteaux reliés par des fils de fer », sans pour autant oublier le plaisir d'un « Candide keatonien et burlesque », « le chocolat et la douceur de vivre », ni même... « la Révolution française qui viendra dans vingt-neuf ans » et où il voit fort bien Candide prendre sa place, puisqu'il rejette les idées reçues et la société établie ! Impasses et apories du sens, vaine attente d'une Révélation finale : nous sommes les souris qu'on mène en bateau.

Le ramassage des miettes

Que Voltaire, dans *Candide*, nous lave la tête d'une poigne assez rude, c'est certain, et on l'a ressenti dès sa parution. Restent deux difficultés qu'il n'est pas tout à fait raisonnable d'oublier : il y a bien une « Conclusion » qui ne se contente

pas, comme dans *Rasselas*, de tirer un constat d'échec et de tout renvoyer à la case départ ; il y a bien une philosophie voltairienne, un programme voltairien d'action et de réformes auquel il va consacrer, de son jardin franco-suisse, lui aussi excentré, toute sa formidable énergie, tout son gai savoir. Si l'on compare la « Conclusion » avec celle de *Rasselas*, mais aussi avec certaines adaptations modernes de *Candide* ou la suite apocryphe de 1760, on ne peut qu'être frappé par la complexité, la densité de ce dernier chapitre, qui enchaîne au moins quatre conclusions possibles :

• l'antinomie convulsion-léthargie, où la pensée du siècle des Lumières enferme le drame de la condition humaine : la conscience oscille nécessairement entre l'angoisse (des passions, des agitations du monde) et l'ennui ;

• l'inutilité des interrogations métaphysiques dans un univers qui n'a pas été fait pour les souris humaines ni pour qu'elles comprennent les desseins derniers de Dieu. Mais l'existence d'un Dieu-géomètre, la permanence des idées morales, la valeur des arts et des techniques n'ont jamais été mises en doute par Voltaire.

Le rejet des questions insolubles ne détruit pas toute vérité ni toute possibilité d'action : il en circonscrit le champ (Voltaire appelle « métaphysique » tout ce qui est en dehors du cercle des vérités accessibles). Tel était pour lui le sens capital de la révolution opérée par Locke dans le champ de la philosophie, transformée par là même en philosophie expérimentale, c'est-à-dire vérifiable ;

• le bonheur tranquille du vieux Turc par le travail familial et l'indifférence aux agitations politiques de la Cour. Morale de retrait ? C'est une lecture possible, et classique, et bien sûr démentie par tout ce que Voltaire va faire immédiatement après *Candide* (il est vrai qu'un « conte » n'a pas charge de tout dire). Ce n'est pourtant pas la seule. Il suffit de lire les *Mémoires* de Voltaire, rédigés en 1759, pour donner une autre

portée, plus dense et moins molle, à ce qui se joue dans le conte et dans la vie de Voltaire : pour la première fois de sa vie, la soixantaine passée, il s'installe, loin des rois et des villes, dans un domaine à lui.

Les *Mémoires* exaltent en effet l'indépendance enfin conquise d'un homme de lettres, fondée sur l'argent et la propriété ; roi chez lui quand Frédéric II affronte les incertitudes et les drames de la politique qui mettent en jeu son trône et sa vie. Le parallèle inouï et sarcastique du Roi et du Philosophe, qui court tout au long des *Mémoires*, laisse lire l'ascension et la consécration de cette nouvelle figure que l'Europe allait se mettre à admirer et à révérer : l'homme de lettres. « Faites comme moi, enrichissez-vous, si vous voulez écrire librement », conseille Voltaire, cyniquement ou candidement, à ses confrères asservis aux mécènes ou aux libraires ! C'est de cette « retraite » que Voltaire va inventer sa légende de patriarche de Ferney – le premier mythe de l'écrivain moderne ;

• la métairie, qui soigne le mal de vivre existentiel (angoisse ou dégoût) et la frénésie métaphysicienne par le travail et l'acceptation des limites de l'homme. Certes, Cunégonde n'est plus bonne qu'à faire des tartes ; certes, Pangloss ratiocine et Martin récrimine sans doute. Mais on gagne beaucoup d'argent (sans cet argent, comment Voltaire aurait-il pu bâtir sa carrière de grand écrivain délivré des commandes et devenir le « roi des Philosophes » fréquenté par toute l'Europe ?) ; mais l'on devient utile, à défaut d'être heureux, omniscient, toujours beau, toujours jeune, comme dans les contes d'antan.

Nulle fatalité, donc, nul désespoir, nulle nostalgie poignante du passé. Il reste toujours quelque chose à faire. Morale dérisoire ? On souhaite à chacun de cultiver son jardin comme Voltaire le fit à Ferney après *Candide*. Le monde n'irait pas plus mal et il serait plus gai. Mais était-ce l'avis

de ceux qui travaillaient pour M. de Voltaire, seigneur de Ferney ? Et M. Candide, propriétaire, travaille-t-il ? On exclut de la métairie les barons trop féodaux, on convertit les frères paillards à la menuiserie et à la civilité, on recycle les dames sur le retour qui ont perdu leur valeur d'usage et leur valeur marchande, mais pour mieux consacrer les droits de la propriété, déesse des Lumières et reine de la Révolution française...

Table ouverte

On le voit, il y a bien d'autres interprétations possibles du jardin (et du conte), fort séduisantes et fort légitimes. Cette « Conclusion » rapporte beaucoup, à condition qu'on y travaille. Rien ne sert de s'en étonner, encore moins de s'en irriter. Car elle est faite précisément pour exciter, décevoir et relancer la rage de l'interprétation, qui mime et redouble, sans la clore, la démarche du conte. Force est de constater qu'aucune des imitations de *Candide* n'y parvient.

Grand pourfendeur des juifs et des chrétiens, Voltaire venait, en 1759, de réaliser une parfaite parabole biblique qui ne pouvait manquer, en prime, de se moquer des paraboles, et donc des exégèses.

Ambivalence de la fable : sous le regard sévère de la raison, elle signale les dérives de l'imagination, cette folle du logis, avide d'embellir la réalité et de travestir la misère humaine (nous sommes tous des Oreillons charmés par de beaux discours) ; Pangloss est le plus grand philosophe de la Terre ; quelques nomades tribus juives reçoivent de Dieu une communication spéciale et exclusive ; un saint vient d'Irlande, sur une petite montagne qui lui tire sa révérence, fonder un monastère près de Saint-Malo, où débarquera l'Ingénu, futur « philosophe intrépide ». – Mais est-il bien raisonnable de se priver des pouvoirs de la fable, qui déplace les montagnes ? « Ah ! s'il nous faut des fables, que ces fables

soient du moins l'emblème de la vérité » *(l'Ingénu)*. C'est le pari ambigu et problématique du conte voltairien, qui titille notre crédulité et distille les grâces de la raison. Aux risques de la lecture, qui est aussi un jeu, dont les règles, hélas ou tant mieux, varient avec chaque texte.

C'est pourquoi on se gardera de tenter une impossible définition du conte voltairien, que Voltaire n'a même pas pris la peine d'établir. Ce sont pourtant ces petites montagnes dansantes, ces « coïonneries », qui l'ont conduit jusqu'à nous. Le reste s'est à peu près perdu en mer, comme les trop beaux moutons de l'Eldorado. Nouveau sujet de débat pour Martin et Pangloss, qui n'eût pas fait rire notre grand homme.

Cette conclusion-là est peut-être plus amère que celle de *Candide*. À moins qu'elle ne prête aussi à rire.

Voltaire, *Candide* et les critiques

Le dernier des écrivains heureux

Qu'avons-nous de commun, aujourd'hui, avec Voltaire ? D'un point de vue moderne, sa philosophie est démodée. Il est possible de croire à la fixité des essences et au désordre de l'histoire, mais ce n'est plus de la même façon que Voltaire. En tout cas, les athées ne se jettent plus aux pieds des déistes, qui n'existent d'ailleurs plus. La dialectique a tué le manichéisme, et l'on discute rarement de la Providence. [...]

En somme, ce qui nous sépare peut-être de Voltaire, c'est qu'il fut un écrivain heureux. Nul mieux que lui n'a donné au combat de la Raison l'allure d'une fête.

Roland Barthes, *Essais critiques*, « le Dernier des écrivains heureux », Seuil, 1964, p. 99.

L'absurde absent

À nouveau la question se pose : la philosophie de *Candide* est-elle une philosophie de l'« absurde » ? Certes non. Candide, non plus que Jacques [le Fataliste] ou Figaro, n'est un héros tragiquement jeté dans un monde autre. Quelque imprévu que l'existence leur réserve, ces errants ne sont pas des « étrangers ».

René Pomeau, *la Religion de Voltaire*, Nizet, 1969, p. 310.

La destruction comique

Le simple examen des structures permet de comprendre pourquoi les romans comiques sont en général très courts. [...]

La raison de ce phénomène est simple : le comique détruit la matière romanesque à mesure qu'elle s'édifie. Il ne peut s'appuyer ni sur une attente dramatique ni sur la psychologie des personnages. Les sentiments sont tournés en ridicule, les idées sont déformées et satirisées, la couleur locale tient une place insignifiante, la crainte et la curiosité sont à peu près bannies du récit.

[...] Je crois donc pouvoir affirmer, et je doute que cette affirmation plaise à tout le monde, qu'il n'existe aucune œuvre comique de valeur qui contienne un message positif dissimulé. Bien entendu, cela ne diminue en rien sa valeur. Ni la « substantificque moelle » du *Tiers Livre* ou le « Trink » du *Cinquième Livre*, ni le discours d'aucun raisonneur de Molière, ni le « il faut cultiver notre jardin » de *Candide*, pas plus que la formule finale de nombre de ses contes, ni le « j'ai vieilli », dernier mot de *Zazie dans le métro*, ne contiennent de sens caché et en disent plus qu'ils ne paraissent. Et c'est bien pourquoi, malgré les trésors d'érudition et d'ingéniosité des chercheurs, on n'a jamais pu s'entendre sur la valeur à attribuer à ces mots ou sur l'approfondissement philosophique qu'ils apportaient à l'œuvre.

Jean Sareil,
l'Écriture comique, P.U.F., 1984, pp. 124-125 et 33-35.

Voltaire échappe

Fait notable, tous les ennemis de Voltaire pouvaient être *nommés*, c'est-à-dire qu'ils tenaient leur être de leur certitude : jésuites, jansénistes, sociniens, protestants, athées, tous ennemis entre eux, mais réunis sous les coups de Voltaire par leur aptitude à être définis d'un mot.

Inversement, sur le plan du système dénominatif, Voltaire échappe. Doctrinalement, était-il déiste ? leibnizien ? rationaliste ? à chaque fois, oui et non.

Roland Barthes, *Essais critiques,*
« le Dernier des écrivains heureux », Seuil, 1964, p. 99.

La littérature contre la philosophie ?

Je dois noter un simple fait, sur lequel je ne prétends construire aucune explication globale : tandis que le rapport de la littérature avec la religion, depuis Eschyle et Dostoïevski, s'établit sous le signe de la tragédie, son rapport avec la philosophie trouve forme explicite pour la première fois dans les comédies d'Aristophane, et continuera à se développer derrière l'écran du comique, de l'ironie, de l'humour. Ce n'est pas un hasard si les textes qu'on appelait au XVIIIe siècle *contes philosophiques* étaient en réalité d'allègres vengeances contre la philosophie, exercées par le biais de l'imagination littéraire.

Italo Calvino, *la Machine littéraire,* Seuil, 1984, p. 42.

Un déplacement d'autorité

À travers ce qui advient à Candide, on voit s'opérer un déplacement d'autorité qui, d'épisode en épisode, entraîne tout le mouvement du récit. L'autorité s'affirmant puis mise au défi, puis réaffirmée sous un autre aspect, puis à nouveau défiée, etc. : telle est, dans une formulation tout abstraite, la dynamique dominante du conte. Toute analyse doit nécessairement se référer au concept d'autorité, si elle veut saisir non seulement le style de *Candide*, mais aussi son enjeu.

Jean Starobinski,
« Candide et la question de l'autorité »,
in *Essays... in honor of Ira O. Wade,* Droz, 1977.

Dégradation de la parole

Ce que *Candide* ne cesse de décrire, c'est l'aventure que court la parole en notre bas monde : comment on passe d'une parole divine à une pauvre parole humaine ; comment la parole se dégrade ; comment enfin elle peut perdre toute signification. Trois étapes d'une chute symbolique.

Michel Gilot, « Fonctions de la parole dans *Candide* »,
in *Mélanges offerts au professeur R. Fromilhague,
Litteratures,* n° 9-10, 1984.

Le mois et la semaine : création et récréation

Le seul ordre possible dans *Candide* est celui qui peut s'accorder avec la pensée du chaos. Tout en faisant valoir toutes sortes de principes de composition que le caractère hétéroclite du roman paraît incessamment démentir, Voltaire a donné à son récit une organisation secrète, très simple et passablement malicieuse : puisque la semaine fournit l'image la plus puissamment symbolique de la vie comme cycle, pourquoi ne verrions-nous pas dans la suite de ses chapitres l'équivalent d'une suite de jours : dimanche, lundi, mardi, mercredi, etc. ? Sept chapitres : une semaine. Trente chapitres : un mois... C'est l'ordre du simple retour des jours et des semaines, un éternel retour, un cycle apparemment sans fin.

Michel Gilot,
« le Cycle des semaines dans *Candide* »,
in *Mélanges de littérature générale et de critique
romanesque offerts au professeur H. Coulet,*
Université de Provence, 1988.

Bibliographie-filmographie

Sur Voltaire et son œuvre

André Magnan, article « Voltaire » in *Dictionnaire des littératures de langue française,* tome IV, Bordas, 1984 (réédition 1987).

René Pomeau, *Voltaire par lui-même,* coll. « Points » Seuil, 1955 (réimpressions régulières).

La connaissance de Voltaire promet d'être renouvelée par *Voltaire en son temps,* monumental travail entrepris, sous la direction de René Pomeau, par une équipe internationale. L'ouvrage, prévu en cinq volumes, est en cours de publication (2 vol. parus à ce jour). *Studies on Voltaire,* Oxford, 1987.

Sur les *Contes* et le genre du conte philosophique

Jacques Van den Heuvel, *Voltaire dans ses « Contes »,* Colin, 1967.

Yvon Belaval, « le Conte philosophique », in *The Age of the Enlightment. Studies presented to Theodore Besterman,* Édimbourg/Londres, 1967.

Henri Coulet, *le Roman jusqu'à la Révolution,* Colin, 1967.

Sur *Candide*

André Magnan, *Candide ou l'optimisme,* collection « Études littéraires »,* P.U.F., 1987.

On se reportera à l'édition de Jean Goldzink (Magnard, 1985) qui donne un grand nombre d'extraits d'articles critiques et la suite apocryphe de 1760.

J. M. Apostolidès, « le Système des échanges dans *Candide* », *Poétique,* n° 48, 1981.

Voir aussi, pour d'autres analyses, la rubrique « Voltaire, *Candide* et les critiques », p. 277.

N.B. : aucune étude critique ne peut remplacer la lecture d'autres contes voltairiens, notamment *l'Ingénu* (1767), sur la question de l'éducation du héros, et *Histoire de Jenni* (1775), sur la problématique du mal et de la Providence.

Adaptations

Au cinéma, par Norbert Carbonnaux (1960), avec J.-P. Cassel dans le rôle de Candide et P. Brasseur dans celui de Pangloss.

À la télévision, par Pierre Cardinal (1962).

Au théâtre, par Serge Ganzl (texte publié dans l'Avant-scène, 1977).

Petit dictionnaire
pour commenter *Candide*

accumulation (*n. f.*) : assemblage de mots en grand nombre, afin de mettre une idée en valeur.

actant (*n. m.*) : désigne l'auteur de l'action exprimée par le verbe. Il peut s'agir d'un personnage, mais plus généralement d'un substantif qui régit la forme verbale. L'analyse actancielle étudie les structures de l'action exercée par l'ensemble des actants, plutôt qu'un caractère anecdotique des personnages.

alliance de mots : rapprochement de deux termes contradictoires, dont le regroupement donne un sens ; paradoxe.

allusion (*n. f., du bas latin* allusio, *jeu*) : manière de s'exprimer sur une idée, une personne ou une chose, etc. sans la nommer explicitement mais par simple évocation ; suppose, de la part du lecteur, la connaissance de la situation ou de la référence culturelle évoquée par l'écrivain.

alternance (*n. f.*) : succession généralement régulière de deux ou plusieurs phénomènes, éléments, systèmes, etc. qui s'opposent ou forment contraste.

analogie (*n. f.*) : rapport entre des idées, des choses ou des personnes qui présentent des caractères communs tout en étant essentiellement différentes ; ressemblance, similitude.

antinomie (*n. f.*) : contradiction entre deux idées, deux principes ou deux propositions.

antiphrase (*n. f.*) : emploi d'un mot ou d'un groupe de mots avec l'intention de leur donner un sens contraire à leur sens habituel. Ce procédé peut être utilisé par euphémisme ou par ironie.

antithèse (*n. f.*) : dans une même phrase, opposition de deux mots ou groupes de mots de sens contraire afin de mettre une idée en relief grâce à l'effet de contraste.

apocryphe (*adj.*) : un texte apocryphe n'est pas authentique, son origine est douteuse.

apologue (*n. m.*) : court récit en prose (ou en vers) dont on tire une morale. Dans l'apologue, la morale est plus importante que l'art du récit ; c'est l'inverse dans la fable.

articulation (*n. f.*) : liaison harmonieuse et/ou logique de différents éléments.

asyndète (*n. f.*) : suppression du terme de liaison entre des mots ou des propositions qui se trouvent pourtant dans un rapport de coordination. On l'utilise pour souligner une relation logique, produire un effet de contraste, d'accumulation, de désordre, etc.

burlesque (*adj. et n. m., de l'italien* burla, *farce*) : procédé littéraire usant d'un contraste ou d'un décalage entre le sujet traité, sérieux, et la manière de le traiter, qui déclenche le rire.

calembour (*n. m.*) : jeu de mots fondé sur la différence de sens entre des mots ou groupes de mots qui se prononcent de la même manière.

clausule (*n. f.*) : dernier membre d'une phrase, d'un paragraphe.

comparaison (*n. f.*) : rapport établi entre deux mots ou groupes de mots grâce à un troisième terme (*comme, ainsi que, à l'encontre de,* etc.) dans l'intention de souligner une idée.

conte (*n. m.*) : récit, généralement assez court, de faits imaginaires ou prétendus tels. Les contes traditionnels (écrits à partir d'une tradition orale, comme ceux de Perrault pour la plupart d'entre eux) comportent presque toujours une intention morale ou didactique.

controverse (*n. f.*) : discussion suivie sur une question, motivée par des opinions ou des interprétations divergentes.

dérision (*n. f.*) : moquerie dédaigneuse, raillerie mêlée de mépris, sarcasme.

dialectique (*n. f.*) : méthode de raisonnement qui consiste à analyser la réalité en mettant en évidence les contradictions de celle-ci et à chercher à les dépasser.

économie du récit : organisation des différentes parties du récit, structure.

emblème (*n. m.*) : être ou objet symbole d'une qualité, d'une chose abstraite (adj. dérivé : emblématique).

emphase (*n. f.*) : emploi d'un terme de sens très fort pour exagérer l'expression d'une idée (adj. dérivé : emphatique).

épisode (*n. m.*) : partie d'une œuvre narrative (ou dramatique) qui, tout en s'intégrant dans un ensemble, a ses caractéristiques propres.

essai (*n. m.*) : ouvrage regroupant des réflexions sur un ou des sujets, à partir de l'observation ou de l'expérience de l'auteur, et qui ne prétend pas épuiser le sujet.

euphémisme (*n. m.*) : atténuation dans l'expression de certaines idées ou de certains faits qui risqueraient de choquer s'ils étaient énoncés de manière réaliste. La périphrase, la litote, l'allusion, l'antiphrase, etc. peuvent être utilisées à des fins euphémiques.

figuratif (*adj.*) : représenté tel qu'existant dans la réalité.

hyperbole (*n. f.*) : mise en relief d'une idée par l'emploi de mots qui faussent la pensée en l'exagérant.

intensif (*n. m.*) : un intensif est un mot utilisé pour marquer la force, la puissance. C'est le plus souvent un mot construit avec un préfixe comme *sur-, extra-, super-,* etc.

intrigue (*n. f.*) : succession de faits et d'actions qui forment la trame d'une œuvre et qui tiennent le lecteur en haleine jusqu'au dénouement.

juxtaposition (*n. f.*) : mots ou phrases placés à la suite les uns des autres sans lien de coordination ou de subordination.

leitmotiv (*n. m.*) : formule, idée qui revient sans cesse dans une œuvre.

litote (*n. f.*) : expression affaiblie de la pensée, dans l'intention de laisser entendre plus qu'on ne dit.

métaphore (*n. f.*) : utilisation d'un terme concret pour exprimer une notion abstraite, dans l'intention de créer une comparaison imagée, sans employer de mot comparatif : *ainsi que, comme,* etc. (adj. dérivé : métaphorique).

métonymie (*n. f.*) : désignation d'un concept par un terme qui en désigne habituellement un autre et qui lui est relié par une nécessité logique : la cause pour l'effet, le contenant pour le contenu, le physique pour le moral, etc.

nouvelle (*n. f.*) : récit court, en prose, mais construit comme un roman.

occurrence (*n. f.*) : apparition d'un fait linguistique (mot, son, tournure...) dans un texte.

pamphlet (*n. m.*) : petit texte en prose, au ton polémique, violent, agressif.

parabole (*n. f.*) : comparaison, développée dans un récit conventionnel, dont les éléments sont empruntés à la vie quotidienne et permettant de concrétiser un aspect moral, religieux, spirituel, etc.

parodie (*n. f.*) : imitation satirique d'une œuvre sérieuse, dont le sujet et l'expression sont transposés sur le mode comique (adj. dérivé : parodique).

pastiche (*n. m.*) : œuvre dans laquelle on imite exactement le style et la structure d'une œuvre existante, soit dans une intention satirique, soit pour tromper.

périphrase (*n. f.*) : expression formée de tout un groupe de mots, employée pour exprimer une idée qui pourrait l'être par un seul terme (adj. dérivé : périphrastique).

récurrent (*adj.*) : qui revient, réapparaît, se reproduit.

sarcasme (*n. m.*) : raillerie, ironie méchante et blessante (adj. dérivé : sarcastique).

satire (*n. f.*) : texte critique et moqueur qui attaque les vices, les ridicules, etc. de manière plus ou moins acerbe (adj. dérivé : satirique).

syllogisme (*n. m.*) : raisonnement logique qui, à partir de deux propositions (les prémisses) aboutit à une conclusion résultant des rapports logiques entre les termes. Par ex., « Tous les hommes sont mortels, or Socrate est un homme [=prémisses], donc Socrate est mortel. »

(Définitions établies par la Rédaction des Classiques Larousse).

Collection fondée par Félix Guirand en 1933, poursuivie par Léon Lejealle de 1945 à 1968 puis par Jacques Demougin jusqu'en 1987.

Nouvelle édition

Conception éditoriale : **Noëlle Degoud**
Coordination éditoriale : Emmanuelle Fillion
et Marie-Jeanne Miniscloux
Coordination de la fabrication : Marlène Delbeken
Dessins : Thierry Chauchat (schéma p. 11)
et Léonie Schlosser (carte p. 20 et 21)
Documentation iconographique : Isabelle Heurtebize
et Nicole Laguigné

Sources des illustrations

Bibliothèque nationale, Paris : p. 50.
Bruckmann, A. G. Munich, musée de Brunswick : p. 4.
Bulloz : p. 10, 56.
Édimédia : p. 104.
Hanfstaengl-Giraudon, musée de Berlin : p. 7.
Larousse : p. 22, 36, 62, 84, 96, 110, 132, 142, 154, 168, 206, 210, 216.
Lauros-Giraudon : p. 122, 188 ; coll. marquis de Breteuil : p. 7.
Michel Levassort : p. 200.
Roger-Viollet : p. 148 (coll. Harlingue-Viollet), p. 220 (coll. Viollet).

© Larousse-Bordas, 1997, pour la présente édition.
© Larousse 1990.
ISSN 0297-4479.
ISBN 2-03-871550-5.

Composition : Maury – Imprimerie S.A. – 45330 Malesherbes.
Imprimerie Hérissey. – 27000 Évreux. – n° 78249
Dépôt légal : Décembre 1989. – N° de série Éditeur 19395
Imprimé en France *(Printed in France)* – 871550.17 - Octobre 1997